천일의
계약

천일의 계약 1

초판 1쇄 찍은 날 | 2015년 1월 22일
초판 2쇄 펴낸 날 | 2015년 2월 06일

지은이 | 김진영
펴낸이 | 서경석

편 집 장 | 권태완
편집책임 | 최고은
편   집 | 나정희
디 자 인 | 신현아

펴낸곳 | 도서출판 청어람
등록번호 | 제387-1999-000006호
등록일자 | 1999. 5. 31
어람번호 | 제5-0398호

주소 | 경기도 부천시 원미구 부일로 483번길 40 서경B/D 3F (우) 420-822
전화 | 032-656-4452 팩스 | 032-656-4453
http://www.chungeoram.com
E-mail | chungeorambook@daum.net

ⓒ 김진영, 2015

ISBN 979-11-04-90063-1 04810
ISBN 979-11-04-90062-4 (SET)

1

천일의 계약

김진영 장편 소설

Chungeoram romance novel

도서출판 청어람

· 목차 ·

✤ ✤ ✤

다만 크게 삼가서 그 피는 먹지 말라.
피는 그 생명인즉
네가 그 생명을 고기와 함께 먹지 못하리니.
너는 그것을 먹지 말고 물 같이 땅에 쏟으라.

(신명기 12 : 23~24)

✤ ✤ ✤

* 본문 중 " " 안의 대화는 한국어, [ ]의 대화는 영어입니다.

프롤로그

소녀는 꿈을 꾼다.

흰옷을 입은 키가 큰 남자와 해변을 산책하는 한가로운 꿈을.

남자는 잘 자란 삼나무처럼 길고 반듯한 팔다리를 가졌다. 그래서 냉정한 분위기를 자아내지만 소녀가 붙잡은 그의 손은 따스한 물처럼 포근하다.

"전에 소원이 뭐라고 했었죠?"

"나의 소원?"

소녀가 끄덕이자 남자가 나직한 목소리로 선선히 대답한다.

"햇빛 아래서 산책을 하고, 한낮의 바다를 헤엄치는 것."

남자가 그 말을 할 때 어린 새의 깃털처럼 보송한 햇살이 너른 어깨에 내려앉는다.

수려한 얼굴을 더욱 눈부시게 만드는 햇살에 소녀의 심장이 세게 두근거린다.

그 두근거림에 얼굴이 상기되자 민망함을 감추려 발아래로 시선을 내린다.

"그런데 그건 왜 묻는 거지?"

소녀에게 묻는 남자의 목소리는 부드러우면서도 진중하다.

마음을 사로잡는 음색이었기에 소녀의 두 뺨은 점점 더 발그레해진다.

나비의 날갯짓처럼 간질거리는 감정이 머쓱해서 소녀는 걷던 걸음을 자연스레 멈춘다.

"그것 말고 다른 소원은 없는가 해서요."

햇볕에 데워져 따스한 모래 위에 신발을 신지 않은 소녀의 두 발이 꼼지락 움직인다.

희고 예쁜 발등과 발가락 위에서 유리가루처럼 반짝이는 고운 모래 알갱이들.

그것을 보며 미소 지은 소녀는 맞잡은 남자의 손을 살랑살랑 흔들어본다.

"다른 소원?"

남자가 되물었기에 소녀는 어쩔 수 없이 고개를 들어 그와 눈을 맞춘다.

"아저씨가 말한 소원은 이루어졌잖아요. 그러니까 이제 다른 걸 생각해야죠."

소녀를 따라 걸음을 멈춘 남자는 그 말에 주변의 풍경을 바라본다.

구름 한 점 없이 맑은 하늘과 두 눈을 가늘게 만드는 눈부신 태양.

비취색 파도가 넘실거리는 푸른 바다와 야트막한 둔덕을 이루며 넓게 펼쳐진 백사장.

바람을 따라 흔들리는 진초록의 야자수들과 자유로이 하늘을 노니는 새하얀 물새들.

그려낸 것처럼 아름다운 해변의 정경을 차례차례 응시하는 남자.

남자를 따라 바다를 바라보던 소녀는 바다의 한곳에 머문 남자의 얼굴을 조용히 지켜본다.

보는 이의 마음까지 사로잡고 마는 남자의 옆얼굴.

지나치게 아름다운 피조물을 바라보며 슬픔을 느끼는 것이 기이하다 여겼을 때 순간 덜컥 심장이 내려앉는다. 생각지 못한 아득함에 놀라 버린 소녀는 손아귀에 얼른 힘을 준다.

그 손길 때문에 남자는 고개를 돌려 소녀를 바라본다.

"내 소원이 이루어졌다고 생각해?"

물음에 대답하듯 소녀는 크게 고개를 끄덕인다.

"아쉽게도 아직 이루어지지 않았어."

그 말을 하며 남자는 의미를 알 수 없는 미소를 짓는다.

검은 그림자가 드리워진 물처럼 어둡고 서글픈 미소.

이토록 가까이 서 있음에도 저 멀리에 있는 것처럼 아득한 미소가 아파서 소녀의 눈동자는 불안하게 흔들린다.

"아직 이뤄지지 않았다니, 그게 무슨 말이에요?"

"말 그대로 이뤄지지 않았다는 얘기지."

차분한 목소리가 전하는 이유가 이해되지 않아 소녀는 의아하게 고개를 기울인다.

"우리 둘 다 햇빛 아래 서 있잖아요. 저기 저 바다에서 수영도 했잖아요."

"그래, 그랬었지."

"그런데 왜 그런 말을 하세요?"

"이건 내가 꾸는 꿈이 아니거든."

"네? 그게 무슨."

"이건 네가 꾸는 나의 꿈이란 얘기야."

소녀는 다시금 되물으려다 흠칫 눈이 커진다. 남자가 해준 말이 이해됨과 동시에 선득한 두려움이 등줄기를 스쳐 간다.

"지금 날 놀리는 거죠? 내가 곤란해하는 게 재미있어서 장난을 하는 거죠?"

"……."

남자는 소녀의 말에 대꾸를 하지 않고 소녀는 다급하게 주변 풍경을 응시한다.

"그럴 리가 없어요. 이렇게 생생한데 꿈일 리가 없어요."

맞잡은 남자의 손을 더욱 힘주어 잡으며 채근하듯 그에게 말한다.

그런데 남자의 표정이 제대로 읽히지 않는다.

환한 빛을 등지고 선 그의 얼굴이 검은 가면을 쓴 것처럼 어두워 보이지 않기 때문이다.

"이건 꿈이 아니에요. 꿈이어선 안 되는 일이에요."

상량한 바람을 닮은 슬픔이 심장을 죄어오자 소녀는 떨치듯 빠르게 고개를 내젓는다.

"아니에요. 꿈이어도 상관없는 일이에요. 꿈이면 뭐가 어때요. 이건 분명히 좋은 꿈이에요. 당신이 바라던 일이 반드시 이루어질 거라는 아주 좋은 꿈일 거예요."

그때 남자가 입은 흰옷이 깊은 밤하늘처럼 어둡게 변해간다.

소녀의 말을 부정하듯 점점 무겁게 짙어지는 검은색의 어둠.

"안 돼요. 그러지 말아요. 그렇게 변하지 말아요!"

소녀는 불안함에 목소리를 높인다.

그러나 남자가 입은 옷은 먹물이 묻어날 것처럼 완벽한 검은색으로 물들어 버린다.

그리고 변화는 그것으로 그치지 않는다.

남자와 소녀를 둘러싼 풍경들은 찬란한 색과 빛을 잃고 무채색으로 흐릿하게 일그러진다.

서걱거리는 모래 알갱이처럼 잘게 부서지는 풍경은 어느 즈음 먼 바다의 한 지점을 향해 서서히 빨려 들어간다.

"안 돼요, 안 돼!"

소녀는 남자를 놓치지 않으려 무던히도 애를 쓴다.

하지만 남자의 형상은 거대한 회색의 소용돌이에 휘말려 어느새 흔적도 없이 깨끗하게 사라진다. 순식간에 모든 것을 삼켜버린 소용돌이는 흔적도 없이 사라지고, 소녀는 텅 빈 어둠 속에 홀로 남겨진다.

막막한 어둠 속에서 여자로 변화한 소녀는 남자의 이름을 불러본다. 그러나 그녀의 목소리는 입 밖으로 흘러나오지 않는다.

"……!"

뺨을 타고 흐르는 것이 눈물임을 알았을 때 날카로운 흉통이 그녀를 공격한다.

예리한 칼로 후벼 파는 듯 날카롭고 불구덩이에 던져진 것처럼 지글거리는 고통.

그녀는 아픔을 이기지 못해 몸을 웅크리며 주저앉고 만다.

「기억하려 애쓰지 마라. 지워지도록 내버려 둬.」

나직하게 달래는 목소리를 들으며 그녀는 한껏 고개를 젓는다.

싫어요! 그건 싫어요!

온몸을 괴롭히는 아픔보다 자신을 잊으라는 남자의 목소리가 더 아파서 온 얼굴이 뜨거운 눈물로 젖어든다.

「그래야 네가 아프지 않아. 그러니까 내 말을 들어야 한다, 반드시.」

아니요, 난 그렇게 못 해요. 그러니까 그렇게 말하지 마세요.

여자가 된 소녀는 그를 잊지 않으려 안간힘을 쓴다.

제아무리 애를 써도 그녀의 기억은 차츰 희미하게 바래지고 결국 아무것도 남기지 못한 채 완전하게 사라진다. 그러자 그녀를 괴롭히던 고통도 남김없이 깨끗하게 사위어진다.

탈진한 그녀는 그 자리에 쓰러져 하얗게 눈을 감는다.

⚜ ⚜ ⚜

"하아……."

꿈에서 깨어난 여자는 지친 얼굴로 기나긴 한숨을 내쉰다.

분명 지독한 꿈을 꾼 것 같은데, 언제나 그렇듯 생각나는 것이 하나도 없다.

꿈과 현실의 경계에서 완전히 벗어나지 못해 느릿하게 깜빡이는 그녀의 눈.

투명하고 서글픈 물기가 어린 그녀의 눈동자에 햇살이 눈부신 푸른 하늘과 산들거리는 싱그러운 초록의 이파리가 하나둘씩 들어온다.

꿈에서 벗어나 현실을 인지한 여자는 뒤척이고 있던 침대에서 일어나 창가로 걸어간다.

닫혀 있던 창문을 활짝 열자 비단결처럼 부드러운 바람이 그녀에게로 다가온다.

바람은 땀과 눈물로 젖은 여자의 머리칼을 위로하듯 가만히 어루만진다. 솜털처럼 포근한 햇살 속에서 여자는 까닭 모를 편안함과 애틋함을 함께 느낀다.

하나의 조각도 남아 있지 않는 기막힌 꿈인데, 깨어난 그녀가 느끼는 감정은 항시 그리움이다.

나는 무슨 꿈을 꾸는 걸까요?

그리고 무얼 그리워하는 걸까요?

그 생각을 할 때면 여자의 눈가엔 눈물이 어린다. 그리고 심장이 조금은 뻐근하게 아린다.

1. The Beginning

196*년 12월. 텍사스의 한 서부사막.

하늘 위의 모든 빛이 짙은 구름 뒤로 모습을 감춘 어두운 밤.

차도 사람도 찾아볼 수 없는 황량한 벌판을 걸어가는 한 남자가 있다.

두터운 모직코트의 옷깃을 세우고 몸을 잔뜩 웅크린 남자는 삼십대 초반의 동양인 청년이었다.

숨을 쉴 때마다 하얀 입김이 쏟아져 나오는 그의 얼굴은 눈두덩과 광대 부근이 부어 엉망이었고, 구두는 먼지가 잔뜩 묻어 몹시 더러웠다.

몸이 와들와들 떨리는 추위를 견디며 걸어온 시간이 오래인 듯 그의 발걸음은 느리고 무거웠다. 끌다시피 하며 걸음을 이어 가던 그는 큼직한 돌덩이가 나타나자 걸음을 멈췄다.

쾡하니 지친 몰골로 엉덩이를 걸터앉자 그의 입에선 앓는 소리가 저절로 흘러나왔다.

짧은 한숨을 내쉰 남자는 외투 주머니와 바지 주머니를 뒤져 마지막 남은 담배 한 개비를 꺼냈다.

성냥을 이용해 겨우 불을 붙이고 두 볼이 홀쭉해지도록 필터를 깊게 빨아들였다.

빨간 불빛이 동그랗게 어둠을 밝히는가 싶더니 푸르스름한 담배 연기가 메케하게 퍼졌다.

"쿨럭! 쿨럭! 쿨럭!"

추위와 피곤함에 전 몸이 기침을 토해냈지만 그는 담배를 놓치지 않았다.

지금 태우는 담배가 마지막이 될지도 모른다는 생각이 들었기에 더욱 놓을 수 없었다.

영하 40도를 오가는 혹한의 사막에서 청승맞게 담배를 피우고 있는 청년의 이름은 이영우.

이듬해 서른넷이 되는 그는 한국에서 조그마한 신발 공장을 운영하고 있는 사업가였다.

불과 2주 전, 미국으로 향하는 비행기에 오를 때만 해도 자신이 이런 일을 당하리라고 짐작조차 하지 못했다.

미국의 거래처와 계약을 체결하고 한국으로 돌아가는 것.

오더 날짜를 맞추기 위해 직원들과 함께 밤을 새우며 연말을 보내겠지만 그래도 계속 일을 할 수 있음에 감사하는 것.

고생한 직원들에게 두둑한 보너스를 지급하며 뿌듯한 웃음을 짓게 되는 것이 그가 소망하고 바라던 일의 전부였다. 그런데 계약은 고사하고 집으로 돌아갈 여비마저 빼앗긴 빈털터리 신세가 되고 말았다.

거기까지 생각하자 그만 눈물이 핑 돌았다.

그가 낯선 이국땅의 사막 한가운데에 버려지게 된 것은 믿었던 친구가 그를 배신했기 때문이었다.

그 친구, 아니, 이제 친구라고 부를 수도 없는 그 사람은 미국 물정에 대해 훤히 알고 있다며 영우를 돕겠다고 나섰던 이였다. 그는 영어가 꽤 능숙하고 미국인들의 문화에도 밝은 편이었다. 영우가 챙기지 못한 것들까지 꼼꼼하게 챙겨주니 영우는 당연히 그를 믿고 의지했다.

영우의 마음이 완전히 넘어오자 그는 기다린 것처럼 뒤통수를 쳤다.

영우가 외국어에 서툰 것을 악용해 거의 성사해 놓은 거래를 자신의 것으로 가로챘는가 하면, 그간 저질러 온 사고와 잘못을 영우가 한 것으로 뒤집어씌우기까지 했다.

오늘 영우를 납치하다시피 해 끌고 온 이들은 그 친구 때문에 금전적인 손해를 입은 이들이 고용한 갱들이었다. 그들은 영우가 가진 것들을 동전 하나 남기지 않고 강탈했고, 집단적인 린

치를 가했다. 그런 후에도 영우의 관자놀이에 차가운 총구를 들이댔다.

"죽이고 싶으면 죽여, 이 새끼들아! 하지만 한 가진 알아둬라. 너희가 폭행하고 죽인 사람이 무고한 피를 흘렸다는 거. 언젠가 대가를 치를 날이 올 거다. 니들 모두가 지옥에 떨어질 날이 오고 말 거야!"

영우는 목숨을 구걸하지 않고 그들을 향해 외려 힘껏 소리를 질렀다.

친구를 믿은 대가치곤 모든 것이 지나치게 가혹해 울분에 찬 목소리가 저절로 터져 나온 것이었다.

권총을 든 키가 큰 갱은 알아듣지도 못하는 한국말을 한다면서 영우의 가슴팍을 세게 걷어찼다. 쓰러진 영우를 향해 방아쇠를 당기려 하자 우두머리로 보이는 자가 한 손을 들어 올렸다. 갱은 총구를 겨눈 채 한 발 물러났다.

[지금 몇 시나 됐나?]

우두머리의 말이 떨어지자 손등까지 문신이 잔뜩 그려진 갱이 손목시계를 확인했다.

[12시 45분입니다.]

고개를 끄덕인 우두머리는 '흐음' 하며 턱 끝을 매만졌다.

[12시가 넘었으니 크리스마스이브로군.]

우두머리의 말에 갱들의 눈썹이 하나같이 움찔 반응을 보였다.

[이런 날 살인을 하면 죄가 몇 배는 더 쌓일 것 같단 말이지.]

말귀를 알아들은 키가 큰 갱이 권총을 재킷 안으로 집어넣자 우두머리가 입 끝을 올렸다.

[신의 가호가 함께하길.]

영우에게서 **빼앗은** 외투를 도로 돌려주게 한 우두머리는 바닥에 무언가를 놓고 일어났다.

갱들이 탄 차가 떠나고 영우는 겨우 몸을 추슬러 외투를 집어 들었다.

별것 아닌 동작을 하는데도 **뼈마디가** 욱신거리고 온몸이 다 아팠다.

두 손으로 땅을 짚어 겨우 일어서려는데, 바닥에 떨어진 사진 한 장이 눈에 들어왔다.

그것은 영우의 지갑 안쪽에 들어 있던 흑백사진이었다.

갱의 우두머리는 영우와 아내가 함께 찍은 사진을 주인인 영우에게 돌려준 것이었다.

처음 영우는 그의 처사가 몹시 고마웠다. 그들이 남기고 간 바퀴 자국을 따라 걸음을 옮길 때만 해도 무언가 희망이 보이는 듯했다.

그러나 끝 간 데 없이 길게 이어진 도로를 따라 걸으며 이대로 죽을 수도 있겠구나, 암담한 생각이 밀려들었다. 더는 걸을 수도 없을 만큼 먼 길을 걸어오는 중에도 사람은커녕 들짐승 한 마리조차 만날 수 없었으니. 자포자기하고 싶은 생각이 드는 것도 무리가 아니었다.

"정신 차려, 이영우. 여태 당한 일이 억울하지도 않아? 어떻게든 살아남아야 복수를 하든 성공을 하든 할 거 아니야!"

몸이 덜덜 떨리는 중에도 졸음이 몰려오자 추위에 곱은 손을 들어 제 뺨을 세게 때렸다. 마음먹은 대로 움직여지지 않는 몸을 억지로 일으켜 다시금 한 발을 떼자 발바닥이 욱신 아팠다.

지금 몇 시나 됐을까?

갱들이 돌려준 것은 외투와 사진 한 장이었기에 제대로 된 시간을 알 수 없었다.

사실 시간을 안다고 해도 딱히 달라질 건 없었다. 그 사실을 깨달은 순간 고무풍선에 바람이 빠지듯 힘없는 웃음이 입에서 새어 나왔다.

허허로운 웃음소리가 억울하고 서글픈 울음소리로 바뀌어갈 무렵, 어두운 바다를 비추는 서치라이트처럼 밝은 빛 하나가 머리 위 하늘을 번쩍 밝혔다.

눈을 찌를 것처럼 지나친 밝음에 놀라 버린 영우는 자연스레 위를 쳐다보았다.

두터운 구름이 드리워져 달도 별도 보이지 않는 시커먼 하늘 위에 유난히도 빛나는 무언가가 눈길을 끌었다.

"저게 뭐지?"

별빛이라 하기엔 그 빛이 유독 밝아 의아함에 미간을 좁혔다. 그러다 아무렇게나 흩어져 있는 돌덩이들 중 가장 높아 보이는 것의 위에 엉거주춤 올라섰다.

그때 한곳에 머물러 있던 그 빛이 갑자기 아래를 향해 급속도로 하강하기 시작했다.

검은 하늘을 사선으로 가르며 아주 빠른 속도로 떨어지는 빛은 마치 혜성처럼 기나긴 꼬리를 달고 있었다.

"어어?"

저러다 땅에 부딪치는 건 아닌가 싶어 영우는 두 눈이 휘둥그레 커졌다.

설마, 진짜로 부딪치진 않겠지?

하는 생각을 보기 좋게 빗나가며 빛은 그대로 바닥을 향해 곤두박질쳤다.

쿠우우웅!

굉장한 소리가 귓전을 울리는가 싶더니 지진이 난 것처럼 땅이 우르르 흔들렸다.

휘청하며 바닥으로 쓰러진 영우는 부옇게 달려오는 먼지에 눈을 꾹 감으며 몸을 움츠렸다.

간담을 서늘하게 만들었던 진동의 여운이 사라지고 사막은 본래의 적막함과 괴괴함을 되찾았다. 그때까지 눈을 감고 있던 영우는 그제야 슬그머니 눈을 떴다.

메마른 논바닥처럼 쩍쩍 금이 간 바닥이 보이자 흠칫 놀라 얼른 몸을 일으켰다.

사진으로만 접했던 자연현상 중 하나를 목격해서인지 살을 에는 추위 속에서도 몸에 화끈하게 열이 올랐다. 이마에 맺힌 식은땀을 대충 닦고 빛이 떨어진 자리로 눈길을 주었다.

당연한 궁금증과 호기심이 고개를 들었지만 다가가는 것이 선뜻 내키진 않았다.

괜한 사고에 휘말릴지 모른다는 우려와 혹시라도 다른 사람을 만날 수도 있다는 기대.

그 사이에서 갈등하던 영우는 에라, 모르겠다, 하는 심정으로 걸음을 옮겼다.

하지만 얼마 못 가 걸음을 멈추었다. 단단한 금속과 금속이 맞부딪치는 소리가 들리는가 싶더니 번쩍하는 빛의 오라(Aura)가 어둠을 흔들었기 때문이다.

챙! 좌앙! 챙!

기묘한 빛과 소리가 퍼져 나오는 곳을 힘주어 바라보다 영우는 입이 떡 벌어졌다.

그의 눈앞에 커다란 날개를 펼친 금발의 사내와 검은 옷을 입은 흑발의 사내가 각각의 검을 들고 결투를 벌이는 모습이 선명하게 펼쳐지고 있었다.

내가 지금 뭘 보고 있는 거지?

피로감이 극에 달해 헛것을 보고 있다는 생각이 들어 빠르게 두 눈을 깜빡였다.

양손으로 세게 비벼보기까지 했지만 그럴수록 날개의 색과 모양이 더욱 선명해졌다.

금발의 사내의 등에 달린 한 쌍의 날개는 찬란한 보라색이었는데, 굴 껍질의 안쪽처럼 신비로운 무지개 색이 감돌았다.

그가 가진 검은 흰색으로 검날의 모양이 물결처럼 유연하게 굽이쳐 있었다.

실버 블론드에 가까운 금색 머리칼에 색유리처럼 푸른 눈동자를 가진 사내의 외모는 천상의 것인 듯 지극히 아름다웠다.

저런 날개를 가진 존재를 천사라고 했던 것 같은데?

그림이나 조각과 같은 작품 속에서 익히 보아왔던 천사의 이미지와 저 멀리에 선 사내의 이미지가 상당 부분 겹쳐진다는 걸 자연스레 깨달았다. 그러나 군더더기 없는 동작으로 상대를 공격하는 천사는 천상의 악기를 연주하며 아름다운 노래를 부르는 아기 천사들의 모습과 사뭇 달랐다.

하늘을 지배하는 맹금류처럼 사납게 펼쳐진 날개와 광선처럼 곧은 빛을 발하는 검.

주홍색 튜닉에 은빛이 도는 하프 아머를 두른 천사는 굳게 다문 입술과 냉정한 표정이 일말의 자비도 허하지 않는 영락없는 전사의 모습이었다.

그들과 제법 먼 거리에 떨어져 있었으나 지켜보는 것만으로 몸에 기이한 소름이 돋았다.

단지 바라보고만 있는데도 두려움과 경외감이 밀려와 똑바로 서 있을 수조차 없을 정도였다.

상상력이 만들어낸 존재라고 여겼던 천사의 등장에 놀라고만 영우의 눈에 이제 천사를 상대하고 있는 검은 옷의 사내가 들어왔다. 날렵하게 긴 팔다리를 감싼 옷이 검은색인 데다 머리 칼과 눈동자의 색깔 또한 같은 색이어서인지 사내는 한 마리의 늘씬한 흑표범을 연상케 했다.

등에 날개가 없는 것 같은데, 그럼 천사가 아닌가?

그러나 평범한 인간이라고 하기엔 그에게서 풍기는 기운 또한 천사 못지않게 강렬했다.

영우는 천사를 보는 것만으로도 오금이 저릴 정도인데, 사내는 천사를 상대로 하고 있음에도 표정이며 움직임이 조금도 위축되지 않았다. 천사가 휘두르는 검의 공격을 막아내는 것은 물론이요, 자신이 가진 검은색의 양손검을 이용해 날카롭게 되받아치는 여유까지 보여주고 있었다.

맹렬한 기세로 몰아붙이는 천사의 공격이 거듭되자 사내는 어느 즈음 뒷걸음질을 치며 물러나기 시작했다. 신의 대리자이자 천계의 수호자인 천사를 이긴다는 것이 아마도 쉽지 않은 모양이었다.

반구처럼 파인 지대를 벗어나기까지 멈춰지지 않던 대결은 검은 옷의 사내가 가진 검날이 부러지고서야 극적으로 멈춰졌다.

누구를 응원해야 할지 몰라 갈등하던 영우는 천사의 백색 칼날이 사내의 옆구리를 파고들었을 때 저가 찔린 것처럼 미간을 구겼다.

「반역자의 피가 흐르는 자여, 죽음을 달게 받아들여라.」

천사는 칼날을 더욱 깊게 박아 넣었고, 검은 옷의 사내는 그런 천사를 차분하게 바라보았다.

「그렇게는 못 하겠습니다.」

사내는 칼날이 부러진 검의 손잡이에 힘을 주며 단호하게 대꾸했다.

「나의 죽음의 때는, 내가 정할 것입니다.」

천사는 사내의 오만한 반응이 그저 가소로웠다. 검을 잡지 않은 다른 손으로 양손검의 손잡이를 움켜쥔 그는 사내 쪽으로 나직하게 고개를 숙였다.

「궁금하구나, 너의 칼로 죽임을 당해도 그런 말을 뱉을 수 있을지.」

그 순간 천사의 숨결을 타고 흘러나온 향기가 사내의 후각을 자극했다. 그러자 약에 취한 것처럼 온몸에서 힘이 빠져나가려 했다. 사내는 바로 숨을 참으며 천사의 움직임을 주시했다. 천사의 두 손에 무기가 쥐어지는 순간, 낮게 숙였던 상체를 바로 세웠다.

칼날이 박힌 옆구리에서 타들어가는 듯한 고통이 느껴졌지만 사내는 피가 묻은 손을 재빨리 움직였다. 희고 서늘한 천사의 목덜미를 한 손으로 감싸 쥔 그는 또 다른 손으로 천사의 어깨에서 솟아난 날개뼈를 움켜쥐었다.

우지끈!

사내는 천사의 몸과 연결된 날갯뼈를 힘주어 꺾더니 그 날개 한쪽을 붙잡아 땅속에 묻힌 뿌리를 뽑듯 힘껏 뜯어 올렸다.

「크아악!」

예기치 않은 일격에 천사는 충격을 받았고, 단정하고 아름다운 입술에선 날카로운 비명이 터져 나왔다. 사내는 천사의 손에 들려 있던 자신의 검을 빼앗아 망설임 없이 휘둘렀다.

스컹!

절반이 잘려 나가 더욱 예리해진 칼날이 천사의 가슴과 목을 베고 지나가자 청록색을 띠는 천사의 피가 공중으로 흩뿌려졌다. 고통과 놀라움에 파리해진 천사의 머리가 땅바닥으로 떨어지는 순간, 한여름의 태양보다 강렬한 빛이 천사의 몸속에서 폭발하듯 발산되었다.

눈을 멀게 할 듯 강렬한 빛의 세기에 영우는 얼굴을 가린 채 고개를 돌렸다.

엄청난 광경을 목격한 여파로 온몸에서 힘이 빠져나가 그 자리에 털썩 주저앉았다.

지독한 추위로 헛것을 보는 거라고.

그게 아니면 이렇게 이상한 장면을 볼 리가 없다고 생각하며 멍하게 고개를 저었다.

쿠웅──!

차가운 땅바닥에 무릎을 꿇어앉은 콴은 빛에 싸여 홀연히 사라지는 천사를 보았다.

자신의 옆구리를 내어주고 승리를 쟁취했지만 그 피해가 만만치 않았다.

갈수록 극심한 통증을 유발하는 칼날은 몸속에서 흘러야 마땅한 피를 그의 몸 밖으로 흘러나오게 만들었다.

[……빌어먹게 아프군.]

손바닥을 축축하게 적시는 검은 피를 확인한 그는 나직하게 욕설을 내뱉었다.

칼날을 빼내고 나면 출혈을 멈출 수 있겠지만, 문제는 그것이 쉽지 않다는 사실이었다.

콴의 몸에 박혀 있는 칼날은 대천사의 피와 신성한 기도가 녹아들어 만들어진 것이었다.

부정한 것이 들어 있지 않은 성검(聖劍)은 검은 피가 흐르는 그의 몸을 상하게 만들어 죽음으로 이끄는 독약과 다름없었다.

어찌해야 할지 결정을 내린 콴은 그 즉시 행동에 들어갔다. 천사의 날개가 양각되어 있는 검의 손잡이를 움켜쥐자 강력한 전류에 감전된 것 같은 자극이 손 전체를 휘감았다.

콴은 이를 사리물며 손잡이를 더욱 움켜쥐었다. 손가락이 녹아나는 고통을 참지 못해 머뭇거린다면 밝아올 아침 햇살을 정면으로 맞이해야 했다.

콴이 가진 능력은 천사를 이길 만큼 강력했지만 대지를 밝히는 태양 아래선 제 기능을 발휘하지 못했다. 완전한 뱀파이어인 그의 몸은 태양 빛을 받는 순간 검붉은 불꽃으로 타올라 한 줌의 재로 허무하게 사라질 것이기 때문이었다.

그럴듯한 묘비명과 애통한 죽음을 기릴 수 있는 무덤 따위는 꿈꿀 수 없는 초라한 죽음.

지나온 삶의 시간과 비교해 턱없이 허무하게 사라지는 죽음. 이 잔인한 형벌은 그가 감히 바꿀 수 없는 숙명이자 운명이었다.

[천사를 물리쳤더니 아침이 밝아온다라…….]

밤의 기운이 서서히 옅어지는 하늘을 보며 검의 손잡이를 쥔 손에 다시금 힘을 주었다.

패잔병처럼 볼썽사나운 모습을 누군가에게 보이지 않는다는 것이 그나마 다행이라면 다행이라고 생각하며 이를 악무는데, 낯선 언어를 가진 사내의 목소리가 그의 청각을 자극했다.

"저기! 잠깐만요!"

소리를 따라 고개를 돌리자 총명한 인상이 인상적인 동양인 청년이 헐레벌떡 뛰어오는 모습이 보였다.

"스탑! 스탑, 플리즈!"

영우는 두 손을 모두 들어 보이며 그 말을 외쳤다.

"거기, 그 칼 일단 놔둬요! 그냥 빼냈다간 큰일이 날 수 있어요!"

[…….]

"그러니까 내 말은, 유 아 쏘 댄져러스 하니까, 일단 스탑하라고요. 언더스탠?"

영우는 남자에게 옆구리에 박힌 칼을 빼내지 말라고 말하고 싶었다. 출혈로 인해 생명이 더 위험해질 수 있으니 무작정 움직여선 안 된다고도 얘기해 주고 싶었다.

하지만 그것이 맘처럼 쉽지 않았다. 하여 모국어인 한국어와 귀동냥으로 들은 영어 단어를 보디랭귀지와 섞어가며 긴박하게 외치는 중이었다.

[보통의 인간이라면 출혈이 클 테지.]

"맞아요. 지금 그 칼을 빼내면 피가 마구 흘러서 외려 쇼크가 올 거예요. 그러니까 일단은."

콴의 말을 받아 다급하게 대꾸하던 영우는 멈칫 눈썹을 올렸다. 자신과 남자가 각기 다른 언어를 사용하고 있는데, 별문제 없이 대화가 가능했기 때문이다.

"혹시 그쪽도 내가 하는 말이 들립니까? 그러니까 우린 분명히 다른 나라 말을 하고 있는데, 어째서 얘기가 통한다는 느낌이……."

[질문은 나중에. 우선은 이 칼을 빼내야 해서.]

"아, 예."

콴의 목소리엔 함부로 거스르기 어려운 위엄이 서려 있었다. 그래서 영우는 선뜻 그를 말릴 수 없었다. 하지만 옆구리를 관통한 칼을 보고 있자니 정말 지켜만 봐도 되는 건지 걱정이 앞섰다.

"정말로 괜찮겠습니까? 근처에 병원이나 약국이 있는 것도 아닌데. 이렇게 막 빼내도 되는 건지 모르겠."

콴은 영우의 말이 끝나기도 전에 칼날을 완전히 빼내 바닥으로 던졌다.

묵직한 소리를 내며 떨어진 검은 부식된 쇠처럼 검붉게 변하더니 이내 흔적도 없이 깨끗하게 사라졌다.

"검이, 사라졌네요?"

벙하게 중얼거린 영우는 콴에게 눈길을 돌리다 찔끔하는 얼굴이 되었다. 부상당한 옆구리에 손을 대고 있는 콴을 보자 검이 사라진 것을 마냥 신기하게만 보았던 것이 미안했다.

"다친 덴 어때요? 괜찮은 것 같습니까?"

콴의 손과 옷가지에 묻어 있는 피가 붉은색이 아닌 검은색인 것이 기이했지만 영우는 우선 그의 상태를 물었다. 아직 날이 밝지 않은 데다 여러 가지 이상한 일을 겪은 터라 제 눈에 어둡게 보이는 것이라고 대수롭지 않게 여겼다.

[보시다시피 아직은.]

선선하게 대꾸한 콴은 하늘을 쳐다본 후 서서히 몸을 일으켰다.

"이런!"

화들짝 놀란 영우는 바로 다가가 콴을 부축했다. 거리가 가까워져서인지 비릿한 피 냄새가 바로 느껴졌다. 그런데 역하다는 생각이 들지 않았다. 어디서인지 몰라도 울창한 숲에 들어선 것처럼 청쾌한 바람이 불어와 기분 나쁜 냄새들을 씻어내는 듯했다.

바람이 부는 건 겨울이라서 그렇다고 해도 숲의 향기가 느껴지는 건 무슨 이유일까 싶었다. 부상을 당한 남자와 자신이 서 있는 주변은 나무는커녕 풀 한 포기도 찾아보기 힘든 척박한 사막이었다.

쓸데없는 생각 마라, 영우야. 오늘 일어난 일 중에 이상하지 않은 일이 어디 한둘이냐.

"그런데 바로 움직여도 되는 겁니까? 잠시 쉬는 게 더 낫지 않겠어요?"

영우는 걱정하며 콴을 올려다보았다. 덕분에 그가 굉장한 장신이라는 것과 사람의 눈길만이 아니라 마음까지 사로잡는 미남자라는 걸 알게 되었다.

콴은 달빛을 받은 대리석처럼 창백하게 희고 매끄럽게 빛나는 피부를 가지고 있었다.

그의 얼굴은 서양인 특유의 뚜렷한 이목구비에 동양인처럼 단정하고 신비로운 분위기가 자연스러운 조화를 이루고 있었다. 하여 어느 누구와도 구별되어지는 특별하고 독특한 매력을 풍겼다.

게다가 그에게선 상대로 하여금 저절로 머리를 숙이게 만드는 우아한 기품이 느껴졌다.

크나큰 부상을 당할 정도로 험한 일을 겪은 탓에 옷매무새가 흐트러지고, 쉽게 지워지지 않을 피 얼룩이 셔츠를 더럽히고 있음에도 지저분하다거나 위험하다거나 하는 생각이 들지 않은 게 그 이유 때문인 듯했다.

그래서인지 몰라도 그가 머리를 벤 존재가 천사의 모습으로 위장한 악마일지도 모른다는 생각이 들었다. 그러고 보니 천사의 날개가 흰색이 아닌 보라색이었다. 공중으로 흩뿌려지던 피도 붉은색이 아닌 초록색을 띠었고.

[이봐, 이영우.]

콴이 이름을 부르자 영우는 흠칫 미간을 좁혔다. 제대로 통성명을 한 것도 아닌데 제 이름을 정확하게 불렀으니 놀랄 수밖에 없었다.

[보라색 날개를 가진 이는 천사가 맞아.]

"처, 천사가 맞다구요?"

[그렇다면 자네가 부축하고 있는 사람은 무엇일까? 당연히 그것이 궁금하겠지.]

속마음을 읽어본 것 같은 질문이었기에 영우는 긴장하여 마른침을 삼켰다.

[그전에 여길 벗어나야 해.]

"당연히 벗어나야죠. 그런데 이 사막을 벗어날 방법이 있긴 합니까?"

[물론.]

"정말 그게 가능합니까?"

[그러기 위해선 자네의 도움이 필요해. 보다시피 몸 상태가 좋지 않거든.]

콴은 탁월한 회복력을 가지고 있었다. 때문에 심각한 부상을 입어도 원래의 몸 상태로 빠르게 회복될 수 있었다. 그런데 지금은 그 능력이 제대로 발휘되지 못한다. 천사와의 대결로 힘이 소진된 데다 부상과 출혈이 더해져 속도가 더딘 것이었다.

"제가 뭘 도와드리면 되죠?"

암담한 상황에서 벗어날 수 있다는 말을 들었기에 영우의 얼굴엔 화색이 돌았다.

[자네의 피. 그 피가 필요해.]

"제 피요?"

[그래. 자네의 몸속에 흐르고 있는 피. 그게 필요해.]

설명을 듣고 영우는 빠르게 두 눈을 깜빡였다. 귀는 제대로 말을 들은 것 같은데 그 속에 담긴 뜻이 정확하게 이해가 되지 않았다.

"제 피가 필요하다는 말은 잘 알겠습니다. 그런데 그 말이 혹시, 절 죽이겠다는 뜻입니까?"

영우는 콴의 표정을 살피며 신중하게 질문을 던졌다.

"만약에 제가 싫다고 하면, 거절할 수도 있는 그런."

[거절은 받아들이지 않을 거네.]

콴은 나른한 어조로 선을 그었고 영우는 잠시 말을 잃었다.

"……그 얘긴, 선택의 여지가 없다, 그런 뜻이로군요."

[이해력이 좋은 친구로군.]

콴은 영우를 칭찬하며 씩 입 끝을 올렸다.

그 미소에 영우는 두근 심장이 뛰었다. 자신의 생명이 위험해질 수 있다는 말을 들었는데도 심장이 두근거리다니! 에라이, 속없는 놈! 속으로 욕을 하며 원망하듯 콴을 보았다.

그 순간 좋은 술에 취할 때처럼 몽롱한 기운이 전신을 에워쌌다. 이대로 휩쓸려선 안 된다는 생각에 영우는 얼른 눈을 감았다.

조심해라, 이영우. 저 사람은 네가 상대해선 안 될 사람이야.

유혹과 두려움을 떨치려 눈을 감은 채 고개를 젓는 영우를 보며 콴은 소리 없이 웃었다.

호랑이 굴에 들어가서도 정신을 차리면 살 수 있다느니, 하는 속담을 떠올리며 어떻게든 정신을 놓지 않으려는 이영우의 간절함이 어딘가 모르게 귀엽다는 생각이 들었다.

사실 평소의 그였다면 상대의 허락을 구하는 일 없이 바로 피를 취했을 터였다.

그런데 지금, 일출의 시간이 촉박하게 다가왔음에도 상대의 자발적인 협조를 기다리고 있었다.

이유가 뭘까?

영우가 부축을 하겠다고 다가왔을 때, 콴은 영우가 사막에 버려진 이유를 모두 읽어냈다. 어쩌면 그것 때문에 측은지심이 발동한 것인지도 몰랐다. 자신이 겪은 위기와 이영우가 겪은 일련의 시련이 어딘가 닮아 있다는 생각이 든 것인지도.

[얼마나 더 기다려야 하지?]

콴의 말에 영우는 어쩔 수 없이 감은 눈을 떴다.

"당신이라면 여길 벗어날 능력이 있을 겁니다. 틀림없이 말이에요."

눈앞의 존재가 천사를 가장한 악마이든, 비상한 재주를 가진 살인마이든 영우는 일단 이 사막부터 벗어나 보자고 생각을 정리했다.

"그전에 한 가지만 약속하십시오. 절 죽이지 않는다고 말이에요."

[…….]

"그것만 약속해 주신다면 제 피를 기꺼이 드리겠습니다."

결연한 얼굴로 말을 마친 영우를 향해 콴은 특유의 미소를 지었다. 비굴함 없이 당당한 눈빛이 볼수록 마음에 들었다.

[자네의 눈빛이 마음에 드니, 노력을 해보지.]

콴의 얼굴에 떠오른 미소. 그것은 새하얀 눈의 결정처럼 서늘하게 아름다웠다.

하지만 영우는 콴을 따라 웃을 수 없었다. 하여 조용히 눈을 감았다.

그렇다고 모든 희망을 포기하고 체념한 상태는 아니었다. 자신의 생과 사가 상대의 손에 달렸다는 걸 알고 있는데도 갱들과 부딪칠 때처럼 분노가 치솟지 않을 뿐이었다. 약속을 지키겠다는 다짐이 아니라 노력을 해보겠다는 말을 들은 것인데도 이상하게 마음이 편안했다.

그때 콴의 손이 한쪽 손을 휘감았다. 보통 사람보다 낮은 체온에 선득해 영우는 바로 미간을 좁혔다. 맥박이 뛰는 부근에 입술이 닿는 것 같더니 따끔한 무언가가 손목을 파고들었다.

"으!"

뜨거운 피가 어딘가로 빨려 들어가는 것을 느끼며 영우는 주먹을 움켜쥐었다.

어쩌면 이대로 끝이 나는 건지도 모르겠어.

콴이 자신을 살려줄 것이라는 기대와 살려주지 않을 것이라는 두려움 속에서 영우의 심장은 거칠게 뛰었다. 덕분에 오래지 않아 현기증이 몰려왔다.

영우가 힘을 잃고 무너지려 하자 콴은 영우의 등허리를 한 팔로 감싸 든든한 버팀목이 되어주었다. 갈증이 난 목을 축이는 인간의 피는 몹시 달고 향기로웠다. 그러자 그 피를 남김없이 취하고픈 욕망이 고개를 들었다. 흡혈의 행위가 만들어내는 자극과 폭력적인 쾌감들에 지배당하지 않으려 콴은 의식적으로 속도를 늦추었다.

✢ ✢ ✢

영우가 의식을 되찾은 건 이틀 만이었다.

그런데 그가 깨어난 곳은 라스베이거스의 최고급 호텔에 속해 있는 1인용 병실이었다.

뭐가 어떻게 된 거지?

영우가 기억하는 자신의 마지막은 사막의 혹독한 추위에 떨며 마지막 담배를 피워 문 것이 전부였다. 그런데 이름조차 생소한 네바다주에서 눈을 떴으니 얼떨떨할 수밖에 없었다.

다행히 영우의 궁금증은 오래지 않아 해결됐다. 이곳 병원에서 근무하는 한국인 여자 교포가 자세한 설명을 해주었기 때문이다.

영우는 그녀를 통해 자신이 '제이드 에드먼드'라는 사업가에 의해 병원에 옮겨졌고, 그가 치료비를 포함한 일체의 비용을 부담하고 있다는 것까지 알게 되었다.

"그분이 뉘신지 모르겠지만 절 도와주신 일은 감사하단 인사를 드려야겠습니다. 그런데 솔직히 이해가 안 가네요."

"뭐가 이해가 안 가세요?"

"날 이런 곳에 머물게 할 정도로 대단한 사업가라면 뭐 하나 아쉬운 게 없으실 텐데. 일면식도 없는 저에게 이런 호의를 베풀었다는 게 말입니다."

"그건 이영우 씨가 에드먼드 씨에게 도움을 주었기 때문이라고 알고 있어요."

"제가 무슨 도움을 줬다는 겁니까?"

"사막에서 이영우 씨를 도운 건 에드먼드 씨지만 괴한에게 총상을 당할 뻔한 에드먼드 씨를 몸을 날려 보호한 사람이 이영우 씨라고 들었거든요."

"제가 그분을 위해 몸을 날렸다고요? 제가요?"

영우가 거듭 확인을 하자 여자는 "제가 본 게 아니라 들은 거라니까요"라며 웃음을 지었다.

"하지만 에드먼드 씨나 에드먼드 씨의 비서가 뭣 때문에 없는 말을 하겠어요? 이영우 씨 말마따나 뭐 하나 아쉬운 게 없는 사람들인데요."

"듣고 보니 정말 그렇네요."

"사고가 있던 날, 이영우 씨가 바닥에 넘어지면서 머리를 세게 부딪쳤대요. 아마 그때 받았던 충격 때문에 기억을 못 하는 걸 거예요. 이건 담당 닥터가 하는 얘길 제가 직접 들은 거예요."

영우는 뒤통수 한쪽에 커다랗게 붙어 있는 거즈 붕대를 만져 보았다. 그런 말을 들어서인지 몰라도 누군가를 감싸 부축하는 장면이 어렴풋이 떠오르는 듯도 했다. 하지만 더는 생각을 이을 수 없었다. 사고와 관련된 것들을 떠올리려 하면 머리 전체가 지끈거리며 몹시 아팠다.

깨어나서 사나흘이 지난 후 영우는 갖가지 정밀 검사를 받았다. 다행히 아무런 이상이 없다는 진단을 받아 곧바로 퇴원이 결정되었다. 그런데 그동안 에드먼드 씨의 얼굴은커녕 목소리조차 들을 수 없었다.

영우가 병원에 머무는 동안 찾아온 사람은 에드먼드의 비서라는 '대런 레이놀즈'였다.

대런 레이놀즈는 윤기가 흐르는 블론드에 푸른색 눈동자를 가진 전형적인 북유럽 미남으로 큰 키와 길쭉한 팔다리에서 느껴지는 아우라가 몹시 차가웠다.

[에드먼드 씨께서 이영우 씨를 만나고 싶어 하십니다.]

"에드먼드씨가 저를요?"

영우가 놀라서 되물었지만 대런은 가타부타 대답을 하지 않고 곧장 몸을 돌려 걸음을 옮겼다. 저를 무시하는 것이 확실한 행동이었지만 영우는 별다른 말을 하지 않고 앞서 가는 대런을 따랐다. 대런이 영우를 데려간 곳은 근사한 차들이 세워져 있는 주차장이었다.

[저기에 에드먼드 씨가 기다리고 계십니다.]

대런의 말이 끝나자마자 한 차량의 운전석 문이 열렸다. 그 차는 익히 말로만 들어왔던 검정색의 리무진이었다. 운전석에서 내린 정장 차림의 운전기사는 깍듯한 동작으로 뒷좌석의 문을 열어주었다.

[아, 감사합니다.]

운전기사에게 인사를 한 영우는 뒤쪽에 거리를 두고 서 있는 대런에게도 꾸벅 인사를 해주었다.

"……!"

운전석과 분리된 차량의 내부로 들어가자 영우의 입에서 소리 없는 감탄사가 흘러나왔다.

부드럽고 푹신해 보이는 최고급 가죽 시트와 긴장감을 누그러뜨리는 은은한 향기.

정교하게 세공을 한 보석처럼 아름다운 정성이 깃든 내부의 인테리어와 한눈에 보기에도 값비싸 보이는 최고급 장식품들은 이런 것에 무지한 영우에게도 참 아름다운 차로구나, 하는 생각을 하게 만들었다.

그러나 영우의 눈길을 가장 사로잡은 건 소파에 앉아 그를 기다리고 있던 '제이드 에드먼드'였다.

그는 구김살 하나 없이 말끔한 검정색 슈트에 흰색 드레스셔츠를 입고 있었다.

매듭이 단정한 은회색 넥타이에 디자인이 심플한 커프스와 손목시계.

딱히 도드라지는 것을 착용한 것이 아닌데도 그에게선 엄청난 부와 권력의 향기 같은 것이 강하게 느껴졌다. 지금 그를 만나는 장소가 싸구려 선술집이 되고, 입고 있는 옷이 기름때가 묻은 허름한 작업복이라고 해도 크게 다를 것 같지 않았다. 그것은 제이드 에드먼드가 영화배우라고 해도 손색이 없을 만큼 상당한 미남자였기에 가능한 짐작이었다.

[퇴원을 축하드립니다, 이영우 씨.]

[감사합니다. 모든 것이 에드먼드 씨 덕분입니다.]

에드먼드의 맞은편 자리에 엉거주춤하게 앉아 있던 영우는 그동안 연습했던 영어로 어색하게 답인사를 했다. 그런 영우를 향해 여유로운 미소를 지어 보인 제이드 에드먼드는 바로 콴이었다.

영우가 자신을 기억하지 못한다는 걸 콴은 이미 알고 있었다. 며칠 전 사막에서 벌어졌던 사건을 기억하는 건 영우에게 어느 하나 유익할 것이 없었다. 해서 일부러 영우의 기억을 지워놓은 것이었다.

영우는 콴을 기억하고 있다는 사실만으로도 콴의 추종자들에게 죽임을 당할 수 있었다. 비서인 대런을 포함한 콴의 추종자들은 때로 그 충성심이 지나쳐서 콴의 지시와 무관하게 일을 처리할 때가 있었다.

영우의 피로 되살아난 콴이 영우를 보호하기 위해 기억을 지운 건 가장 확실한 방법이자 조처였다. 그러나 저를 기억하지 못하는 영우를 마주하게 된 콴은 전혀 예상치 못한 서운함을 느꼈다. 그의 피를 흡혈한 것이 그에게 남다른 감정을 느끼게 하는 모양이었다.

[몸은 어떻습니까?]

[아, 예, 덕분에 아주 좋습니다. 에드먼드 씨는 어떠십니까?]

서툰 영어지만 영우는 다시금 감사의 인사를 했고 에드먼드의 안부까지 챙겼다. 콴은 옅은 미소를 띤 채 자신 또한 몹시 건강하다는 답을 해주었다.

콴의 말을 알아들은 영우는 그를 따라 어설픈 미소를 지어 보였다. 눈앞의 남자가 보여주는 미소가 왠지 낯설지 않다는 느낌을 받았지만 기억을 못 하는 상황이니 그런 것이라 생각할 뿐이었다.

콴이 미니바에 있는 음료를 권하자 영우는 그냥 생수를 달라고 말했다. 콴은 크리스털 잔에 생수를 따라 영우에게 건네주었다.

[아, 고맙습니다.]

영우는 시원한 물을 마시며 약간 놀라고 흥분된 가슴을 진정시켰다. 교포로부터 에드먼드에 대한 얘기를 들었을 때 당연히 나이 지긋한 중년의 신사를 떠올렸었다. 그런데 짐작했던 것과 전혀 다른 젊고 근사한 청년이 눈앞에 있으니 놀랄 수밖에 없었다.

내가 저런 사람을 구해줬다니, 아무래도 믿기지 않아.

에드먼드는 삼십대 초중반의 연령대로 보였는데, 슈트를 입은 체격이 운동선수 못지않게 건장하고 탄탄했다. 거기에 상대로 하여금 저절로 집중을 하게 만드는 울림이 깊은 매력적인 목소리까지 가지고 있었다.

높다란 언어의 장벽으로 인해 긴 대화를 나누진 못했지만 영우는 에드먼드가 자신에게 호감을 가지고 있다는 걸 느낄 수 있었다. 그것이 제 몸을 던져 목숨을 구한 대가라고 해도, 영우의 입장에선 단연코 고마운 일이었다.

그는 믿었던 친구에게 뒤통수를 맞은 것도 모자라 목숨까지 잃을 뻔한 위기에 처해 있었다. 그러니 기억을 잃은 데다 다치기까지 한 이국인을 모른 체하지 않은 에드먼드의 배려를 당연한 것이라고 여길 수 없는 것이었다.

어쨌든 둘의 만남은 그것으로 끝이 났다. 그런데 에드먼드의 호의는 거기서 끝이 아니었다. 에드먼드는 영우가 그토록 성사하려고 애썼던 회사와 계약을 체결할 수 있도록 확실한 지원을 해주었다. 그리고 한국행 비행기 티켓과 여비를 챙겨주는 것까지 잊지 않았다.

[에드먼드 씨의 도움은 여기까지입니다. 오늘 이후론 어떤 도움도 기대해선 안 됩니다.]

병실에서 짐을 챙기고 있는 영우에게 비행기 티켓을 전해주러 온 대런은 에드먼드 씨에게 고맙다는 인사를 전해달라는 영우의 말을 듣고 그 말을 꺼냈다. 교포를 통해 말을 들은 영우는 무슨 말인지 알겠다며 고개를 끄덕였다.

"그야 물론입니다. 하지만 에드먼드 씨가 제게 베푼 은혜는 절대 잊지 않을 겁니다. 제가 하는 일이 잘 마무리가 되면, 언제고 에드먼드 씨의 은혜를 갚을 겁니다."

교포가 영우의 말을 통역하자 대런은 냉정하게 고개를 저었다.

[아니, 그게 아닙니다. 난 에드먼드 씨의 은혜를 갚으란 말을

한 게 아니에요. 나의 보스와 관련된 일은 이 땅을 떠나는 즉시 깨끗하게 잊으란 말을 한 겁니다. 그것이 고마움이든 무엇이든 간에 완전하게 잊으란 그런 뜻이에요.]

사실 대런의 말투는 평소와 다름이 없었다. 그러나 무표정해서 차갑게만 보였던 푸른 눈에 전에 없는 공격성이 드러났다.

"대런 씨가 정말 그런 식으로 말을 했습니까?"

혹시 오해를 한 것인가 싶어, 통역을 해준 교포에게 넌지시 확인을 했다.

"예. 전 제가 들은 말을 그대로 전달했어요."

"아, 그렇군요."

영우는 머쓱해져 작게 헛기침을 했다.

[난 당신이 마음에 들지 않습니다. 당신처럼 하찮은 존재가 나의 보스와 인연이 닿은 것이 몹시 불쾌해요. 그런데도 당신을 참고 대한 건, 당신이 보스의 목숨을 구했다는 사실 하나 때문입니다.]

한 번 입을 연 대런은 영우를 향해 속사포처럼 말을 쏟아냈다. 그 말들은 영우가 듣기에 하나같이 껄끄럽고 불편한 것이었다.

[당신은 당신이 한 일보다 분에 넘치는 대가를 받았습니다. 그러니 뭘 더 받을까 기웃대지 말고 당신 나라로 썩 꺼지세요.]

"대런 씨, 뭔가 오해를 하신 것 같은데, 난."

영우가 설명을 하려 들자 대런은 별로 듣고 싶지 않다는 듯

한 손을 들어 보였다.

"이봐요. 당신은 당신이 하고 싶은 말을 다 했으면서 나는 못하게 하는 경우는 무슨 경웁니까?"

대런은 침착하게 따지고 드는 영우를 싸한 눈길로 쳐다보더니 형식적인 작별 인사도 없이 방을 나가 버렸다.

"뭐, 저런 호랑말코 같은 사람이!"

욱하는 마음에 욕설을 내뱉은 영우는 거칠게 입바람을 불었다.

"내가 저 비서 양반에게 뭐 실수라도 했습니까?"

"글쎄요."

통역을 맡았던 교포는 어깨를 으쓱 추켜올렸다.

"우리나라랑은 문화가 다르니까. 난 별 뜻 없이 한 행동인데, 그것 때문에 기분이 몹시 상했다거나."

"그런 것까진 저도 알 수가 없죠."

"하긴, 그것도 그러네요. 그래도 저렇게 골이 난 얼굴이 마지막이라니. 이유가 어떻든 맘이 좋지는 않네요."

"에드먼드 씨가 이영우 씨를 특별하게 대해주니까 딴엔 질투가 났나 보죠, 뭐."

"에? 질투요?"

"보스에 대한 얘기를 할 때 레이놀즈 씨 표정이 딱 그랬거든요."

"에이, 설마요. 아무렴 그럴 리가 있겠습니까?"

영우는 영문을 모르겠어서 답답해했지만, 그녀는 아주 재미있는 걸 발견한 사람처럼 키득거리며 웃을 뿐이었다.

영우는 대련과 그런 식으로 마무리를 지은 것을 못내 찜찜해하며 공항에 도착했다. 그러나 한국으로 향하는 비행기에 오르는 순간 그 일은 자연스레 잊히게 되었다.

넉넉하고 편안한 비즈니스석에 앉아 아내의 사진을 보고 있으니 정말 한국에 가는구나, 하는 감격에 겨워 다른 우울한 생각을 할 겨를이 없었다.

"여보, 조금만 더 기다려 줘."

항상 간직하고 있었음에도 미안해서 꺼내지 못했던 아내의 사진. 그 사진을 꺼내 어루만지며 눈을 감고 기도하듯 중얼거렸다.

비행기가 활주로를 벗어나 이륙하자 영우는 창밖으로 눈길을 주었다. 차츰 멀어지고 작아지는 이국의 풍경을 보고 있으니 그곳에서 겪었던 일들이 한바탕 꿈만 같았다.

두 번 다시 꾸고 싶지 않은 악몽처럼 진저리쳐지는 일도 있었지만 기분 좋은 꿈처럼 행복한 일도 있었다.

어쨌든 난 죽지 않고 살았어. 죽을 고비를 몇 번이나 넘기면서 살아났으니 앞으로의 일도 분명 잘해낼 거야. 틀림없이 그럴 거야.

다부지게 결심하는 영우의 눈에 하얀 꽃잎을 닮은 눈송이들이 하나둘 흩날리는 게 보였다. 왈츠를 추듯 우아하게 떨어지던 작은 눈송이들은 곧 커다란 함박눈이 되었다. 밤하늘을 어지러이 수놓는 소담한 눈송이들을 흐뭇하게 바라보다 영우는 몇 번이나 하품을 했다.

자고 일어나면 한국이었으면 좋겠다, 그 생각을 하며 졸린 눈을 감았다.

달고 무거운 잠이 그의 몸을 완전히 뒤덮어 오래도록 깨지 않았다.

✢ ✢ ✢

"이영우님."

"……."

"이영우님."

무력한 잠에 빠져 있던 영우의 귀에 상냥한 여자의 목소리가 거듭 들려왔다.

"지금 밖에 눈이 내리고 있어요."

그 말에 닫혀 있던 영우의 눈꺼풀이 조금씩 흔들렸다.

"한겨울처럼 펑펑 내리는데 보이세요?"

힘주어 눈을 뜨자 오십대 초반의 여자 간병인 얼굴이 나타났다. 그녀는 영우가 누워 있는 침대 옆에 서서 창밖 풍경을 알려주고 있었다.

"정말 소담하게 내려서 눈이 금방 쌓이겠어요."

그 말을 듣고 창가로 눈길을 주었다. 그 동작을 하면서 느린 숨을 내쉬는 영우는 이제 삼십대의 청년이 아니었다. 칠순의 나이를 훌쩍 넘어 백발이 성성한 나이 든 모습.

호흡을 할 때마다 오르내리는 얄팍한 흉부와 주름으로 쪼글쪼글해진 얼굴은 젊고 건강했던 이영우를 떠올리기 힘들 만큼 병색이 완연했다.

"경칩이 지났는데 비가 아니라 눈이 오니 어쩐대요. 이러다간 봄꽃이 피지도 못하고 그냥 얼어버리겠어요."

총기가 흐릿해진 눈을 느리게 움직이던 영우는 주름진 입을 천천히 열었다. 그러나 입 밖으로 흘러나온 건 쇳소리를 닮은 기괴한 숨소리였다.

"흐어……."

소리를 들은 간병인은 그에게로 얼른 고개를 숙였다.

"이영우님. 침대에 앉고 싶으세요?"

영우가 천천히 고개를 끄덕이자 그녀는 리모콘을 이용해 침대 각도를 조절했다. 상체를 바로 세워 앉은 자세가 된 영우는 야윈 손을 들어 창가를 가리켰다.

"창문을 열어달라구요?"

영우는 대답하듯 손을 위아래로 움직였다. 별거 아닌 동작인데도 손이 사시나무 떨리듯 흔들렸다.

"오래 누워 계셔서 답답하셨나 봐요. 그래도 바람이 차서 오래는 안 돼요."

다정하게 설명을 마친 간병인은 침대 맡을 지나 창가로 향했다.

"아주 잠깐만 열어드릴 테니까 콧바람만 살짝 쏘이세요."

그녀는 닫혀 있던 창문을 옆으로 살짝 밀었다. 작은 틈이 생기자 바람이 휘이잉— 소리를 내며 득달같이 밀려들었다. 훈훈하게 데워져 있던 병실의 공기와 알싸한 한기를 담은 바람이 차갑게 뒤섞이는 것을 피부로 느끼며 영우는 말없이 눈을 깜빡였다.

목화꽃 송이처럼 탐스러운 눈송이들을 보고 있으니 오래전 김포공항에 도착했던 그날부터 지금까지의 일들이 아련히 떠올랐다.

그날로 다시 돌아갈 수 있다면, 지금 가진 것을 남김없이 쏟아붓는다고 해도 아깝지 않을 텐데.

지나온 날들에 대한 후회와 자책감, 아직 찾지 못한 누군가에 대한 염려로 메마르고 버석한 그의 눈가에 어느덧 축축한 물기가 어렸다. 괴로운 감정이 만들어낸 처참한 고통이 심장을 짓누르자 주름진 미간에 더욱 깊은 주름이 새겨졌다.

"흐으으……!"

검버섯이 핀 창백한 손을 심장 위에 올리며 영우는 아픈 신음을 토해냈다.

눈송이들에 한눈을 팔고 있던 간병인은 그 소리에 얼른 고개를 돌렸다. 영우가 야윈 몸을 들썩거리며 괴로워하자 얼른 창문을 닫고 발길을 돌렸다. 하지만 그녀는 영우에게로 다가가지 못했다. 한 발이 허공에 떠오른 자세 그대로 동작이 멈춰졌기 때문이다.

그렇게 멈춰진 건 그녀만이 아니었다.

영우가 누워 있던 병실의 모든 것—시시각각으로 변하는 심전도의 기계 소리와 산소발생기에서 올라오던 동그란 기포들, 가습기에서 뿜어져 나오던 뿌얀 수증기와 일정한 간격으로 떨어지던 링거액 등등—이 카메라 렌즈에 포착된 풍경처럼 일제히 정지되었다.

갑작스레 찾아든 정적이 얼떨떨해 영우는 심장이 아프다는 것도 잊은 채 주변을 살펴보았다. 자신을 제외한 모든 것이 움직이지 않고 멈춰 있음을 확인하자 두 팔에 화악 소름이 돋아났다.

벌써 때가 된 것인가?

끝이 왔다는 깨달음이 오자 그의 호흡이 곧 불안하게 바뀌었다.

안 됩니다! 아직은 아닙니다! 아직 그분을 만나지 못했습니다! 그러니 조금만 더 시간을 주십시오! 부디 조금 더 허락해 주십시오!

"으으! 으으으!"

누군가의 도움 없이는 아무것도 할 수 없는 불편한 몸을 뒤척이며 절망 어린 신음을 내질렀다. 그때 병실 문이 벌컥 열리며 검은 옷을 입은 누군가가 병실 안으로 들어왔다.

위아래 검은 옷을 입은 남자는 키가 몹시 컸다. 그가 긴 다리를 움직여 다가올 때마다 병실의 온도가 서늘하게 뚝뚝 내려가는 듯했다.

죽은 자의 영혼을 명계로 데려간다는 저승사자의 등장에 영우는 헛된 몸부림을 멈추었다.

2. 거부할 수 없는 제안

두려움과 공포에 질려 있던 영우의 눈은 어느 순간 놀라움으로 크게 확장되었다.

자신이 누워 있는 침대 앞까지 다가온 남자를 보았을 때 심장을 쥐어짜던 극심한 통증과 죽음의 그림자가 등 뒤로 희미하게 사라지는 듯했다.

"흐어어!"

영우는 한 손을 들어 남자를 불렀다. 격한 감정에 주름진 눈가에 울컥 눈물이 맺혔다.

깊은 바다처럼 검푸른 기운이 도는 눈동자.

지난 시간 그토록 애타게 기다려 왔던 존재를 마주하게 되었다는 사실에 몸 전체에 기묘한 전율이 느껴졌다.

"흐! 흐어어!"

콴은 소리치는 영우를 잠시 바라보았다. 그러다 뭔가 마뜩잖은 듯 미간을 좁혔다.

그는 우선 영우가 사용하고 있는 호흡기를 떼 한쪽으로 치웠다. 귀에 거슬리는 숨소리와 알아들을 수 없는 말을 하는 목소리를 잡기 위해 영우의 목과 가슴께에 손을 올렸다.

콴의 손이 잠시 머물다 떠난 후 영우에게선 제대로 된 음성이 터져 나왔다.

"정말로 와주셨군요! 정말로 와주셨어요!"

영우는 감격에 겨워 콴을 향해 외쳤다.

"이렇게 찾아와 주시다니, 이제 죽어도 여한이 없습니다!"

콴은 별다른 대꾸를 하지 않았다. 건강과 젊음을 잃고 쇠약하게 쪼그라든 노년의 이영우를 잠시 바라보다 담담하게 이름을 불렀다.

"이영우."

"예!"

"왜 날 찾았나?"

콴은 형식적인 안부를 생략하고 바로 이유를 물었다. 십여 년간 죽음처럼 깊은 잠을 자고 있던 그를 깨운 것이 염원이 가득한 영우의 목소리였기 때문이다. 그런데 영우는 대답이 아닌 울음을 터뜨렸다. 나직함에도 또렷한 콴의 음성을 듣게 되자 저도 모르게 그런 반응이 나온 것이다.

"그사이 눈물이 과해졌군그래."

"나이 들수록 느는 것이 눈물과 한숨뿐이라 못 볼 꼴을 보였습니다. 죄송합니다."

영우는 멋쩍게 웃으며 콴에게 사과했다. 그러다 제 몸의 상태가 완전히 달라졌다는 걸 깨달았다. 방금 전만 해도 손가락 하나를 움직이는 게 어려울 만큼 몸이 무겁고 불편했었다. 산소호흡기를 떼어놓고는 말은커녕 숨을 쉬는 것조차 버거웠었다. 그런데 지금은 건강할 때처럼 몸이 가벼웠다.

"혹시, 제 병이 나은 겁니까?"

"말을 하는 것이 편하도록 도움을 준 것뿐 병이 나은 건 아니라네."

"역시 그렇군요."

"실망을 주어 미안하군."

"아닙니다. 이만해도 전 감사합니다. 비록 잠시여도 전처럼 편하게 숨을 쉬고 말을 할 수 있어서 얼마나 속이 후련한지 모르실 겁니다."

주름이 깊게 팬 채 웃는 얼굴이었지만 영우에겐 처음과 다른 생기가 담겨 있었다.

"그럼 얘길 해봐, 날 찾은 이유가 무엇인지."

영우에게 묻는 콴은 여전히 젊고 아름다웠다. 하지만 영우가 기억했던 모습과 어딘가 다른 분위기가 느껴졌다. 이유가 무엇일까, 영우는 생각했다. 그리고 곧 그 답을 발견했다.

콴에게서 풍기던 동양적인 색채가 한층 강해져 그런 느낌을 받은 것이었다.

"세상을 떠나기 전에 반드시 전해야 할 얘기가 있어서, 그래서 그랬습니다."

"반드시 전해야 할 얘기라……. 내게 고해성사라도 하려는 건가?"

"아주 상관이 없다고는 말씀 못 드리겠습니다."

영우는 그 말을 하고서 힘없이 웃었다. 검정색의 단정한 셔츠와 바지를 입고 있는 콴의 모습은 맘이 곤고해진 신도의 고해성사를 들어주는 사제라고 해도 나무랄 데가 없어 보였다.

단정하게 넘겨진 머리칼 아래 드러난 아름다운 얼굴과 깊고 서늘한 눈매, 상대의 말을 경청하는 우아하고 신중한 태도는 그가 사제가 아니라고 해도 누구에게도 말하지 못한 죄와 비밀을 털어놓게 만드는 분위기가 있었다.

"그런 종류라면 다른 사람이 더 어울렸을 텐데."

"그것만 따지자면 그렇겠지요. 하지만 이 얘긴 당신에게만 해당되는 얘기라 당신을 찾을 수밖에 없었습니다."

"그 말을 들으니 진심으로 궁금해지는군."

"제 얘긴 아주 간단합니다. 당신께서 제 부탁을 들어주겠노라 약조해 주신다면."

영우는 잠시 말을 끊었고, 콴은 이어질 말을 기다렸다.

"당신의 염원을 이룰 방법을 알려 드리겠습니다."

"내 염원을 이룰 방법을 알려준다?"

"예, 그렇습니다."

확신에 찬 얼굴로 말을 했지만 콴의 표정은 별반 달라지지 않았다.

콴은 영우와 처음 만났던 날의 일을 떠올렸다. 그날의 비중은 콴이 살아온 시간과 비교해 많은 자리를 차지하진 않았다. 하지만 아직도 생생히 기억을 했다.

애송이나 다름없었던 이영우와 작별 인사를 나누었던 것이 벌써 사십여 년 전.

그런데 아직도 그때의 일이 기억나는 걸 보면 그만큼 인상적이었던 모양이다.

특별하다면 특별한 인연이라 할 수 있겠어. 오랜 시간이 지나고 이렇게 다시 재회하게 된 걸 보면 말이야…….

"그럼 얘길 해봐, 자네가 알고 있다는 나의 바람이 무엇인지."

영우에게 질문하면서도 '염원을 이룰 방법'에 대한 답을 기대하지 않았다. 다만 죽음을 목전에 둔 노인의 말을 무시해도 좋을 허언으로 취급하고 싶지 않았을 뿐이다.

"당신은 인간이 되길 원합니다."

영우의 말에 콴의 눈매가 가늘어졌다.

"저처럼 붉은 피가 흐르는 평범한 인간이길 원하고 있습니다."

영우가 정확한 답을 말했지만 콴은 가타부타 표현을 하지 않았다.

"부정하지 않는 걸 보니 제대로 답을 한 거로군요."

콴은 이번에도 침묵을 지켰다. 그러나 잠잠하기만 했던 표정에 미묘한 변화가 생겼다.

영우는 그것을 놓치지 않고 신경 써 지켜보았다. 어둡고 서늘한 기운이 도는 콴의 눈을 정면으로 바라보는 일이 쉽지 않았지만 그리 할 수밖에 없었다.

쳐다보는 것만으로도 살벌한 공포가 느껴지는 야수의 눈빛을 용케 견디는 건, 자신에게 남아 있는 시간이 길지 않다는 걸 알고 있어서다. 눈앞의 죽음을 피할 수 없다는 걸 알게 된 인간은 무모하리만큼 용감해지거나 처절하리만큼 비굴해지게 마련이었다.

"어떻게 알게 된 건지 모르겠지만 한 가진 인정해야겠군. 자네 운이 지독히 좋다는 걸 말이야."

"제가 운이 좋다는 건 저도 잘 알고 있습니다."

영우가 겸손하게 인정을 하자 콴은 비긋이 입 끝을 올렸다. 그로 인해 얼핏 웃는 것처럼 보였지만, 영우를 향한 눈길엔 따사로운 기운이 없었다.

"인간이 되는 방법을 찾는 데 많은 시간을 할애했었지. 하지만 애석하게도 해답을 찾지 못했어. 그런데 자넨 답을 알고 있다고 자신 있게 말하는군. 수백 년을 살아온 내가 찾지 못한 그 방법을 말이야.”

영우는 콴의 심정을 이해한다는 듯 고개를 끄덕였다.

“물론 제 말이 믿기지 않으실 겁니다. 저 역시도 당신이 쉽게 받아들일 거라고 생각지 않았으니까요.”

“…….”

“하지만 얼마 전부터 같은 꿈을 반복해서 꾸었습니다. 당신이 밝은 태양 아래서 자유롭게 움직이는 모습을 똑똑히 보았지요.”

영우의 눈은 거짓을 말하고 있지 않았다. 하지만 그가 말한 것은 그저 꿈이었다.

잠에서 깨어나는 순간 허무하게 깨어져 버리는, 손에 와 닿지만 붙잡을 수 없는 바람과 오래지 않아 허무하게 사라지고 마는 물거품처럼 부질없고 허탄한 것!

“난 꿀 수조차 없는 꿈을 대신 꾸어줬으니 고맙다는 인사라도 해야겠군.”

“그건 단순한 꿈이 아니었습니다. 당신이 그렇게 될 거라는 신성한 예지몽이었어요.”

“자네 말에 장단을 맞춰주고 싶지만, 그러기엔 내 나이가 적지 않아서 말일세.”

“만약 그 꿈을 꾸지 않았다면 전 당신이 바라는 게 뭔지도 모른 채 죽었을 겁니다. 그리고 이렇게 간절하게 당신을 찾을 일도 없었겠죠.”

영우의 목소리는 더없이 침착했고, 흐릿했던 두 눈동자가 건

강한 젊은이처럼 반짝였다.

"허무한 꿈 얘기를 계속 하겠다면 자네의 입을 막을 생각이네. 난 그런 아량은 부족하거든."

"콴 그레고리 루이스. 그것이 당신의 진짜 이름입니다. 그렇지요?"

불쑥 흘러나온 이름을 듣고 콴은 쓱 눈썹을 올렸다. 콴의 진짜 이름을 알고 있는 이는 극히 드물었다. 게다가 영우가 기억하는 이름은 '콴'이 아닌 '제이드 에드먼드'여야 했다.

그제야 허투루 넘길 얘기가 아니란 판단이 서자 콴의 마음속에 잔잔한 파문이 일었다.

"제가 알고 있는 건 그것만이 아닙니다. 당신 몸속에 어떤 색깔의 피가 흐르는지, 당신이 등 뒤에 감추고 있는 것이 무엇인지도 이미 알고 있어요."

"그 모두를 꿈에서 보았다?"

영우는 조용히 고개를 끄덕였다. 그 모습은 콴을 당혹스럽게 만들었다.

"제가 떠나고 나면 혼자 남는 아이가 있습니다. 죽은 아들이 남긴 유일한 혈육인데, 아마 지금쯤 열일곱 살이 됐을 겁니다."

"나에게 그 아이를 부탁하려는 거로군."

"예, 맞습니다."

"내가 어떤 존재인지 알고 있는데도 아이를 맡기겠다니. 제정신이 아닌 게 확실해."

관이 그렇게 말하는 것도 무리가 아니었다.

뱀파이어는 횟수와 상관없이 살아 있는 생명의 피를 마셔야 했다. 흡혈은 뱀파이어에게 강한 에너지와 황홀한 쾌감을 선사했다. 그러나 그 행위엔 성적인 욕망과 폭력의 욕구를 증대시키는 부작용이 존재했다. 때문에 감정 조절 능력을 갖추지 못한 뱀파이어들은 흡혈하는 대상의 숨통을 끊게 하거나 그에 버금가는 치명상을 입혔다.

흡혈의 부작용이 일으킨 살인 사건과 그에 따른 뒤처리는 갈수록 골칫거리가 되어갔다.

예전처럼 사체를 함부로 유기할 수 없었기에 아예 흔적이 남지 않도록 처리하거나 그럴듯한 사인(死因)을 만들어야 했다. 과학과 의학이 급속도로 발달하면서 인간들이 뱀파이어에 대해 알게 될 위험성과 가능성이 그만큼 높아진 것이었다.

결국 수뇌부는 특단의 조치를 내렸다. 수혈과 같은 간접 수단을 통해서도 생명 유지가 가능해졌기에 직접적인 흡혈을 원칙적으로 금지시켰다.

새롭게 세운 원칙을 공고히 하기 위해 사람들이 밀집된 대도시에서 살인 사건을 일으키는 뱀파이어들은 이유 여하를 불문하고 참형시켰다. 당연히 그에 반발하는 무리가 생겨났다.

하지만 그들의 움직임은 오래가지 못했다. 수뇌부에 속하는 상위 뱀파이어와 그들을 따르는 무리들이 상대적으로 강한 능력을 가지고 있었기에 반발 세력은 거의 일방적으로 제압을 당했다.

콴은 흡혈의 부작용에서 어느 정도 자유로웠다. 그렇다고 흡혈의 욕구와 유혹에 흔들리지 않는 건 아니었다. 오랜 훈련을 통해 강화시킨 절제력으로 제 안에 있는 난폭한 야수를 다스릴 줄 아는 것이었다.

"굶주린 고양이에게 생선을 맡기는 일이라고 생각하시는군요."

"지독히 어리석은 데다 지극히 위험한 일이지."

"하지만 하시게 될 겁니다. 제 부탁을 거절하신다면 제가 알고 있는 답을 알려 드리지 않을 테니까요."

"내가 자네 머릿속에 있는 생각을 읽지 못할 거라 생각하나?"

영우는 미라처럼 마른 손을 움직여 콴의 손을 움켜쥐었다.

"그럼 가져가 보십시오."

놓치지 않겠다는 듯 강하게 움켜쥔 손을 제 머리 위로 가져가며 콴을 향해 자신만만하게 말했다.

"제가 알고 있는 해답을 찾아내 당신 것으로 만드세요."

콴에겐 상대와의 신체 접촉을 통해 과거를 읽을 수 있는 능력이 있었다. 영우의 머리에 손이 올라가 있으니 지난 시간 영우가 겪은 일들이 어려움 없이 빠르게 읽혀졌다.

그런데 영우가 말했던 꿈과 그와 관련한 생각들은 흐릿한 베일에 싸인 것처럼 제대로 읽히지 않았다. 보다 강력한 힘을 발휘한다면 영우 안의 깊은 무의식까지 파고들 수 있었다.

콴은 자신의 능력을 거두고 손을 내렸다. 영우의 몸은 콴이 주는 충격을 감내할 수 있는 상태가 아니었다. 어쩌면 해답을 알아내기도 전에 숨이 끊어질 수 있었다.

콴이 말없이 손을 내리자 영우가 답답한 듯 그에게 말했다.

"그 사막에서 당신을 만난 것이 그저 우연이었을까요? 제가 당신의 꿈을 꾼 것이, 당신이 지운 기억을 되살려낸 것이 단순한 우연의 일치였을까요?"

"……."

"아니요. 절대 아닙니다. 그 꿈은 그냥 무시해도 되는 꿈이 아니에요. 당신이 찾으려 애를 썼던 분명한 해답이란 말입니다. 제 말이 거짓인지 아닌지는 그 방법을 시도해 보면 알 게 아닙니까?"

영우는 사력을 다해 콴을 설득하려 했다. 자신에게 남은 힘을 모두 쏟아부으며 애를 쓰는 노인의 모습에 마음이 흔들릴 만도 하건만 콴은 철옹성처럼 무너지지 않았다.

"그렇다면 나도 한 가지 제안을 하지."

무겁게 입을 닫고 있던 콴이 운을 떼자 영우가 반색하여 콴을 보았다.

"자넨 자네 손녀를 돌보겠다고 약속해야만 해답을 알려준다고 했어."

"예, 그랬지요."

"그래서 나도 한 가지 조건을 걸까 해. 모름지기 거래란 조건이 맞아야 성립이 되는 거니까. 그것이 공평한 처사라고 생각하네만."

그 말을 하고 콴은 옅게 웃었다. 그러나 영우는 웃을 수 없었다. 콴이 내세울 조건이 짐작되지 않으니 긴장감에 입이 바싹 말랐다.

"조건이라면 어떤 조건을 생각하고 계십니까?"

"자네가 알려준 방법이 쓸모없는 것으로 판명되면 그 값을 아이가 치르게 한다. 그게 내 조건이야."

"치러야 할 값이 정확히 얼마입니까?"

영우는 신중하고 조심스레 질문했다.

"구체적인 액수를 말해달라, 그건가?"

"예."

"이 계약의 값은 일반적인 재화가 아니라네."

"일반적인 재화가 아니라면, 그 값을 무엇으로……?"

"살아 숨 쉬는 자의 붉은 피. 그것이 있어야만 계약이 가능해지지."

영우의 낯빛이 흙색으로 바뀌었지만 콴은 나직하게 말을 이었다.

"자넨 머잖아 세상을 떠날 테니, 그 값을 아이에게 받겠다고 한 거라네. 알겠나?"

"……!"

"나와 거래하고 싶다면 그 아이의 피를 걸게. 그게 나의 조건

이야.”

영우는 당혹스러움을 감추지 못하고 붕어처럼 입만 벙긋거렸다. 손녀를 보호하기 위해 내세운 조건이 손녀의 생명을 위협하는 조건이 되어 돌아오자 그야말로 눈앞이 캄캄해졌다.

“모든 피는 한 번에 취할 거란 얘기도 해줘야겠군.”

영우는 외마디 신음을 흘리곤 뼈마디가 앙상한 손을 부르르 떨었다.

콴은 그런 영우를 보며 쓰게 웃었다. 하지만 그건 영우를 향한 웃음이 아니었다. 목숨을 걸 만한 확신도 없는 인간의 말에 잠시나마 현혹되었던 자신을 향한 씁쓸한 조소였다.

“……좋습니다. 그렇게 하겠습니다.”

영우의 답이 예상을 어긋나자 콴의 눈매가 옆으로 가늘어졌다.

“그럼 성사되는 겁니까?”

“한 아이의 무고한 피를 걸고 계약을 하겠다니. 자네 정말 이기적인 인간이로군.”

“무고한 피를 흘리게 될지 아닐지는 두고 보면 알겠지요. 혹여 나쁜 결과가 나온다고 해도 그것 역시 아이의 운명이니, 억울하다고 여기지 않을 겁니다.”

콴은 영우의 말이 못마땅했다. 다분히 도발적으로 들리는 말이라 언짢은 기분까지 느꼈다.

“그런 건 운명이 아니라 기만이라고 해야겠지. 그 아이의 의지와 무관한 거래이니 말이야."

"맞습니다, 기만. 전적으로 옳은 얘깁니다."

영우는 콴의 힐난을 부정하지 않고 선선히 받아들였다.

"제가 오죽했으면 이렇게까지 하겠습니까……."

구슬픈 얼굴로 중얼거린 그는 답답한 듯 한숨을 내쉬었다.

"지금 제 옆엔 믿을 만한 사람이 하나도 없습니다."

영우의 말은 결코 과장이 아니었다. 그가 돈도 없고 힘도 없는 초라한 노인이라서가 아니었다. 사실 영우는 스물한 개의 계열사를 가진 K그룹의 창업자이자 초대 회장의 자리에까지 올랐던 인물이다. 대한민국에 사는 사람이라면 누구나 인정하는 소위 성공한 사업가란 얘기였다.

그런데도 그의 주변엔 손녀의 일을 믿고 맡길 사람이 없었다. 그것은 그가 어떠한 삶을 살아왔는가를 보여주는 비참한 반증이었다.

타고난 끈기와 추진력으로 사업을 키워가던 영우는 언젠가부터 고단했던 때의 순수함을 잃어버렸다. 국내 최고의 기업을 만들겠다는 야망을 이루기 위해 보다 많은 물질과 성공을 좇는 삶을 택했다.

그는 자신과 회사에 이익이 되는 일이라면 그것이 불법이든 비양심적인 일이든 서슴지 않았다. 그에 대해 우려하며 쓴소리를 하는 사람이 생기면 제아무리 가까운 사이라고 해도 가차 없이 연을 끊었다. 그렇게 하나뿐인 아들과도 의절을 하고 철저히 자신을 위한 삶을 살았다.

그런 영우가 지나온 삶을 돌아보게 된 건 그의 건강에 이상이 오면서부터였다. 심장으로 향하는 혈관을 늘려야 하는 중대 수술을 앞두게 되자 삶이 아닌 죽음에 대해 생각할 수밖에 없었다. 고민 끝에 영우는 아들 정민을 찾아 나섰다. 아들과 연을 끊은 지 무려 십여 년 만의 일이었다.

본디 욕심이 없고 소박했던 정민은 지방의 한 동네에서 분식집을 운영하고 있었다.

수수한 인상의 아내와 함께 운영하는 정민의 분식집은 그리 넉넉한 규모가 아니었다. 하지만 아들 내외의 표정은 몹시 밝아보였다. 속마음에서 우러나는 웃음을 짓는 아들을 훔쳐보듯 바라보다 영우는 쓸쓸히 발길을 돌렸다.

죽어서도 볼 일이 없을 거라며 야멸차게 잘라낸 아들을 저가 아쉬운 상황이 돼서야 찾아간 것이 뻔뻔하고 미안했다. 도저히 그 앞에 나설 수 없어서 돌아서는데, 웬 아이가 씩씩하게 말을 걸어왔다.

"할아버지, 우리 집 떡볶이랑 김밥 진짜 맛있어요."

영우는 아이의 목소리에 이끌리듯 뒤를 돌아보았다.

아이는 열두세 살 정도로 보였는데, 총명한 밤색 눈동자에 복숭앗빛이 도는 뺨이 무척이나 귀엽고 사랑스러웠다.

"떡볶이에 들어가는 고추장은 우리 아빠랑 엄마가 직접 만드시는 건데요, 많이 안 맵고 진짜 맛있어요. 우리 반 친구들도 우리 집 떡볶이가 젤 맛있다고 했어요."

분식집 앞에서 머뭇거리다 발길을 돌리는 영우를 마음을 정하지 못하고 돌아서는 손님이라고 생각했는지, 아이는 적극적으로 설명에 나섰다.

"……애야, 너 이름이 무어냐?"

"제 이름이요? 음, 저는 이현서라고 합니다."

또랑또랑한 음성으로 이름을 알려준 아이는 멋쩍은 듯 코를 찡긋하며 웃었다. 볼우물이 패어 환하게 웃는 얼굴이 영락없이 아들의 어릴 때를 보는 것 같았다.

영우는 그만 울컥 눈시울이 뜨거워졌다. 분식집에 관한 말을 꺼내지 않았어도 정민의 아이라는 것이 확연해 보일 만큼 닮은 데가 많았다.

"할아버지? 지금 우시는 거예요?"

나이 지긋한 어른이 눈물이 글썽한 얼굴이 되자 현서의 눈은 더욱 커다래졌다.

영우는 대답 대신 고개를 가로저었다. 아니라고 말을 해주어야 하는데, 지금 입을 열면 볼썽사나운 눈물이 떨어질 것 같았다.

"할아버지, 속상한 일이 있으신 거예요?"

"……아니, 아니다."

"음. 제가 이거 드릴 테니까 너무 속상해하지 마세요."

현서는 주머니에서 무언가를 꺼내 영우에게 내밀었다.

"이거 제가 제일로 좋아하는 땅콩사탕이에요. 이건 하나만 먹어도 기분이 엄청 좋아지거든요. 그러니까 할아버지 기분도 좋아지실 거예요."

"그러냐?"

"네."

현서는 확신에 차 고개를 끄덕였다. 영우는 손을 내밀어 아이가 준 사탕을 받았다. 낱개로 포장된 여러 개의 알사탕은 그가 어린이날이 되면 아들 정민에게 사주었던 사탕과 매우 비슷했다.

"그것참 고맙구나. 그런데 할아버지는 이렇게 많이 필요가 없어요. 네가 좋아하는 사탕이니까 그중 하나만 다오."

"할아버지는 어른이니까 하나 가지곤 모자랄 거예요."

"하지만 날 다 주면 넌 어쩌려고?"

"전 오늘 아주 신나는 일이 있어서 이 사탕이 없어도 돼요. 저는 아빠한테 사달라고 하면 되니깐 이건 할아버지가 다 드세요."

현서는 활짝 웃고는 주머니 안에 남아 있던 사탕까지 모두 영우에게 주었다. 낯선 어른의 마음까지 신경 써주는 아이의 마음 씀씀이가 어찌나 예쁘고 고마운지. 이제 영우의 얼굴엔 눈물이 아닌 미소가 번졌다.

"나중에 기분이 좋아지면 우리 집에 꼭 오세요."

현서는 영우를 향해 손을 흔들어 인사를 하고는 엄마 아빠가 있는 분식집을 향해 돌아섰다. 앞치마를 두른 며느리와 아들 정민은 달려간 아이를 활짝 웃는 얼굴로 맞이했다.

종알거리는 현서와 눈을 맞춘 아들과 현서의 머리를 쓰다듬는 며느리의 모습을 바라보다 영우는 그예 참았던 눈물을 뚝뚝 흘렸다.

"……지금 손을 내밀지 않으면 더 큰 눈물을 흘리겠구나. 그 생각이 들자 더는 머뭇거리지 않았습니다."

영우의 연락을 받은 정민은 아버지와 만나는 것을 거부하지 않았다. 지난 잘못에 대한 진심 어린 후회와 용서, 아들을 향한 그리움은 정민의 마음을 움직이기에 모자람이 없었다.

영우의 몸 상태가 좋지 않음을 알게 된 정민은 아버지를 만나러 가겠노라 먼저 답을 주었다.

그리고 며칠 후, 둘은 감격 어린 재회를 했다. 다시 얼굴을 마주하기까지 십여 년이란 세월이 흘렀기에 처음 얼마간은 어색한 침묵이 감돌았다. 하지만 현서에 대한 이야기를 나누며 부자(父子)는 자연스레 거리를 좁혔다.

"아들과 더는 떨어져 있고 싶지 않았습니다. 경영이니 후계니 하는 걸 부탁하겠다는 마음도 없었습니다. 그동안 허투루 보냈던 시간들, 아버지와 아들로 함께 보내지 못했던 시간들을 다만 며칠이라도 제대로 보내자는 생각만 했습니다."

영우는 누구에게도 말하지 않았던 속 얘기를 콘에게 털어놓고 있었다.

콴은 영우의 말을 자르지 않고 다만 조용히 들어주었다.

"제가 수술받을 때 곁에 있겠노라는 약속을 했습니다. 그전에 처와 딸아이를 데리고 와 인사를 드리겠다는 말도 잊지 않았지요."

하지만 정민은 약속을 지키지 못했다. 영우를 만나고 돌아가던 길, 불의의 교통사고를 당했기 때문이다. 과다출혈로 쇼크를 일으킨 정민은 한 병원의 응급실로 옮겨졌다. 그러나 응급실로 향하는 이동침대 위에서 그만 숨이 끊어지고 말았다.

다음 만남을 기대하며 모처럼 기분 좋은 시간을 보내고 있던 영우는 급작스러운 비보를 접했다. 아들의 사망 소식에 충격을 받은 그는 정신을 잃은 채 쓰러졌고, 곧바로 수술실로 옮겨졌다.

"의식을 되찾았을 땐 이미 한 달이란 시간이 지나 있었습니다. 그동안 아들의 장례식이 치러졌고, 납골당엔 유골이 안치되어 있더군요. 불편한 몸을 끌고 가서 모든 걸 확인했는데도 믿기지가 않았습니다. 제 눈으로 시신을 본 게 아니니, 도저히 인정을 할 수 없었어요……."

영우는 아들의 죽음에 대한 이야기를 하다 몇 번이나 말을 멈추었다. 벌써 수년이 흐른 일이건만 가슴 아픈 한숨과 눈물이 쉬이 그치지 않았다.

"그때 정민이를 찾지 않았다면 그런 사고를 당하지 않았을 거예요. 제 욕심이 결국 모든 일을 그르치게 한 겁니다⋯⋯."

최고의 시설을 갖춘 병원에서 최상의 치료를 받은 덕에 그는 죽음의 고비를 넘기고 살아났다. 하지만 오른팔과 오른 다리를 자유롭게 쓸 수 없는 불구의 몸이 되어버렸다.

아들을 잃은 상실감에 죄책감이 더해지자 영우의 병증은 나날이 깊어갔다. 살아야 할 이유와 목적을 상실했으니 제아무리 좋은 약을 써도 그 효과가 미미했다. 그러다 간병인의 도움 없이는 혼자선 아무것도 할 수 없는 지경에 이른 것이었다.

"사라진 손녀와 며느리를 찾는 거라면, 그건 도와줄 수 있어."

영우는 그걸 어떻게 아냐는 눈으로 콴을 보았다. 그러다 곧 고개를 주억거렸다.

"그새 깜박 잊었습니다. 제가 무슨 생각을 하고 있는지 읽을 수 있다고 했던 말을요. 하지만 두 사람을 찾는 것으론 안심이 안 됩니다."

"그것으론 안심을 할 수 없다?"

"예."

"어째서?"

"제가 중환자실에 있을 때 며늘아기와 손녀가 평창동 집에 머물렀다고 들었습니다. 그 집엔 먼저 간 아내의 여동생 가족이 살고 있었어요. 그런데 그 아이들을 감싸고 위로하기는커녕 군식구 취급을 한 모양입니다. 그러니 거기서 지내는 것이 편했을

리 없지요. 정민이가 갑작스레 떠난 데다 저까지 병원에 있었으니, 여러모로 힘이 들었을 겁니다."

"그것 때문에 자네 의식이 돌아오지 않았는데도 집을 나갔다는 건가?"

"실은 의식이 돌아오고 나서 며늘아기와 손녀를 만났었습니다."

"두 사람을 만났어?"

"예. 하지만 그땐 그 아이들을 살펴줄 여력이 제게 없었습니다. 정민이를 앞서 보낸 것이 그저 아파서 다른 사람의 아픔은 눈에 들어오지 않았지요."

"자네가 정신을 차렸을 때 두 사람은 이미 떠나고 없던 거로군."

"예, 맞습니다……."

정민의 아내였던 희연은 영우 앞으로 편지 한 통을 남겨놓고 현서와 함께 평창동을 떠났다.

"그 아인 우리 집안이 이런 집안인 줄 몰랐다고 했습니다. 정민이가 그런 부분을 일절 말하지 않아서 그에 대한 충격이 컸던 모양이었어요. 그래도 정민이가 살아 있었다면 어떤 식으로든 적응을 했겠지만……. 편지엔 평창동에서 지내는 것이 편치 않았다고 솔직하게 써놓았더군요. 현서도 여긴 아빠가 안 계시니까 아버지를 만날 수 있는 우리 집으로 가자고 울었다는 말도 적혀 있었고요. 그러니 일단은 여길 나가는 것이 현서에게도 자신에게도 좋을 것 같다고 양해를 구하면서 글을 맺었습니다. 다행히 제가 의식을 찾은 것을 확인하고 가는 길이라 마음이 덜 불편하다면서 나중에 꼭 연락을 드리겠다고 했습니다."

"편지를 보고도 연락을 하지 않았나?"

"당연히 연락을 했습니다. 그동안 마음을 써주지 못해 미안하다고 부디 돌아오라고 부탁과 설득을 했어요. 그런데 며늘아긴 고집을 꺾지 않았습니다. 당분간은 현서와 시간을 보내면서 마음을 추스르고 싶다고 외려 자기를 이해해 달라고 하고는 전화를 끊었습니다."

"그렇다고 자네가 손을 놓았을 것 같진 않은데."

"당연히 조처를 취했습니다. 최 변호사와 윤 비서에게 두 아이를 당장 데려오라고 지시를 내렸어요. 그리고 며칠 뒤에 보고를 받았습니다. 지금 당장은 그 애들을 찾기가 어렵다는 내용의 보고서였어요."

보고서엔 희연이 분식집을 헐값에 처분하고, 부랴부랴 사라졌다는 얘기가 적혀 있었다. 친하게 지냈던 이웃들에게 인사도 하지 않고 사라졌다는 내용은 어딘가 석연찮은 구석이 있었다. 그러나 영우는 의심이 아닌 배신감을 더 크게 느꼈다. 희연이 정민의 사망보험금을 찾았단 얘기 때문이었다.

"정말이지 기가 막혔습니다. 정민이가 죽은 지 얼마나 지났다고, 기다린 것처럼 사망신고를 하고 보험금을 타가다니. 너무 기가 막혀서 나중엔 화를 낼 힘도 나지 않았어요."

"일가친척이 없는 고아라고 했으니, 아이와 어떻게든 살아가려고 돈을 마련한 거겠지. 만약 돈이 주된 목적이었다면, 며느리는 절대로 자네 옆을 떠나지 않았을 거야. 자신과 딸의 권리를 주장하면서 어떻게든 버텼을 테지."

"그 말씀이 맞습니다. 처음엔 화도 나고 섭섭하기도 했지만 나중엔 뭔가 말 못 할 이유가 있었던 게 아닐까 그런 생각이 들었어요."

"그런데 이해가 안 되는군. 자네가 마음먹었다면 두 사람을 못 찾을 리 없을 텐데, 아직까지 행방이 묘연하다는 게 말이야."

"제 몸이 성했다면 제가 직접 찾아 나섰을 겁니다. 하지만 그럴 수 없는 처지이니 담당자들이 가져오는 보고를 받을 수밖에 없었습니다. 누군가 작당해서 거짓된 내용을 보고해도 그걸 믿을 수밖에 없는 상황이라 조용히 유언장을 고쳤습니다. 제 재산 때문에 이런 문제가 터진 거라는 생각을 하지 않을 수 없었지요."

영우의 상황이 이해가 됐기에 이번엔 콴이 고개를 주억거렸다.

"그래서 손녀의 신상에 문제가 생기면, 모든 유산을 사회에 환원하겠다고 했습니다. 재산 때문에 그런 일을 저지른 이들이라면 그 조건에 어떤 식으로든 반응할 거라 생각했습니다. 자신들 몫이 줄어드는 건 끔찍하게 싫었을 테니, 그 아이들을 쉽게 해치지 못할 거라고 말입니다."

"그 조건으로 아이를 지킬 생각이었군."

"아이를 살리는 것이 아이를 죽이는 것보다 득이 된다는 걸 알려야 했으니까요. 제가 그렇게 하지 않았다면 그 아이들을 찾는 일이 시늉으로라도 진행이 안 됐을 겁니다."

"하지만 자네 생각과 다른 사고가 이미 벌어졌을 수도 있어."

"아닙니다. 그건 절대 아닐 겁니다."

영우는 고개를 저으며 강하게 부정했다.

"현서에겐 아무 문제가 없을 겁니다. 만약 문제가 있었다면 어떤 식으로든 연락이 왔을 거예요. 현서가 다치거나 혹여 죽기라도 한다면 수사가 진행될 것이고, 그럼 가장 많은 이득을 취하게 되는 사람이 누구인지 밝혀지게 될 텐데, 절대 섣부르게 움직이지 않을 겁니다."

그러나 영우의 눈동자는 걱정으로 인해 불안하게 흔들렸다. 자신의 판단과 예측을 벗어나는 사고의 가능성을 완전히 배제할 수 없기 때문이었다.

"그 아이가 제 어미와 오붓하게 잘살고 있다면 그것처럼 좋은 일은 없을 겁니다. 만약 그렇다면 두 사람을 가까이서 지켜봐 주세요. 혹 제 어미에게 문제가 생겨 함께 지내지 못한다면 그 아이를 직접 거둬주셨으면 합니다. 제가 남긴 유산이 아이에게 위협이 된다면 그걸 포기하게 만드셔도 상관없습니다. 아무튼 그 아인 저처럼 살아선 안 됩니다. 그래선 절대로 안 됩니다……."

말끝을 흐린 영우의 눈에서 주르륵 눈물이 흘러내렸다.

콴은 그 눈물을 통해 영우가 무엇을 가장 염려하고 있는지 확실히 알게 되었다.

영우가 손녀에게 유산을 주려 했던 건 아이를 해하려는 사람들로부터 아이를 보호하기 위해서였다. 하지만 아이가 가지게 될 재화는 그것을 탐내는 이들로 인해 아이를 집어삼킬 함정이 될 수 있었다. 어쩌면 그것은 이미 아이의 발목을 얽어매고 있는 올무가 되었는지도 모른다.

돈과 권력이 주는 황홀경 앞에서 인간은 너무도 쉽게 변질이 되었다. 돈을 가지기 위해서라면 아무렇지 않게 사랑을 버리고, 친구를 배신하고, 소중한 가족과도 등을 진다.

눈앞의 영우가 그러했고, 그 앞에 선 콴조차도 인간의 그런 점을 악용해 필요를 채울 때가 있었다. 그러니 다른 말을 해서 무엇 할까.

"이름이 현서라고 했던가?"

콴이 아이의 이름을 묻자 해골처럼 푹 꺼진 영우의 뺨이 붉게 상기되었다.

"맞습니다! 햇빛 '현'에 새벽 '서' 자를 써서 '이현서'라고 지었다고 했습니다."

설명을 들은 콴은 미간을 좁혔다. 오랜 시간 콴을 지켜온 보호본능이 아이를 거부하라는 신호를 보냈기 때문이다. 햇빛은 그를 파괴해 완벽한 소멸로 이끄는 유일무이한 독이었다. 하지만 콴은 그 두려움을 외면했다.

처음의 그는 햇빛 아래 당당한 인간이었다. 타락천사와 인간의 피가 흐르는 혼혈인이었지만 불로불사의 몸을 가진 뱀파이어가 아니었다. 어찌할 수 없는 사건에 휘말려 반신(半神)과도 같은 능력을 지닌 존재가 되었지만, 밝은 빛을 벗어나 어둠에서만 운신할 수 있는 제한된 삶을 살아야 했다.

하여 본래의 모습을 찾길 원했다. 온전한 영혼과 자유의지를 가진 인간으로 유한한 삶과 죽음의 길을 자유로이 걸어가길 바랐다.

"자네가 손녀를 걱정하는 마음 충분히 이해하네. 하지만 내게 자네와 같은 마음을 바라진 말아. 이 계약엔 마땅한 기한이 정해질 테니 말이야."

"그렇다면 원하는 기한을 말씀드려도 되겠습니까?"

"말해보게."

"제가 바라는 기간은 천 일입니다."

"그렇게 정한 이유가 있나?"

"당신이 온전한 인간이 되려면 한 가지를 견디고 한 가지를 채워야 합니다. 천 일은 그 조건 모두에 해당하는 일수입니다."

"견디고 채워야 하는 일수가 천 일이라……."

"제가 알려 드린 방법이 맞는지 틀리는지 그 결과는 천 일 후에 알게 될 겁니다. 그러니 그동안은 우리 현서를 무조건 도와주겠다고 약조해 주십시오!"

콴은 들리지 않게 한숨을 내쉬었다. 더 이상 이영우와의 계약을 미룰 수 없다는 걸 알아서였다.

"이영우에게 묻겠다. 이현서의 피를 걸고, 나와 계약하겠는가?"

콴은 거래의 시작을 알리는 중요한 질문을 던졌다.

"예, 하겠습니다."

영우의 답을 들은 콴은 자신의 왼쪽 손바닥에 '프로미숨(Promissum:약속)'이란 글자를 그려 넣었다. 그리고 손을 떼자 먹처럼 검은색을 띠는 피가 글자 모양 그대로 진하게 배어 올랐다.

콴은 왼쪽 손바닥을 영우의 손등에 가져가 올렸다. 그러자 그와 꼭 같은 모양의 글자가 영우의 손등 위에 붉은 피로 스르륵 배어 나왔다.

콴은 라틴어로 주문을 외우기 시작했다. 주문 안엔 천 일 동안 현서를 보호하고 돕겠다는 것과 이후 결과에 따라 현서의 피를 모두 취할 것이라는 살벌한 내용이 담겨 있었다.

나직한 목소리로 읊조렸던 주문을 끝내자 두 사람의 손에 드러났던 핏자국들이 위로 높이 치솟았다. 하나로 뒤엉킨 피의 글자는 밝은 빛 덩어리가 되어 천장 부근을 환하게 밝혔다.

두 눈을 가늘게 떠야 할 만큼 강렬한 빛을 머금은 글자의 형상은 세찬 회오리바람이 되어 콴과 영우의 몸을 하나로 휘감았다. 이어 두 방향으로 나뉜 빛의 바람은 콴의 손바닥과 영우의 손등 위로 재빠르게 빨려 들어가 어느 순간 깨끗하게 사라졌다.

영우는 눈앞에서 벌어진 의식을 두려움으로 지켜보았다. 빛이 몸속으로 들어와 사라지는 것을 보면서 계약이 분명하게 체결되었다는 것을 알았다. 그는 콴의 손을 가만히 붙잡았다.

영우가 입을 열자 콴이 상체를 숙였다. 영우는 자신이 알고 있는 조건을 설명했고, 콴은 조용히 그 말을 경청했다.

"……고맙습니다, 콴."

이야기를 마친 영우는 모든 짐을 내려놓은 사람처럼 홀가분한 미소를 지었다.

"천 일을 분명 견디실 겁니다."

마지막으로 그 말을 남기고 아주 느릿하게 눈을 감았다.

"……"

영우에게 남아 있던 생명의 기운이 완전히 떠나가자 콴은 영우의 이마 위에 손을 올렸다.

"바데 인 파케(Vade in pace:편히 잠들라)."

영우의 마지막 길을 축복하고 나서 병실을 떠났다. 콴이 나가고 난 뒤 정지되어 있는 모든 것이 원래의 속도와 소리를 되찾았다.

"이영우님! 이영우님!"

영우의 이름을 외치는 간병인의 소리를 뒤로하고 콴은 기다란 복도를 걸었다.

하얀 가운을 입은 의료진들과 금테 안경을 쓴 양복 차림의 사내가 병실 쪽으로 다급히 뛰어오는 것이 보였다. 안경을 쓴 양복 차림의 사내는 호리호리한 몸집에 중키를 가진 최영찬 변호사였다. 그가 영우의 일을 처리했던 변호사임을 떠올린 콴은 슬쩍 몸을 움직였다.

최영찬의 어깨가 콴의 팔을 스치고 지나가자 몇 가지 장면들이 플래시가 터지듯 파바박 떠올랐다. 그가 병실 안으로 사라진 뒤에도 콴은 그 자리에 잠시 더 머물렀다.

최영찬이 현서의 행방을 알고 있었기 때문이다.

3. 밤색 눈동자의 아이 (1)

200*년 3월. 남해의 한 섬.

봄기운을 머금은 동백꽃이 붉게 피어 화사하게 아름다운 바닷가.

매끈한 요트와 오래된 고깃배들이 정박해 있는 선착장의 풍경은 한가롭고 평화로웠다.

하늘을 밝히던 해가 뉘엿뉘엿 지는 동안 주홍빛을 띠던 바다는 해가 질수록 점점 어둡고 무거운 색을 띠었다.

인적이 드문 섬에 밤이 깊어졌을 때 검은 유리처럼 차갑게 반짝이던 바다로부터 물안개가 피어오르기 시작했다. 해무는 시간이 흐를수록 짙어지더니 어둠을 밝히는 등대의 불빛을 흐릿하게 지워놓았다.

마치 살아 있는 생명체처럼 제 영역을 확장시켜 가던 안개는 신비하고 몽환적인 푸른색을 띠었다. 누군가의 마법이 만들어 낸 푸른 안개가 섬 전체로 번져 갈 무렵, 해안가 숲 부근에서 다급한 발소리와 숨소리가 새어 나왔다.

그것은 열네다섯 정도로 보이는 소녀가 만들어내는 소리였다.

소녀는 허름한 옷차림에 머리칼이 짧게 커트되어 있어 얼핏 소년처럼 보였다.

얼굴이 온통 땀투성이에 숨이 턱까지 차올랐는데도 뛰는 것을 멈추지 않던 소녀는 파도 소리가 가깝게 들려오고 나서야 속도를 늦추었다. 때마침 불어온 한 줄기 바람이 두터운 안개를 흩어놓아 저가 선 위치를 가늠할 수 있었다.

"헉!"

눈앞의 정경을 확인하고 소녀는 소리 나게 숨을 들이켰다. 불과 몇 걸음 앞에 낭떠러지의 끝이 있었으니 충분히 놀랄 만했다. 소녀는 벼랑 끝까지 다가가 아래를 굽어보았다.

짐작보다 더 까마득한 높이라 두 다리가 저절로 후들거렸다. 아찔한 높이에 겁을 먹고 물러서는데, 먼발치에서 컹컹! 개 짖는 소리가 들렸다.

"이현서! 이현서!"

제 이름을 외치는 남자의 목소리를 듣고 현서는 반사적으로 뒤를 돌아보았다.

하지만 눈에 보이는 건 다시 짙어진 안개뿐이었다. 남자와 사냥개가 어디까지 따라온 것인지 알 수 없었기에 현서의 심장은 두려움으로 크게 들썩거렸다.

달아나야 해! 머뭇대다간 다시 잡힐 거야!

주먹을 꾹 쥔 현서는 벼랑 쪽으로 다시 몸을 돌렸다. 이 순간만큼은 눈앞을 가린 안개가 다행이란 생각을 하며 물러났던 거리를 감안해 힘껏 뛰었다.

벼랑의 끝이라 생각되는 지점에서 아래로 훌쩍 몸을 날렸다. 그런데 바다로 떨어지지 않았다. 안개를 뚫고 나타난 두 개의 손이 현서를 우악스레 낚아챘기 때문이다.

"쥐새끼 같은 년!"

가까스로 붙잡은 현서를 창고 바닥에 내동댕이치며 강영복은 욕설을 내뱉었다.

"몇 달 고분고분하다 했더니, 다시 달아날 생각을 해?"

간발의 차로 붙잡았으니 망정이니 까딱 잘못했다간 아이를 놓칠 뻔했다. 그랬다간 아이를 데리고 있는 명목으로 받아온 돈이 끊어질 것이 분명했다.

그것으로 끝이면 차라리 다행이었다. 아이를 맡긴 사람이 책임 추궁을 하며 배상을 요구한다면! 그 생각을 하자 난로 위에 올린 물처럼 부글부글 부아가 끓었다.

강영복은 절대적으로 돈이 필요했다. 필리핀으로 유학을 보낸 딸과 딸을 데리고 있는 아내 앞으로 다달이 적잖은 돈을 보내야 했다. 오늘 현서를 놓쳤다면 가뜩이나 허덕이는 삶이 휘청이다 못해 무너졌을 것이다.

"안 되겠어. 이참에 버릇을 단단히 잡아야지."

혼잣말을 구시렁댄 강영복은 한쪽에 세워둔 몽둥이를 집어 들었다.

소녀의 탈출 시도는 이번이 처음은 아니었다. 그때마다 모질게 때리고 몇 날 며칠을 굶기면 한동안은 문제없이 얌전했었다. 하지만 얼마 가지 않아 같은 일을 벌이곤 했다.

"싸가지 없는 년! 제 에미가 버리다시피 두고 간 걸 불쌍하다고 거둬줬더니, 번번이 뒤통수를 쳐!"

웅크린 현서에게 몽둥이를 휘두르던 그는 곧 인정사정없이 발길질을 해댔다.

어리고 연약한 소녀를 무지막지하게 구타하고 짓밟는 야비한 폭력은 한동안 계속되었다.

섬사람들은 강영복이 이토록 잔악하게 현서를 학대한다는 걸 알지 못했다.

이 섬에 살거나 이곳을 오가는 뜨내기들은 그를 전혀 다른 사람으로 인식하고 있었다.

타인의 눈에 비친 강영복은 섬의 별장을 관리하는 전문 관리인이자 가족을 위해 자신을 희생할 줄 아는 성실한 기러기아빠였다. 또한 친엄마가 버리다시피 하고 간 현서를 내치지 않고, 그 엄마가 돌아올 때까지 보듬고 있는 인정 많고 자상한 아저씨인 것이었다.

가끔 별장을 찾은 낯선 이들과 밤새 고스톱을 치거나 화장이 짙은 여자와 어울리는 모습을 보여줄 때도 있었다. 하지만 아내와 딸이 곁에 없으니 저렇게 스트레스를 푸는 것이겠지, 다들 너그러이 이해를 해주었다. 그의 삶이 자신들의 삶에 피해를 주는 것이 아니니 크게 개의치 않은 점도 없잖아 있었다.

섬사람들이 강영복에게 후한 점수를 주는 건 그동안 해놓은 일들이 있어서였다. 상주하는 가구 수가 많지 않은 데다 대부분이 나이 든 어른들이라 궂은일이 생길 때 일손과 돈을 보태는 강영복을 의리 있고 믿을 만한 사람이라고 여기는 건 어쩌면 당연했다.

그것이 은연중 현서를 고립시키고, 사람들이 자발적으로 현서를 감시하도록 만들려는 교묘한 술수이자 포석이었다는 건 생각지도 못했다.

"잘못했다고 빌어! 다신 안 그러겠다고 빌어!"

강영복은 몰강스레 소리를 지르며 현서를 닦달했다. 그러나 현서는 입술을 꾹 깨문 채 아무 말도 하지 않았다. 자신이 잘못했다고 생각지 않았기에 용서를 빌고 싶지 않았다.

"그래. 어디 해보자. 니가 이기나 내가 이기나, 어디 해봐!"

덩치가 큰 남자가 체중과 감정을 실어 손찌검을 하자 현서의 얼굴은 금세 부어올랐다.

흰자위의 실핏줄이 터져 한쪽 눈이 충혈됐지만 현서를 대하는 강영복의 눈엔 눈곱만큼의 측은지심도 들어 있지 않았다.

"지독한 년! 이래서 에미 애비 없는 것들은 안 된다는 거야."

입술이 터지고 코피가 쏟아지는 중에도 입을 닫고 있던 현서는 그 말에 참지 않고 입을 열었다.

"우리 부모님, 욕하지 마세요!"

"근데 이년이 뭘 잘했다고 큰소리야? 어쭈! 눈 안 깔어?"

강영복이 발끈해 소리를 질러댔지만 현서는 머리를 조아리지 않았다. 자신이 달아나려 한 것에 대해 분풀이를 하는 것은 그래도 견딜 수 있었다. 하지만 부모님을 향한 막말만은 도저히 참을 수 없었다.

"우리 부모님은 그런 욕을 들을 분들이 아니세요!"

강영복의 한 손을 두 손으로 꼭 잡은 현서는 눈물이 그렁한 얼굴로 소리를 높였다.

"그러니까 함부로 욕한 거 사과하세요! 얼른요!"

"이, 이년이 미쳤나? 이 손 얼른 놓지 못해!"

강영복은 우두망찰 말을 더듬었다. 마주 선 현서의 키가 전보다 커진 데다 사과하라며 소리치는 목소리와 눈빛이 드맑고 당당해 나름 충격을 받은 것이었다.

강영복의 키는 평균 이상이었지만 아내 이기순은 키가 작고 몸집이 왜소했다. 그래서 딸 혜원의 키가 늘 신경 쓰였다. 딸의 키가 크는 데 도움이 되는 것이라면 약이든 음식이든 가리지 않고 꼬박꼬박 챙겨 먹였다.

하지만 혜원은 키가 크는 대신 살이 올랐고, 발그스름한 피부에 여드름까지 잔뜩 생겨났다. 그런데 현서는 잘 먹이는 것이 없는데도 그새 키가 부쩍 자라 있었다.

아무나에게 줘도 입지 않을 낡은 옷을 입히고 사내아이처럼 머리칼을 짧게 잘랐는데도 타고난 귀티가 가려지지 않으니 나중엔 햇빛 아래서 오래도록 일을 하게 해 하얀 피부를 거뭇하게 태우게 만들었다.

"근데 이년이 보자 보자 하니까!"

"자꾸 욕하지 마세요! 저한텐 이름이 있어요!"

"이름? 은혜도 모르는 배은망덕한 년한테 이름은 무슨 이름!"

강영복은 팩 소리를 지르고는 현서의 배를 힘껏 걷어찼다.

아랫배를 강타한 강한 충격에 현서는 비명도 지르지 못하고 풀썩 주저앉았다.

갑작스러운 반항에 주춤하긴 했지만 강영복은 키와 덩치가 큰 사십대 남자였다. 열일곱밖에 되지 않은 현서가 그를 상대하기란 애초부터 불가능한 일이었다.

"너 데리고 있으면서 들어간 돈이 얼만지나 알아? 정 나가고 싶으면 그동안 들인 밥값이며 생활비, 깨끗이 갚고 가! 도둑고양이처럼 몰래 빠져나갈 생각 말고. 알았어?"

흥분한 강영복은 창고 안을 뒤스럭스럽게 오갔다. 거무튀튀

한 얼굴이 붉으락푸르락 변하고 가슴 섶이 크게 오르내리는 것이 흥분이 쉽게 가라앉지 않는 모양이었다.

"나 계속, 일했어요……."

배를 감싸고 쓰러져 있던 현서는 겨우 그 말을 꺼냈다.

"여기 있는 동안, 하루 종일…… 아저씨가, 학교도, 못 가게 해서."

그 말을 하는데 문득 눈물이 흘러내렸다. 이렇게는 울고 싶지 않은데, 이미 흘러내린 눈물은 붉게 부어오른 현서의 뺨을 따갑게 스치며 지나갔다.

현서는 눈물을 훔쳐 내고 싶었다. 하지만 손을 들 힘이 생기지 않았다. 얼음장처럼 차가운 바닥에 엎어져 있는 몸이 열감기에 걸린 것처럼 뜨겁고 아파서 와들와들 오한이 들었다.

"주둥이 놀릴 힘이 있는 걸 보니, 네가 아직 덜 맞았구나."

강영복은 현서의 말을 딱 잘라 무시했다. 둔중한 몸을 수그려 앉은 그는 같잖다는 듯 현서의 머리를 툭툭 쳤다. 그러곤 솥뚜껑처럼 커다란 손으로 현서의 멱살을 잡아 위로 올렸다.

조금의 배려도 없는 힘에 의해 헐렁한 윗옷이 딸려 올라가며 햇빛이 닿지 않은 허리 부근 맨살이 하얗게 드러났다. 깡마른 등허리와 납작한 배가 눈에 들어오자 강영복은 꿀꺽 군침을 삼켰다.

"이거 키만 자란 줄 알았더니, 제법 여자 티가 난다, 응?"

잔뜩 야윈 데다 맞은 자국이 선명한 몸을 보았으면 먼저 안쓰러운 마음이 생기는 것이 인지상정일 것이다. 하지만 강영복의 눈은 현서의 몸을 훑기 바빴다.

"자, 자. 잠깐만 일어나 봐라."

현서는 온몸이 욱신거리고 아파서 그가 하는 말을 새겨듣지 못했다. 답답하게 쥐고 있던 멱살을 느슨히 풀어주고 겨드랑이 사이에 손을 넣어 몸을 일으키니 더는 때리지 않는 건가, 생각할 뿐이었다.

그러나 강영복의 손이 허리를 더듬었을 때, 찬물을 뒤집어쓴 것처럼 정신이 번쩍 들었다. 저를 보는 그의 눈. 저열한 음심이 번들대는 오염된 물처럼 탁한 눈을 마주하자 징그러운 벌레를 보았을 때처럼 온몸에 소름이 확 끼쳤다. 그 순간 갑자기 구역질이 올라왔다.

"우욱!"

현서가 입을 가리며 몸을 숙이자 강영복도 덩달아 몸을 숙였다.

"뭐야, 왜 그래?"

강영복이 얼굴을 가까이 대며 이유를 묻자 비릿한 숨결이 현서의 뺨에 와 닿았다.

움찔하며 몸을 뒤로 뺐던 현서는 강영복의 팔이 느슨해진 틈을 타 그의 한쪽 정강이를 있는 힘껏 걷어찼다. 그에게서 벗어나야 살 수 있다는 무의식이 몸을 먼저 움직이게 한 것이었다.

"끄억!"

괴악스런 신음을 터뜨리는 강영복을 뿌리치고 현서는 바로 문을 향해 달렸다.

"너 이년, 거기 안 서!"

소리치는 목소리가 들렸지만 이번엔 뒤도 돌아보지 않고 무작정 문을 박차고 뛰어나갔다.

섬 전체를 에워싼 안개로 한 치 앞을 분간하기 힘든 상황. 그럼에도 무조건 앞을 향해 달렸다. 이번에 잡히면 정말로 끝이라는 생각이 현서를 계속 달리게 만들었다.

그렇게 얼마쯤 달려가다 어이없게도 발목을 접질렸다. 선착장까지 이어진 길을 가늠하며 뛰어가다 허방에 발을 헛디딘 것이었다. 그 바람에 다리가 기우뚱하며 몸의 중심이 일시에 무너졌다.

"으앗!"

앞으로 거꾸러지지 않으려 두 팔을 허둥댔지만 결국 무언가와 쿵! 세게 부딪쳤다.

본능적으로 눈을 감았던 현서는 잠시 후 감은 눈을 떴다. 제 몸이 부딪쳐 뒤로 튕겨 나가는 느낌까지 들었는데, 예상했던 것보다 충격이 크지 않았다.

이상하다. 왜 안 아프지?

아무래도 이상해서 몸을 움직이려는데 깊은 울림이 있는 목소리가 정수리 위에서 들렸다.

"괜찮으냐?"

현서는 흠칫 놀라 얼른 고개를 들었다. 두려움으로 커다래진 현서의 눈동자에 자신을 굽어보는 낯선 얼굴이 하나 들어왔다.

"아, 네."

얼떨결에 대답을 하고 멍하게 상대를 쳐다보았다.

지금 현서의 시선을 사로잡은 사람은 현서가 이전에 만난 적이 없는 낯선 남자였다.

그는 신화 속에 등장하는 신들처럼 고귀하게 아름다운 분위기를 가지고 있었는데, 가장 눈길을 끈 것은 대리석으로 만든 조각상처럼 희고 창백한 피부와 대조를 이룬 새까만 눈동자였다.

정말 예쁜 눈이다. 사람 눈이 어쩜 저렇게 예쁘지?

별이 반짝이는 밤하늘처럼 선명하게 아름다운 눈을 보며 현서는 자연스레 그런 생각을 했다. 그런데 그때 현서를 보고 있던 남자의 눈매가 옆으로 가늘어졌다.

"너, 얼굴이 많이 다쳤구나."

심각하게 미간을 좁힌 남자는 한 손으로 현서의 얼굴을 감쌌다.

그 행동에 현서의 눈이 동글게 커졌다. 하지만 안 된다는 말을 할 수 없었다.

저를 바라보는 남자의 표정이 너무나 진지하고 심각했기 때문이다.

아프게 붓고 열이 난 뺨을 어루만지는 남자의 손은 따스하지 않고 서늘했다. 열이 오른 이마에 찬 수건을 올린 것처럼 꼭 필요한 서늘함이라 그 손길을 거부하지 않고 가만히 있었다. 그러자 욱신거리며 아팠던 뺨의 통증이 신기하게도 씻은 듯이 가라앉았다.

"……고맙습니다."

현서는 남자를 향해 꾸벅 인사를 했다. 그러다 그의 한쪽 팔이 저를 감싸고 있다는 걸 깨달았다. 그것과 동시에 자신이 처한 상황이 퍼뜩 되살아났다.

"도와주셔서 감사합니다. 그런데 제가 지금."

다급히 말을 잇는데, 남자가 부드럽게 말을 잘랐다.

"널 도와주마."

"예?"

"여기서 나갈 수 있게 해주마."

현서는 놀란 눈으로 남자를 보았다.

"정말 그래 줄 수 있으세요?"

남자는 현서를 응시한 채 고개를 끄덕였다.

"그럼, 절 도와주세요."

그 말을 하는데 묘하게 콧날이 시큰거렸다.

"그래. 그러마."

흔쾌히 대답한 남자는 현서를 가볍게 안아 들었다. 현서는 움찔하며 남자의 팔을 붙잡았다. 얼결에 안기게 된 너른 품은 단단하면서도 아늑했다. 울창한 숲 그늘 아래에 있을 때처럼 서늘하고 청쾌한 향기가 느껴져 그런 느낌을 받는 모양이었다.

이상해. 이상한 일이야.

검은색 코트를 입은 남자의 가슴에 머리를 기댄 자세가 되고서야 그 생각을 떠올렸다.

남자는 오늘 처음 만난 낯선 사람이었다. 그런데 이토록 선뜻 마음을 연 것이 쉽게 이해가 되지 않았다.

이 아저씨의 뭘 믿고 도와달라고 한 거니? 강영복 아저씨랑 같은 편이면 어떡하려고?

예전에도 이와 비슷한 경험을 한 적이 있었기에 뒤늦은 불안감이 고개를 들었다.

그때 남자의 손이 현서의 뒷머리를 감싸왔다. 위아래로 천천히 쓰다듬는 그 손길에 현서의 눈동자가 흔들렸다. 걱정 말라 다독이는 손길이라는 게 느껴졌기 때문이다.

현서는 조그맣게 숨을 내쉬고 나서 다시 머리를 기댔다. 남자가 하는 말을 들은 것이 아닌데도 그걸 알아차릴 수 있어서, 그 손길이 너무나 안심이 돼서 순간 핑그르르 눈물이 고였다.

콴은 현서를 토닥이다 그녀의 뒷목 부근을 슬쩍 눌렀다. 그러자 현서의 고개가 힘없이 툭 떨어졌다. 순식간에 깊은 잠에 빠져든 현서를 바투 안은 콴은 항구를 향해 큰 걸음을 옮겼다.

"이봐! 거기 앞에 가는 양반!"

안개 속에서 현서를 안고 가는 남자를 발견한 강영복은 곧바로 그의 뒤를 쫓았다.

"거 잠깐만 멈춰보쇼!"

남자를 향해 외쳤지만 그는 아무것도 들리지 않는 것처럼 묵묵히 걸음을 옮겼다.

"이봐, 형씨! 사람 말이 안 들려?"

뛰다시피 따라가는데도 남자와의 간격이 좀처럼 좁혀지지 않았다. 강영복은 섬사람들을 모두 깨울 것처럼 힘껏 목청을 높였다.

"당신 뭐야? 뭔데 남의 집 앨 함부로 데려가는 거야? 어!"

'남의 집 아이'란 말이 튀어나왔을 때 남자가 우뚝 걸음을 멈추었다. 강영복은 그 기회를 놓치지 않고 재빨리 간격을 좁혔다.

"그 앤, 하아, 내가 보호하는 애라고. 그러니 당장, 하아, 내려놔요."

말을 하는 중간중간 짧게 숨을 몰아쉬었다. 남자를 따라잡으려 전력질주를 한 탓에 숨이 가빠 어쩔 수 없었다.

"이 아이의 보호자는 그쪽이 아닐 텐데?"

비스듬히 뒤돌아선 자세로 강영복에게 묻는 남자는 다름 아닌 콴이었다.

"뭐요?"

"이 아인 오늘부터 내가 보호한다."

"근데 이 양반이 귀가 처먹으셨나? 방금 내가 한 얘기 못 들었어? 그 아이 보호자는 그쪽이 아니라 나라고!"

"꽤나 시끄러운 녀석이군."

"뭐, 뭐야? 근데 이 새끼가 얻다 대고 반말지거리야?"

자신을 무시하는 것이 확실한 말을 듣고 강영복은 이성을 잃었다. 마을 사람들 앞에선 좀처럼 드러내지 않았던 포악한 얼굴을 드러내며 콴을 죽일 듯 위협했다.

"좋은 말로 할 때 내려놔라. 안 그럼 넌!"

그러나 하려던 말을 미처 마치지 못했다. 갑자기 콱, 목이 잠기며 입 밖으로 아무런 소리도 나오지 않았다. 당황한 강영복은 제 목을 두 손으로 감싸며 뭔가 조처를 하려 했다.

"내가 참을 수 있을 때 돌아가라, 강영복."

음산하게 가라앉은 목소리가 이름을 말하자 강영복은 흠칫 놀라 콴을 쳐다보았다.

"이 기회를 놓친다면, 넌 죽게 될 거야."

나직하게 경고한 콴은 앞을 향해 발길을 돌렸다. 폭행당한 것이 확실한 현서의 얼굴을 보고 가히 기분이 좋지 않았다. 그런데 부끄러움을 모르는 가해자가 보호자를 운운하고 있으니 강영복의 입을 아예 막은 것이었다.

이런 젠장! 이제 어떡하지?

강영복은 초조한 눈으로 멀어지는 콴을 보았다. 당장 뒤쫓아가야 하는데, 발길이 좀처럼 떨어지지 않았다. 조금 전의 경고가 아무래도 마음에 걸렸다.

아무렴 진짜로 죽이겠어?

하지만 하나뿐인 심장은 이미 두려움으로 쪼그라져 있었다.

진짜! 돌아버리겠네!

이러지도 못 하고 저러지도 못 하는 상황이 답답해 머리칼을 마구 헝클었다.

얼른 쫓아가, 등신아! 현서를 놓치면 네가 죽는 거나 다름없다는 걸 몰라서 그래?

어찌할 바를 몰라 안절부절못하던 강영복은 현서를 되찾아야 한다는 결론을 내렸다.

'현서는 내 밥줄이자 돈줄이다!' 라는 명제를 떠올리며 앞을 향해 기를 쓰고 달렸다. 덕분에 거리를 좁힐 수는 있었지만 소리쳐 콴을 불러 세울 순 없었다.

강영복은 제가 선 주변을 빠르게 살폈다. 마침 돌멩이 몇 개가 눈에 뜨이자 그것을 얼른 집어 들었다. 왕년에 야구를 했던 가닥이 있어서 과녁을 맞히는 일이 어렵진 않았다.

그러나 투구할 자세를 갖추기도 전에 돌멩이를 든 오른쪽 손목이 밖으로 휙 꺾였다.

나뭇가지가 부러지는 것처럼 뼈가 우둑! 부러지면서 소리 없는 절규가 곧바로 터져 나왔다.

콴은 다시금 발길을 돌려 강영복의 앞으로 다가갔다. 제 손목을 움켜쥔 채 고통의 눈물을 흘리고 있던 강영복은 콴을 보자마자 털썩 무너졌다. 활활 타오르는 불꽃처럼 선명한 적색을 띠는 눈동자를 마주한 순간 오금이 저려 똑바로 서 있을 수 없었다.

사, 살려주십시오! 제, 제발, 살려만 주세요!

부러진 손목이 끔찍하게 아팠지만 바로 무릎 꿇는 자세를 취하며 보다 적극적으로 목숨을 애원했다. 콴의 바짓단까지 붙잡으며 울먹이는 강영복의 모습은 더없이 절절하고 절실했다.

음소거가 된 것처럼 아무런 소리가 들리지 않는데도, 그가 무엇을 바라고 있는지 확실히 알 정도였다. 그러나 강영복의 행동은 콴의 노여움을 부추기는 결과를 낳았다.

강영복이 현서를 학대하고 구타한 것으로도 모자라 욕정을 해결할 상대로까지 보았다는 걸, 콴이 알게 되었기 때문이다.

"사람의 형상을 한 짐승이로구나."

콴의 말이 떨어지기 무섭게 강영복의 몸이 가벼운 풍선처럼 둥실 떠올랐다. 두 발이 땅에서 점점 멀어지자 강영복은 긴장하며 숨을 멈추었다. 묵직한 몸이 무릿매에 걸린 돌처럼 뒤로 당겨지는 느낌을 받는다 싶더니 곧 누군가가 던진 공처럼 몸이 앞을 향해 급속히 내쳐졌다.

강영복의 몸이 안개 너머로 사라진 지 얼마 후 무언가와 강하게 부딪치는 소리가 안개가 두터운 밤공기를 뒤흔들었다. 쿠웅! 하는 둔중한 소리가 이어 들리자 콴은 강영복이 사라진 방향에서 시선을 거두었다.

"강영복을 죽여선 안 됩니다."

한 목소리가 이의를 제기하자 콴이 그에게 이유를 물었다.

"어째서 그러한가?"

콴의 질문에 대답하기 위해 한 청년이 모습을 드러냈다. 콴에게 깍듯하게 인사하고 고개를 드는 회색 슈트 차림의 청년은 콴의 일을 보좌하고 있는 실장, 천사하였다.

천사하는 이십대 후반의 미남자였는데, 부드러운 갈색 머리칼과 어우러지는 큼직한 황갈색 눈동자가 도회풍의 세련된 분위기를 자아냈다.

작고 하얀 데다 소년처럼 해맑은 얼굴 때문에 실제 나이보다 어리게 보는 이도 있었지만, 호리호리한 몸에서 풍기는 아우라가 제법 묵직해서 결코 만만하거나 호락호락한 상대로 보이지 않았다.

"현서 양의 보호자였던 강영복이 목숨을 잃고, 현서 양까지 사라지게 되면 자연히 사람들의 관심이 집중될 겁니다. 그러면 현서 양을 데리고 있는 일이 자연히 복잡해질 수밖에 없습니다. 전 주인님, 아니, 이사장님께서 복잡한 일을 만들지 않으셨으면 합니다."

콴은 아무 말도 하지 않았지만 얼굴엔 마뜩잖은 기색이 역력했다.

"저에게 다른 방법이 있는 거냐고 물으신다면, 현서 양과 관련된 기억을 지우는 것이 가장 안전한 방법이라고 말씀드리겠습니다."

사하는 꿋꿋하게 해야 할 말을 마쳤다. 서늘하게 와 닿는 주인의 시선에 얼굴이 따가웠지만 짐짓 모른 체하며 콴이 뭔가 말을 해주길 기다렸다.

"천 실장의 말대로라면 강영복의 기억만 지워선 안 되겠지. 이 섬에 살고 있는 사람들, 이현서에 대해 알고 있는 모든 이들의 기억을 지우는 것이 이치에 맞지 않나?"

그 말에 사하의 눈동자가 일순 흔들렸다.

"날 설득해라, 사하. 짐승만도 못한 자를 없애면 안 되는 이유가 무엇인지. 제대로 설명해."

4. 밤색 눈동자의 아이 (2)

"……현서 양이 사라진 걸 알게 돼도 그들은 수사하지 않을 겁니다. 자칫 잘못하면 현서 양을 감금하고 있었다는 사실이 밝혀질 테니까요. 암암리에 일을 진행하면 그만큼 시간이 더디 걸릴 테니, 우리로선 손해될 것이 없습니다."

얼음송곳처럼 차고 날카로운 기운에 몸이 다 시릴 지경이었지만 사하는 침착하게 설명을 이었다. 그것이 주인으로 섬기고 있는 이와 이현서라는 소녀, 자신을 포함한 수하들에게 유리한 일이라고 판단했기 때문이다.

"하지만 강영복이 죽게 되면 살인, 실종, 유괴 등으로 일이 번질 가능성이 높아집니다. 그들이 원하든 원하지 않든 공개수사가 진행될 수 있고, 현서 양과 현서 양 어머니의 소재를 파악하기 위해 방송과 같은 매체가 이용될 수도 있습니다. 그렇게 되면 현서 양을 보호하고 있는 사람에 대해 당연히 관심이 쏠릴 겁니다. 이영우 회장이 실종신고를 해놓았으니 어쩔 수가 없는 상황이죠."

"……."

"현서 양의 기억과 신분을 지우고 새로운 사람으로 만들어 데리고 있겠다면 상관없겠지만, 현서 양을 이 상태로 거두게 되면 이사장님께서 그동안 추구해 온 조용한 삶이 분명 소란스러워질 겁니다."

"그러니 이번 일은 자네 의견대로 하라?"

"그래 주시면 고맙겠습니다."

그렇게 말했는데도 콴이 대꾸가 없자 사하가 곤혹스러운 눈으로 그를 보았다.

"문제를 만들지 않고 일을 해결할 수 있는 방법이 분명히 있는데, 굳이 일을 복잡하게 만드시는 이유를 솔직히 모르겠습니다."

"좋아. 이번 일은 자네 의견을 따르지."

콴이 의외로 선선히 수긍하자 사하가 반색하여 다시 확인했다.

"정말이십니까?"

콴은 대답하듯 짧게 고개를 끄덕였다. 그리고 사하에게 현서를 데리고 가라는 눈짓을 해 보였다. 사하는 얼른 다가가 콴이 안고 있던 현서를 옮겨 안았다.

"그럼 저 먼저 가겠습니다."

인사를 마친 사하는 현서를 데리고 안개 속으로 조용히 사라졌다.

콴은 눈 깜짝할 사이에 강영복을 날려 보낸 곳으로 이동했다.

강영복은 창고의 돌 벽에 처박힌 채 고개를 떨구고 있었다. 강한 충격을 받아 망가진 그의 몸은 푸줏간에 걸린 고깃덩어리처럼 시퍼렇게 경직된 상태였다. 콴은 머잖아 숨이 끊길 것이 확실한 강영복을 냉정하게 바라보다가 오른손을 위로 들어 올렸다.

위로 향해 올렸던 손을 아래를 향해 천천히 내리자 벽 속 깊이 박혀 있던 강영복의 몸이 방향에 따라 느릿하게 움직였다. 창고 바닥에 똑바로 누운 자세로 안착한 강영복에게 다가간 콴은 한쪽 무릎을 세워 앉아 강영복의 이마 위에 손을 올렸다.

콴의 손을 통해 치유의 기운이 흘러가자 부러지고 찢긴 강영복의 몸이 원래의 상태로 회복되었다. 끊어진 것이나 진배없던 호흡이 규칙적으로 돌아오면서 시퍼렇고 창백하게 질려 있던 얼굴색이 차츰 밝아졌다.

콴은 강영복의 머릿속에 든 기억 중에서 자신에게 필요한 것들을 찾아 간직했다. 그리고 강영복의 머릿속에 있던 기억을 모두 지웠다. 이제 강영복은 오늘 밤의 일을 포함해 어떤 것도 기억하지 못하는 텅 빈 백지 상태의 머리를 갖게 되었다.

사람과 관련된 기억을 지운 것이기에 삶을 살아가는 데 커다란 지장이 있진 않을 것이다. 그의 몸에 밴 습관이나 익힌 기술은 남아 있으니, 그걸 받아들이는 태도에 따라 전과 다른 새로운 삶을 살거나 그저 혼란함만 안은 채 답답한 시간을 보낼 수도 있었다.

눈을 뜬 콴은 굽혔던 몸을 바로 세웠다. 부서진 문과 깨어진 벽을 원래의 상태로 복원했을 때 어디선가 휴대전화 벨소리가 들렸다. 콴이 소리가 나는 방향으로 손을 뻗자 발신자표시가 뜬 휴대전화가 손으로 날아들었다.

강영복의 휴대전화에 떠오른 이름은 '최 변호사'였다.

콴은 전화를 받지 않고 전화기를 한 손으로 가만히 감쌌다. 그의 손에서 흘러나온 열기에 전화기의 딱딱한 몸체가 두부처럼 흐물흐물해지더니 마치 마그마처럼 눅진하게 녹아 바닥으로 툭 떨어져 내렸다.

창고를 나선 콴은 이제 선착장으로 향했다. 대기 중인 자신의 배에 올라 푸른 안개에 싸인 섬을 바라보았다. 창고의 벽이 깊게 패어 무너져 내릴 만큼 큰 소리가 났는데도 섬은 아무 일도 일어나지 않은 것처럼 그저 괴괴했다.

콴이 만들어놓은 푸른 안개가 선득한 두려움을 주어 사람들이 밖으로 나가는 걸 꺼리게 만들어서였다. 안개는 콴의 배가 떠난 후에도 한동안 지속되다가 섬에 있는 모든 사람들이 잠든 후에야 사라질 것이다. 밤이 지나고 새로운 날이 밝아지면 섬사람들의 머릿속에도 현서에 대한 기억이 하나도 남아 있지 않을 것이다.

"강영복을 살려야 한다고 말씀드린 걸 잠시 후회했습니다."

콴이 선실 안으로 들어서자 사하가 바로 그 말을 꺼냈다.

"물수건으로 코피만 겨우 닦아냈습니다. 너무 아파 보이니까 뭘 어떻게 할 수가……."

사하는 안타까움에 말끝을 흐렸다.

콴은 현서가 누워 있는 침대로 다가갔다. 사하에 의해 침대에 옮겨진 현서는 여전히 깊은 잠에 빠져 있었다. 콴이 주술을 걸어 쉬이 깨지 않도록 만들었기에 그런 것이었다.

침대 맡에 놓인 스탠드만 켠 상태라 선실 안은 아늑하게 어두웠다. 하지만 현서의 상태를 알아보는 데 큰 지장은 없었다. 불빛 아래 드러난 현서의 얼굴을 보고 콴은 미간을 찌푸렸다. 사하의 말마따나 현서의 상태가 몹시 심각해서였다.

현서를 데려오기 전 통증을 가시게 만들었지만 제대로 치유를 하지 못했다. 그로 인해 강영복에게 맞은 뺨과 눈가가 다시 부어오르고 피딱지가 앉은 입술까지 터진 것이었다.

콴은 현서의 머리 위에 손을 대고 눈을 감았다. 계속하여 폭행을 당했다면 몸의 내부에도 이상이 생겼을 것이기에 머리부터 발끝까지의 모든 것을 스캔하듯 천천히 읽어 내렸다.

진찰을 마친 콴은 조용히 눈을 떴다.

모세혈관이 터지며 만들어진 멍 자국들은 현서의 상태를 감안하면 비교적 평범한 상흔이라 할 수 있었다. 현서의 갈비뼈 부근엔 선상골절의 흔적이 뚜렷하게 남아 있었고, 옷에 가려져 사람들이 볼 수 없는 등과 어깨, 허벅지 등엔 깊고 얕은 자상과 화상의 흔적들이 교묘하게 숨겨져 있었다.

현서를 지켜보던 콴의 몸에서 푸른빛을 띠는 노기가 일렁이자 사하는 슬그머니 뒤로 물러났다. 콴과 연결되어진 기운으로 적잖은 내공을 가진 사하였지만 목숨이 위태해질 정도의 살벌한 살기 앞에선 저절로 몸을 사리게 되는 것이었다.

사하의 동요를 감지한 콴은 격해지려는 감정을 눌렀다. 곧 평정심을 회복한 그는 현서의 얼굴 가까이로 손을 가져갔다. 오른손 검지의 손톱을 왼손 바닥에 대고 칼로 긋듯 내리자 곧 검은색 피가 배어 나왔다. 현서의 입술 가까이 손을 가져가 멈추자 맺혀 있던 핏방울이 아래로 뚝뚝 떨어졌다.

지금 현서의 몸은 금이 간 유리처럼 몹시 나약했다. 하여 자신의 피를 주어 치유력을 받아들일 수 있는 상태로 만들어야 했다. 콴의 피는 대부분의 사람에겐 치명적인 독극물과 같은 위험한 것이었다.

하지만 현서는 콴과 계약 관계에 놓인 특별한 인간이었다. 현서가 마신 콴의 피는 그녀를 공격하지 않고, 그녀를 보호하는 기능을 충실히 이행할 터였다.

현서가 필요로 하는 만큼의 피가 흘러들어 간 후 콴의 손바닥에 생겼던 상처가 저절로 아물었다. 콴은 그 손을 내리고 이제 현서의 한 손을 붙잡아 그러쥐었다.

그가 치유의 기운을 불어넣자 현서의 손을 기점으로 부드럽고 따스한 빛이 퍼져 나가기 시작했다. 그 빛이 몸 전체를 에워싸자 형편없이 상해 있던 현서의 얼굴이 눈에 띄게 회복이 되어 갔다.

보는 사람의 마음까지 힘들게 할 정도로 심각했던 현서의 상흔들은 어느덧 자취 하나 없이 말끔히 사라졌다. 파리하게 색이 죽어 있던 입술과 야윈 뺨, 회복된 손톱에도 분홍빛의 건강한 핏기가 감돌았다.

현서의 몸을 휘감아 치유했던 빛은 모든 임무를 완수하고 콴의 손끝으로 돌아왔다.

"이제 괜찮아진 겁니까?"

"우선은."

숨소리까지 죽여가며 지켜보던 사하는 콴의 대답을 듣고 안도의 숨을 내쉬었다.

그때 꼼짝없이 누워만 있던 현서가 몸을 뒤척였다. 잠깐의 움직임에 이어 가느다란 숨소리가 입밖으로 흘러나왔다.

어딘가 애잔한 그 소리를 듣고 콴의 눈빛이 깊게 가라앉았다.

콴은 잔뜩 앓고 난 사람처럼 땀방울이 맺힌 현서의 이마를 손수건으로 닦아주었다.

따스한 손길에 반응한 것인지 무겁게 닫혀 있던 현서의 눈이 스르륵 열렸다.

두 눈을 느릿하게 깜빡인 현서는 무구한 짐승처럼 순하게 콴을 바라보았다. 그러다 다시 조용히 눈을 감았다.

1초 혹은 3초?

헤아린다는 것이 무의미할 정도로 짧은 시간이었지만 콴의 표정엔 어떤 변화가 나타났다.

옆으로 기다란 눈매가 더욱 가늘어져 그를 향해 돌아누운 현서를 응시했다.

모로 누운 현서가 그의 손가락 하나를 움켜쥔 채 새근새근 숨을 쉬었기 때문이다.

갑작스러운 접촉에 콴은 순간 긴장했다. 그러다 현서가 아버지와 함께 있는 꿈을 꾸고 있다는 걸 알게 되었다.

현서의 꿈은 콴으로 하여금 까마득하게 잊고 있던 한 가지 기억을 떠올리게 만들었다.

아주 오래전 아내로 맞이했던 여자와 그녀와의 사이에서 태어났던 자그마한 딸아이.

귀엽고 앙증맞은 다섯 개의 손가락이 그의 손가락 하나를 이처럼 꼼지락 움켜쥐었다.

그때 느꼈던 부듯한 감정이 어제 일처럼 되살아나 심장을 애틋하게 자극하자 콴은 깊게 미간을 좁혔다. 분명 기껍지 않은 상황이었으나 아이의 손을 야멸차게 떨쳐 낼 수 없었다.

콴의 표정이 달라진 걸 발견한 사하는 두려움으로 동공이 수축되었다. 주인의 몸에 허락 없이 손을 댄 이들이 혹독한 대가를 치르는 모습을 적잖이 보아왔기에 큰일이 생기면 어쩌나 저절로 긴장하는 것이었다. 콴이 느끼는 감정을 알았다면 그런 걱정을 하지 않았겠지만, 그 마음을 알지 못하니 사하로선 당연한 반응이었다.

잠결에 무의식적으로 한 행동이잖아. 주인님도 다 이해하실 거야.

그럼에도 혹시 모를 사태가 염려돼 마음이 적이 초조했다. 저 불쌍한 소녀가 또다시 다치거나 아파하는 모습을 보고 싶지 않은 것이 솔직한 심경이었다.

"이사장님, 잠시 후면 날이 밝을 겁니다."

사하가 어렵사리 입을 떼자 콴이 창가로 고개를 돌렸다. 짙은 어두움에 잠겨 한 덩어리로 보였던 하늘과 바다가 이제 서로 다른 빛을 띠며 서서히 구분이 되고 있었다.

어슴푸레한 하늘을 좀 더 바라보던 콴은 현서에게로 눈길을 돌렸다.

"현서 양 옆엔 제가 있겠습니다. 걱정 마시고 쉬십시오."

콴은 고개를 끄덕이곤 제 손을 쥐고 있는 현서의 손을 붙잡았다. 가만히 떼어내려 손을 움직이는데, 현서가 움찔하며 콴의 손가락을 더욱 움켜쥐었다. 야윈 어깨를 옹송그리며 움츠러드는 모습이 너무나 안쓰러웠기에 콴은 할 수 없이 다른 방법을 떠올렸다.

"천 실장."

"예."

"이 배에 인형이 있던가?"

"인형, 말씀입니까?"

"그래. 감촉이 폭신한 테디베어 같은 것 말이야."

콴이 현서의 손을 놓지 않은 채 질문을 던지자 사하는 곧 그 상황을 이해했다.

"아! 알겠습니다. 바로 찾아보겠습니다."

사하는 꾸벅 인사를 하고 곧장 선실을 나갔다.

짧게 한숨을 내쉰 콴은 저의 손을 붙잡고 있는 현서를 바라보았다. 슬프게 찡그려진 미간에 눈길이 머물자 잡히지 않은 손끝을 이용해 가볍게 톡톡 두드렸다.

"……훨씬 낫군."

주름이 사라져 한결 편안하게 달라진 현서의 표정을 보며 나직하게 혼잣말을 중얼거렸다.

서늘한 손가락을 감고 있는 가늘고 흰 아이의 손가락. 거기서 흘러나오는 따스한 온기와 보드라운 감촉이 싫지 않아서 무표정했던 입가에 한 줄기 미소가 옅게 드리워졌다.

"현서 양 취향을 몰라서 내 마음대로 시켰어. 별 다섯 개가 달린 호텔 주방에서 내온 음식이니까 못 해도 평균은 할 거야."

다양한 음식이 담긴 접시를 응접테이블 위에 내려놓은 사하는 현서의 맞은편 의자에 자리를 잡고 앉았다.

"거기 치즈가 잔뜩 올라간 건 양파수프야. 쌀쌀한 날에 먹으면 몸을 뜨끈하고 기분 좋게 만들어준다고 해서 특별히 부탁했지."

"……."

"이런, 양파를 안 좋아하는구나? 그렇지?"

사하가 물었지만 현서는 입을 다문 채 무릎 위에 모은 손을 꼼지락 움직였다.

"얼굴 표정을 보면 내 말을 다 알아듣는 눈친데, 왜 아무 말도 안 해? 나랑 얘기하는 게 싫어?"

"……."

"궁금한 게 있으면 뭐든 물어봐. 내가 아는 한도 내에서 뭐든 알려줄 테니까."

사하는 갓 구운 것처럼 고소한 냄새를 풍기는 크루아상에 잼을 발라 한입 베어 물었다. 그리고 어찌나 맛있게 먹는지 지켜보는 현서의 입안에 군침이 돌 정도였다.

꼬르륵!

갑작스러운 소리에 현서의 눈이 동그랗게 커졌다. 그것이 제 뱃속에서 나온 소리라는 걸 깨닫자마자 무안함에 얼굴이 달아올랐다.

"괜찮아, 괜찮아. 그게 다 뱃속이 건강하다는 증거야."

웃는 얼굴로 현서를 독려한 사하는 테이블 위에 차려진 음식들을 어서 먹으라는 눈짓을 해 보였다. 희고 가지런한 치아를 드러내며 활짝 웃는 사하의 얼굴은 절대로 나쁜 사람처럼 보이지 않았다. 그래서 현서는 이 순간 가장 궁금한 것을 물어보기로 했다.

"……근데 아저씨는 누구세요?"

"아저씨? 지금 나한테 아저씨라고 한 거야?"

사하가 되묻자 현서는 얼결에 고개를 끄덕였다.

"후아, 나더러 아저씨라니……!"

아저씨란 호칭에 입맛이 싹 달아난 사하는 들고 있던 크루아상을 내려놓았다.

"그래, 뭐, 현서 양 입장에선 내가 아저씨처럼 보일 거야. 그래도 그 호칭은 어쨌든 충격이야."

시무룩한 얼굴로 한숨을 지은 그는 마음을 추스르기 위해 유리잔에 있던 찬물을 모두 마셨다. 물이 묻은 입술을 냅킨으로 닦고 나서 정식으로 제 소개를 시작했다.

"내 이름은 천사하라고 해. 성이 천, 이름이 사하. 사하는 '모래의 강'이라는 의미야. 나는 현서 양을 집까지 데리고 오라는 윗분의 명을 받아 보시다시피 임무를 수행하는 중이야."

천사하. 천사하.

현서는 그 이름을 속으로 되뇌었다. 이름이 주는 독특한 어감 때문인지 몰라도 너른 창을 통해 들어온 햇살을 받고 있는 사하의 모습이 여느 사람과 다르게 다가왔다.

밝은 햇빛 때문에 오렌지빛을 띠는 갈색 머리칼과 동공이 큰 황갈색 눈동자.

구김이 없는 흰색 셔츠와 검정색 바지가 단정하고 말끔한 느낌을 주어 그런지도 몰랐다.

"내 나이는 스물여덟. 현서 양이 열일곱이라고 들었으니까 현서 양보다 무려 열한 살이 더 많아. 그렇게 생각하면 아저씨란 호칭이 영 틀린 게 아닌 것도 같고……. 앞으로 날 부를 때의 호칭은 현서 양이 편한 대로 해. 개인적으론 천 실장 오빠, 사하 오빠, 이렇게 불러줬으면 좋겠지만 강요하는 건 아니야."

상큼한 미소로 마무리를 지은 사하는 현서에게 악수를 청했다. 현서가 주저하며 손을 내밀자 냉큼 붙잡고는 반가움을 담아 위아래로 흔들었다.

"지금 현서 양과 내가 있는 곳은 부산 해운대에 있는 P호텔 스위트룸이야. 고로 저기 창 너머로 보이는 바다가 해운대란 말씀."

사하가 손을 놓아주자 현서는 창가로 고개를 돌렸다. 막힘없이 탁 트인 푸른 바다 위엔 무수하게 많은 햇살 조각이 생선의 은비늘처럼 싱싱하게 반짝이고 있었다.

"해운대를 와본 적이 있다면 괜한 설명이겠지만."

"어렸을 때 들어보긴 했는데, 이렇게 와보는 건 처음이에요."

"그랬어?"

"네."

현서는 그렇다고 대답을 하고 작게 끄덕였다.

"난 사실 바다를 별로 안 좋아해. 그래서 굳이 찾아가고 그러지 않아. 근데 여기서 보는 바다는 뭐, 나쁘지 않네."

사하는 샐러드 위에 올라간 닭가슴살을 포크로 찍어 먹고는 마저 말을 이었다.

"다른 얘기는 차차 하기로 하고, 우선 식사부터 해. 참, 수프는 후후 불어서 식혀 먹어야 돼. 치즈가 덮여 있어서 별로 안 뜨거워 보이는데, 대충 먹었다간 혀를 델 수 있어."

"아, 네, 고맙습니다."

현서는 꾸벅 인사까지 했지만, 정작 숟가락만 쥐고 있었다.

"역시 양파가 싫은 거였어."

"아니요. 그건 아니에요."

"내가 주문한 음식들이 다 별로인 거야?"

"아니요, 절대 아니에요."

"그럼 먹어야지, 왜 그냥 쳐다보고만 있어?"

"……겁이 나서요."

"겁이 나다니. 뭐가?"

사하가 황당해서 되묻자 현서는 솔직하게 제 생각을 말했다.

"이걸 먹으면, 꿈이 깰 것 같아요. 그래서 수프를 먹는 게 겁이 나요."

"뭐?"

"저도 알아요, 제가 너무 바보 같은 생각을 하고 있다는 거. 그런데 지금 마음이 정말 그래요."

그 말을 하고서 현서는 어색하게 웃었다.

"바보 같은 생각이란 걸 알고 있다니 그건 기특하네. 물론 이 오빠가 꿈에서 볼까 말까 할 정도로 어마무지하게 잘생겼다는 건 인정해. 그래도 이건 100% 리얼한 현실이지 절대 꿈이 아니라고."

사하는 부러 과장을 해 이 상황이 꿈이 아님을 강조했다. 어린 현서가 그런 말을 하는 것이 못내 안쓰럽고 안타까워서 외려 즐거운 농담을 하듯 밝은 표정을 지었다.

"진짜로 꿈이 아닌 거예요?"

"당연히 아니지. 그래도 못 믿겠으면 이 오빠가 확실하게 확인을 시켜 주고."

"그걸 확인하는 방법이 있어요?"

"당연히 있지. 오랜 전통에 빛나는 아주 확실한 방법이."

사하는 자신만만한 표정을 짓고는 현서 쪽으로 상체를 숙였다.

장난기로 반짝거리는 황갈색 눈동자가 바짝 다가오자 현서는 저도 모르게 주먹을 움켜쥐었다. 현서의 얼굴을 두 손으로 감싼 사하는 움찔하는 현서의 뺨을 붙잡아 양쪽으로 쭈욱 잡아당겼다. 뺨에 살이 없어서 손에 잡힐까도 싶었지만 찹쌀떡처럼 몰랑하게 부드러운 감촉이 확실하게 당겨지는 맛이 있었다.

"으! 아파요!"

현서가 아프다고 하는데도 사하는 좀 더 시간을 끌다가 겨우 손을 놓았다.

"어때? 이제 믿겨지지? 아직도 실감이 안 나면 한 번 더 해주고."

"아뇨, 충분해요. 이젠 안 해도 돼요."

양 볼을 두 손으로 감싼 현서는 얼른 고개를 저었다.

사하는 그런 현서가 마냥 귀여워서 손끝으로 툭 현서의 콧날을 건드렸다.

현서는 반사적으로 콧날을 찡그리곤 두 눈을 빠르게 깜빡였다. 너무 친근하게 구는 사하의 행동이 조금은 당혹스러웠지만 그렇다고 불쾌하게 싫은 느낌은 아니었다.

"현서 양이랑 친해지고 싶어서 그런 거니까 삐지기 없기다. 응?"

사하는 저가 한 행동이 어색함을 덜어주기 위해 한 것임을 밝혔다. 현서가 자칫 더 부담을 느끼고 불편해할까 염려가 되어서였다.

현서는 삐지지 않을 거라고 답을 하곤 처음으로 웃음을 보였다. 누군가 자신의 반응을 신경 쓰고 걱정해 준다고 생각하자 확실히 마음이 편해지고 있었다.

"그런데 이상한 게 또 있어요."

"왜? 왜? 또 뭐가 이상한데?"

"제 얼굴이랑 몸에 있던 상처들이요. 아까 화장실에서 거울을 봤는데, 얼굴이 아무렇지 않게 깨끗했어요. 팔이랑 다리에 있던 멍 자국도 안 보이고, 몸도 하나도 안 아프고."

현서의 말에 살짝 식은땀이 흘렀지만 사하는 짐짓 아무렇지 않은 척 말을 받았다.

"그건 치료를 아주 잘 받아서, 그래서 그래."

"치료를 받아서 그렇다고요?"

"당연하지. 거기 섬에 있을 때 병원에 자주 갔었어?"

"아뇨. 그건 아니에요."

"거 봐. 현서 양은 병원에 간 일이 별로 없어서 이번에 약을 쓴 게 제대로 효과를 발휘한 거야."

"그래요?"

사하는 현서가 다른 의심을 하지 않도록 빠르게 말을 이었다.

"이사장님이 현서 양을 데리고 나올 때 현서 양은 이미 잠을 자고 있었어. 단지 피곤해서 자는 거면 큰 문제가 아닌데, 몸에 이상이 있어서 그런 거면 큰일이잖아. 그래서 현서 양을 병원으로 데려갔지. 그리고 마침 부산에 일이 있어서 겸사겸사 이리로 온 거야. 다행히 병원에선 큰 문제가 없다고 했어. 그래도 영양실조랑 빈혈 증세가 있으니까 그 부분을 신경 써주라고 하더라고."

현서는 사하의 말을 집중해 들으면서 고개를 끄덕였다. 워낙 사실감 넘치는 설명이라 그리 할 수밖에 없었다.

기실 사하의 설명은 완전히 거짓이 아니었다. 현서가 입은 외상과 내상을 치유한 사람이 콴이라는 걸 밝히지 않았을 뿐, 그 외의 모든 것이 사실이었기 때문이다.

"그러니까 앞으론 무조건 잘 먹고 잘 자야 돼."

"……네."

"물론 현서 양 입장에선 내가 하는 말이 믿어지지 않을 거야. 깨어난 장소도 낯설어, 설명하는 사람도 낯설어, 그러니까 그런 마음이 드는 게 당연해."

"네, 그건 정말 그래요."

현서는 고개를 끄덕이며 선선히 인정했다.

"그럴 땐 지금 보이는 걸 가지고 단순하게 생각해. 그렇게 나오고 싶었던 섬을 나왔으니까 좋다. 강영복인지 뭔지 하는 남자 얼굴, 다신 안 봐도 되니까 좋다. 몸도 아프지 않고 편안하니까 좋다."

사하의 입에서 '강영복'이란 이름이 흘러나오자 현서는 더욱 기분이 묘해졌다.

어머니와 연락이 끊긴 뒤부터 섬을 벗어나기 위해 무진 애를 썼었다. 하지만 번번이 실패했다. 이대로 영영 갇혀 지내는 것이 아닐까, 막막한 두려움을 느꼈던 때 정말 기적처럼 그곳을 빠져나왔다.

하나님께서 그동안의 기도를 들어주신 걸까? 내 기도가 제대로 전해진 걸까?

"수프 그냥 먹어도 되겠다. 우리가 수다 떠는 동안 알맞게 잘 식었을 거야."

사하의 친절한 목소리에 현서는 잠시 생각을 멈추었다.

"그럼 감사히 먹겠습니다."

현서는 그제야 양파수프를 떠먹었다. 달착지근하고 고소한 맛의 따스한 수프는 오랫동안 제대로 된 음식을 먹은 적이 없었던 현서의 입안을 부드럽고 풍요롭게 채워주었다.

"맛이 어때?"

"……맛있어요. 정말로 맛있어요."

감격이 가득한 대답을 듣고 사하는 제 배가 부른 것처럼 흐뭇한 미소를 지었다.

"맛있다니 다행이다. 다른 것도 다 맛있을 거니까 천천히 많이 먹어."

사하가 머리를 쓰다듬어 주려고 손을 내밀자 현서는 움찔 몸을 움츠렸다. 몇 년 동안 학대를 받으며 지낸 탓에 몸이 저절로 반응한 것이었다.

"난 그냥 현서 양이 대견해서 그런 건데."

사하는 머쓱하게 웃으며 손을 거두었다.

"미안해. 다음부턴 조심할게."

"아니에요. 이건 그냥 반사적으로…… 그러니까 기분 나쁘게 생각 안 하셨으면 좋겠어요."

"아니야. 그런 생각 안 해. 현서 양도 마음 쓰지 마."

"이해해 주셔서, 감사해요."

"그럼 지금은 쓰담쓰담 해도 돼?"

그 말에 두 눈이 동그래졌던 현서는 뭔가 고민하는 얼굴이 되었다.

"어. 지금은 좀 곤란해요."

"왜?"

이유를 물으려다 사하는 곧장 결론을 내렸다.

"누가 머리 만지는 거 엄청 싫어하는구나. 그렇지?"

"그게…… 머리를 계속 못 감아서. 그래서……."

현서는 두 뺨이 발그레해져 말끝을 흐렸다. 의미를 이해한 사하는 얼른 고개를 끄덕였다.

"알았어, 알았어. 현서 양 머리 만지는 건 다음으로 미룰게."

"머리카락 만지는 걸 많이 좋아하시나 봐요."

"어, 좋아해. 누가 날 쓰다듬어 주는 것만큼이나 좋아하는 일이니까 나중에 꼭 허락해 줘야 한다. 꼭?"

현서는 마지못해 알았다고 말했다. 사하의 표정이 너무나 간

절해 보여서 안 된다는 말을 차마 할 수 없었다.

"제가 정말 깊게 잤나 봐요. 그 얘길 안 해주셨음 병원에 다녀왔다는 거 몰랐을 거예요."

"그만큼 몸이 힘들었다는 증거지, 뭐. 시간으로 따지면 얼추 2박 3일 정도 잤나?"

"진짜요? 그렇게나 오래요?"

"그렇다니까. 병원으로 호텔로 들쳐 업고 뛰는데도 꼼짝 없이 잘 잤어."

두 사람은 두런두런 이야기를 나누며 자연스레 접시를 비워 갔다.

식사가 거의 끝났을 무렵 현서의 표정은 한결 편안하게 달라져 있었다. 현서를 배려하고 챙기는 사하의 진심이 알게 모르게 긴장했던 현서의 마음을 누그럽게 풀어준 것이다.

"그런데 절 구해준 아저씨는 어디 계세요?"

"이사장님은 먼저 올라가셨어. 중요한 약속이 생겨서 가셔야 했거든."

"아, 네."

"밥 다 먹고 나면 미용실부터 가자. 그걸 제대로 정리해야 내 맘이 편할 것 같아."

사하는 들쭉날쭉 멋대로 자른 현서의 머리칼이 마음에 들지 않았다. 그래서 그 말을 꺼냈는데 정작 현서는 그다지 관심을 보이지 않았다.

"미용실 가서 머리도 감고 예쁘게 다듬어달라고 하자. 옷이랑 신발은 미리 사놓을까 했는데, 현서 양 취향을 몰라서 보류했어."

"이사장님은 항상 서울에 계세요?"

"아니, 서울은 아니야. 이사장님 댁은 서울에서 두어 시간 떨어진 곳에 있어. 그런데 그건 왜?"

"갑자기 이런 부탁을 드리는 게 너무 죄송한데요."

꺼내려는 말이 곤란한 것인지 현서는 아랫입술을 잘근 깨물었다.

"뭐든 말해봐. 죄송한 부탁인지 아닌지는 들어보고 판단해 줄게."

사하는 미소를 띤 얼굴로 장난스럽게 말을 받았다. 심각한 질문이면 어쩌나 내심 걱정됐지만 내색하지 않으려 했다.

"저한테 지금 돈이 하나도 없거든요. 그래서 그런데, 차비를 좀 빌릴 수 있을까요? 돈은 서울에 도착하는 대로 바로 갚아드릴게요."

"서울 가는 차비를 빌려달라고?"

"네. 서울 평창동에 저희 할아버지가 계시는데, 몇 년 동안 찾아뵙지 못했지만 절 못 알아보진 않으실 거예요. 제가 사정을 말씀드리면 차비는 바로 갚아주실 거예요."

드디어 올 것이 와버렸군.

속으로 중얼거리며 사하는 미간을 좁혔다. 호텔을 떠나기 전 콴이 알려주었던 지시 사항 중 한 가지를 생각했던 것보다 빠르게 이행하게 되자 저절로 골치가 아파왔다.

"정말이에요. 서울까지만 데려다주시면 금방 갚을 수 있어요."

사하가 곤란해하고 있다는 걸 느낀 현서는 더욱 간곡하게 그를 보았다.

"체크아웃하고 나면 나도 바로 올라갈 거야. 그러니까 차비는 빌리고 말고 할 것도 없어."

"네? 그게 무슨."

"내 차로 같이 올라갈 거니까 차비 안 빌려도 된다고."

"정말요? 그래도 돼요?"

"그런데 최종 목적지가 서울은 아니야. 아까도 말했지만 이사장님 앞으로 현서 양을 데리고 가는 게 내 일이거든."

"거기까지만 데려다주셔도 감사해요. 서울 가는 건 거기서 다시 알아보면 되니까요."

"현서 양, 현서 양이 평창동으로 간다고 해도 할아버님을 뵐 순 없어."

"예? 왜요?"

"할아버님이 거기 안 계시니 만나뵐 수 없는 거지."

"할아버지가 왜? 설마 다시 입원하신 거예요?"

"맞아. 할아버님은 지난 몇 년 동안 병원에 계셨어. 그러다 얼마 전에 돌아가셨고."

"하, 할아버지가 돌아가셨다고요?"

"……어."

그게 사실이냐고 되묻지도 못하고 현서는 잠시 멍한 얼굴이 되었다.

사하는 그런 현서의 어깨를 한 손으로 가만히 붙잡았다. 충격을 받은 것이 확실한 현서를 보고 있으니 없는 말을 한 것이 아님에도 마음이 좋지 않았다.

내가 이래서 하기 싫었다고.

하지만 제 맘대로 할 수 있는 일이 아니었다. 만약 현서가 할아버지에 대해 묻는다면 있는 그대로의 사실을 말해주라는 콴의 지시가 있었기 때문이다.

"현서 양, 괜찮아?"

사하가 물었지만 현서는 어떤 대답도 할 수 없었다. 섬을 벗어나면 어떤 식으로든 방법이 있을 거라고 생각했었다. 그런데 할아버지가 돌아가셨다니!

"현서 양, 현서 양."

거듭 불리는 제 이름을 듣는데 조금씩 몸이 떨려왔다. 희망이 무너진 데서 오는 충격이 거세지자 몸의 떨림 또한 커졌다.

"……그럼 우리 엄마는요? 우리 엄마 얘긴 들은 게 없으세요?"

현서는 겨우 용기를 내 사하에게 물었다. 떨림이 가시지 않은 상태라 목소리가 불안하게 흔들렸다.

"미안해. 어머니 얘긴 나도 들은 게 없어."

"하지만 할아버지가 돌아가신 건 알고 있었잖아요."

"할아버님이 워낙 유명한 사업가셨잖아. 방송이랑 신문에 기사가 나서 웬만한 사람은 거의 다 아는 내용이야."

"그럼 절 구해주신 분은요? 그분은 뭔가 아시는 게 있지 않을까요?"

"우리 이사장님?"

"네, 그분이요! 그분은 제가 어디 있는지 알고 오셨잖아요. 그러니까 우리 엄마 얘기도 분명히 알고 계실 거예요."

"그건 내가 뭐라고 말을 못 하겠다. 현서 양 어머니 얘긴 정말 들은 게 없거든."

사하는 안쓰러움을 담아 그렇게 말했다. 사하가 같은 질문을 던졌을 때 콴은 아무것도 말해주지 않았다. 그러니 현서에게 알려줄 수 있는 것이 있을 수 없었다.

"그분께 다시 여쭤봐 주세요. 그분 일을 돕는다고 했으니까 연락처는 아실 거잖아요."

기대를 저버리는 대답을 들었음에도 현서는 포기하지 않았다. 아직은 포기할 수 없었다.

"연락처는 당연히 알고 있지. 하지만 전화해도 받지 않으실 거야. 낮에는 일이 바쁘셔서 통화하는 게 쉽지 않거든."

"그래도 해주시면 안 될까요? 이번엔 받아주실지도 모르잖아요. 곤란하게 해드려서 죄송해요. 하지만 이번 한 번만이요. 한 번만 부탁드릴게요.”

　“알았어. 현서 양 말대로 해볼게. 해볼 테니까 일단 진정하자. 응?”

　달래는 목소리를 듣고서야 현서는 고개를 끄덕였다. 무어라 말을 하고 싶은데, 울컥 목이 메어 말이 나오지 않았다.

5. 밤색 눈동자의 아이 (3)

문밖에서 들리는 노크 소리에 침대에 누워 있던 콴이 눈을 떴다.

"천 실장에게 전화가 왔습니다. 급한 용무인 것 같은데, 어떻게 할까요?"

동운의 말을 듣고 난 콴은 몸을 일으켜 문가로 향했다. 닫혀 있던 문을 열자 대기 중이던 백동운이 짧게 목례를 했다.

"이 시각에 주인님을 찾는 걸 보니 꽤 다급한 일 같아서, 죄송합니다."

백동운의 얼굴엔 면구스러움이 가득했다. 별것 아닌 것으로 주인의 휴식을 방해한 것이면 어쩌나, 하는 걱정도 빠지지 않았다.

"별게 다 죄송하군."

"그래도 모처럼 쉬고 계시는데."

"누워는 있어도 잠을 자는 게 아니라는 걸 자네도 알잖아."

"그래도 죄송합니다."

고집스레 사과하는 동운을 보고 콴은 피식 미소를 지었다.

중키에 건장한 체격을 가진 백동운 집사는 은회색 머리칼과 주름진 눈가가 콴보다 한참 손윗사람으로 보이는 어른이었다. 하지만 그를 대하는 콴의 태도는 아랫사람을 대하듯 스스럼이 없었고, 콴을 대하는 동운의 태도 또한 어른을 모시듯 깍듯했다.

누가 보아도 확실한 주종 관계의 모습. 하지만 그것이 거북살스럽게 다가오지 않았다.

신뢰와 애정이 바탕에 깔린 관계에 20여 년을 함께해 온 세월의 무게에 더해지면서 정중하면서도 친밀한 독특한 분위기가 형성된 것이었다.

"사하에게 연락을 할 테니 걱정 말고 올라가."

"예, 알겠습니다."

동운은 콴에게 인사하고 지상층으로 이어진 계단으로 향했다.

콴은 유선전화가 있는 서재로 발길을 돌렸다. 웬만한 성인들은 휴대전화를 구비하는 것이 상식인 시대였지만 아직까지 그것의 필요를 느끼지 못했다. 콴은 수화기를 들고 사하의 휴대전

화 번호를 눌렀다. 신호가 가고 얼마지 않아 사하의 목소리가
들렸다.

〈이사장님?〉

"무슨 일이지?"

콴의 물음에 사하는 간략하게 상황을 설명했다. 미간을 좁힌
채 생각을 정리한 콴은 현서를 바꿔달라고 말했다.

〈현서 양과 직접 통화를 하시려고요?〉

"통화를 할 수 없는 상황인가?"

〈아니요. 그건 아닙니다. 잠시만 기다려 주십시오.〉

수화기 너머였지만 사하가 당황하고 있다는 게 분명하게 느
껴졌다. 콴이 직접 통화를 하겠다는 말이 의외라 그런 모양이었
다. 현서의 이름을 부르는 사하의 목소리가 들리더니 이어 현서
의 목소리가 들렸다.

〈이현서입니다.〉

"그래, 나와 통화를 하고 싶다고?"

〈바쁘신데 방해해서 죄송해요. 하지만 제 마음이 너무 급해
서…….〉

현서는 잠시 말을 멈추었다. 콴은 재촉하지 않고 이어질 말을
기다렸다.

〈혹시 저희 어머니 소식을 아시지 않을까 해서 전화를 부탁드
렸어요. 뭐든 좋으니까 아시는 게 있으면 얘길 해주세요.〉

현서의 목소리엔 물기와 떨림이 고스란히 묻어 있었다. 현서

가 울었다는 걸 어렵지 않게 짐작한 콴은 짧게 한숨을 내쉬었다. 현서에게 어떤 얘기를 해주어야 할지 잠시 고민에 잠겼다.

✤　✤　✤

〈이현서.〉

"네."

〈정말 뭐든 좋은 거냐?〉

"네?"

〈어머니에 대한 소식이 좋은 것이든 나쁜 것이든 상관이 없어?〉

그 말에 현서의 눈이 멈칫 커졌다. 나쁜 소식을 전해 들은 것이 아닌데도 두려움이란 감정이 밀물처럼 엄습해 자신을 막다른 곳으로 떠미는 듯했다.

〈물론 네 질문에 대한 답을 알고 하는 얘기는 아니다. 네가 찾는 답이 네가 원하는 답과 다를 수도 있다는 걸 잊지 말라는 뜻에서 하는 말이야.〉

"……네."

현서는 마음을 추슬러 겨우 입을 열었다. 하지만 저조차도 몰랐던 눈물이 뺨을 타고 주르륵 흘러내렸다. 현서는 재빨리 눈가를 훔쳤다. 콴이 해준 말이 틀린 말이 아니기 때문이었다.

〈너에게 들려줄 얘기가 더 있으니 천 실장을 따라 이곳으로

오너라.〉

전화로는 할 수 없는 중요한 얘기라는 말을 덧붙이고서 콴은 전화를 끊었다.

"이사장님이 뭐라고 하셨기에 우는 거야?"

"아니에요. 저 안 울었어요."

현서는 바로 고개를 저었다.

"눈가에 눈물이 그렁그렁하고만 뭐가 안 울었다는 거야?"

사하는 티슈 곽을 통째로 가져와 현서에게 내밀었다.

"대체 이사장님이 뭐라고 하셨는데? 응?"

"실장님을 잘 따라서 오라고, 그렇게 얘기하셨어요."

현서는 티슈를 뽑아 맹맹해진 코를 풀었다.

"괜히 억지로 참지 말고 울고 싶으면 울어. 눈물도 참아버릇하면 병이 된다더라."

"아이 참, 이젠 안 운다니까요."

"확실해?"

"네, 확실해요."

그래도 사하가 미심쩍어하자 "오빠는 꼭, 내가 우는 걸 보고 싶은 사람 같아요"라며 옅게 웃었다.

"아무렴 그래서 그럴까."

왠지 억울해서 볼멘소리를 하다가 사하는 문득 눈썹을 올렸다.

"근데 조금 전에 나한테 뭐라고 했어?"

"조금 전에요?"

"내가 우는 걸 보고 싶은 사람 같다고 할 때, 나더러 오빠라고 한 거 맞지?"

"어, 죄송해요. 저도 모르게 그렇게 말했나 봐요."

"죄송은 무슨. 이왕지사 이렇게 된 거, 이제부턴 쭈욱 오빠라고 불러."

"오빠라고 부르라고요?"

"오빠란 말이 듣기도 좋고 맘도 편하니까."

"그게 정말 편하세요?"

"당연히 편안하지. 암튼 난 아무 부담 없으니까 언제든 편하게 부르라고. 오케이?"

현서가 그러겠다고 고개를 끄덕이자 사하가 두 팔을 벌려 현서를 꽉 보듬었다.

움찔 놀란 현서가 뒤로 물러나려 했지만 그럴수록 더욱 당겨 안으며 제 마음을 말했다.

"현서 양이 예뻐서 안아주는 거야. 씩씩한 모습이 기특하고 예뻐서."

현서는 하는 수 없이 그 자리에 가만히 서 있었다. 그런 말을 들었는데도 싫다고 밀어낸다면 사하가 몹시 서운해할 것이란 생각이 들었다.

⚜ ⚜ ⚜

"으아아, 드디어 도착했다!"

몇 시간 꼼짝없이 운전을 하고 온 사하는 차에서 내리자마자 한껏 기지개를 켰다.

"운전하시느라 고생하셨어요."

"현서 양도 고생 많았어."

현서의 어깨를 툭툭 두드려 준 사하는 현서보다 한발 앞서 걸음을 옮겼다.

두 사람이 저택의 본관 앞에 다다른 것은 저녁 어스름이 깔린 무렵이었다. 한적한 도로에 접어든 후 한참을 더 달려서야 도착한 곳엔 검은 철재로 된 거대한 접이식 대문이 있었다.

하지만 저택의 본관은 그 대문을 통과한 후 얼마간을 더 가서야 만날 수 있었다.

사하를 따라 계단을 올라가자 빅토리아풍으로 만들어진 흰색의 석조 건물이 한눈에 들어왔다. 푸른 지붕을 인 2층 저택은 창을 통해 은은하게 새어 나온 불빛으로 인해 고전영화 속에 등장하는 풍경처럼 우아하고 아름다웠다.

할아버지가 살아 계시던 평창동의 저택이 세상에서 가장 큰 집인 줄 알았던 현서는 이국적인 분위기의 저택과 크고 아름다운 나무들이 울창한 숲을 이루고 있는 정원을 보고 잠시 할 말을 잃었다.

"어때? 꽤 근사하지?"

"네."

현서는 제가 놀란 만큼 크게 고개를 끄덕였다.

"밤엔 조명이 켜져 있어서 이런 분위긴데, 햇빛이 좋은 낮에 보면 그 느낌이 또 달라. 낮이든 밤이든 여기 정원이 멋지단 사실은 변함이 없지만 말이야."

정원에 대해 설명을 하는 사하의 얼굴에선 자신이 살고 있는 집에 대한 애정과 자부심이 자연스레 묻어났다. 현서는 사하의 얘기를 들으며 저택의 주변을 바다처럼 에워싸고 있는 정원을 바라보았다.

사실 말이 정원이었지, 그 규모가 웬만한 공원이나 수목원을 능가하는 듯했다. 그래서인지 겨울의 끝자락이 느껴지는 계절임에도 폐부로 스며드는 공기가 더없이 맑고 상쾌했다.

"쫄지 말고 긴장 풀어."

"네."

딩동, 하고 현관의 벨을 누른 사하는 곁에 선 현서를 향해 찡긋 윙크를 했다. 현서는 그에 답하듯 옅은 미소를 지었다. 자신의 상황을 이해하고 격려해 주는 사하가 곁에 있으니 부담감이 그만큼 덜어지는 것 같았다.

"어서 오십시오, 아가씨."

현서를 미소로 맞이한 사람은 저택을 관리하고 있는 백동운이었다. 인사를 받은 현서가 "예, 안녕하세요"라며 꾸벅 인사를 하자 그가 인자한 할아버지처럼 온화한 미소를 지었다.

"수고가 많았습니다, 천 실장님."

사하와도 가벼운 인사를 나눈 동운은 현서와 사하를 1층 한쪽에 마련되어 있는 응접실로 안내했다. 현서는 두 남자를 따라 걸음을 옮기며 자연스레 주변에 눈길을 주었다.

검정색과 흰색의 대리석이 주조를 이루고 있는 본관의 로비엔 크고 화려한 샹들리에가 천장 한가운데를 환하게 밝히고 있었다. 샹들리에 아래엔 1층 중앙에서 2층으로 이어지는 계단이 자리하고 있었는데, 건물의 천장이 높은 구조라 계단의 길이가 제법 길었다.

건물의 벽면엔 아름다운 풍경화와 색이 인상적인 추상화가 담긴 큼직한 액자들이 보기 좋게 걸려 있었고, 천장에도 다양한 조각과 그림들이 과하지 않게 치장되어 있었다.

응접실로 향하는 복도에서 보게 된 유리창은 꽤 큼직한 크기였는데, 짙은 보라색을 띠는 묵직한 질감의 커튼이 걸려 있는 것이 인상적이라 할 수 있었다.

"이사장님께선 곧 오실 겁니다. 다과를 드시면서 잠시만 기다려 주십시오."

백동운이 목례를 하고 나가자 현서는 작게 숨을 내쉬었다.

현서가 안내를 받아 도착한 응접실은 그 분위기가 현관과 로비에서 느껴지던 것과 또 달랐다. 베이지와 오렌지, 올리브색 등이 산뜻하게 어우러진 응접 공간은 엔틱 가구와 소품들로 인해 고풍스럽고 우아한 분위기를 자아냈다.

공주님이 나오는 동화책에서나 봄 직한 아름다운 정경이었지만 현서는 놀라움과 불편함을 함께 느꼈다. 자신이 최근까지 경험했던 공간과 지금 머물고 있는 공간이 지나치게 달랐기에 그런 느낌을 받은 것이었다.

"긴장이 풀려서 그런가? 슬슬 배가 고프네. 현서 양, 현서 양은 배 안 고파?"

"전 아직요. 오빠는 많이 고파요?"

"응. 휴게소에서 먹은 게 벌써 꺼진 모양이야."

눈치가 빠른 사하는 현서에게 얘기를 하며 응접탁자 위의 트레이로 손을 뻗었다.

백 집사가 미리 준비해 놓은 3단 트레이 안에는 하나같이 달콤해 보이는 양과자와 먹기 좋은 크기로 만든 미니 샌드위치가 먹음직하게 담겨 있었다. 그중 하나를 들어 입에 가져가려던 사하는 "에이, 아니다"라며 그것을 도로 내려놓았다.

"왜요?"

"이사장님이 곧 오신다고 했으니까 먹는 건 조금만 참아보려고."

"그래도 되겠어요?"

"어. 대신 따뜻한 차를 마시지 뭐."

티팟의 손잡이를 잡은 사하는 꽃무늬가 예쁜 찻잔에 차를 따라 현서 앞에 놓아주었다.

달고 상큼한 과일 향이 은은하게 피어오르자 현서는 신기한

듯 찻잔을 만졌다.

"여기서 무지 향긋하고 좋은 냄새가 나요."

"말린 꽃이랑 과일이 들어간 잎차라서 그럴 거야. 미리 말하는데, 그거 향기랑 맛이 완전 달라."

"어떻게 다른데요?"

"향기만 맡으면 엄청 달달할 것 같잖아. 그런데 맛은 절대 안그래. 그러니까 기대를 내려놓고 마셔."

친절하게 알려준 사하는 다른 잔에 마저 차를 따랐다. 현서는 분홍빛이 맑고 고운 차를 후후 불어 한 모금 마셨다. 사하에게 들은 대로 단맛이 하나도 없었지만 두 손안에 들어오는 따스함과 향기로운 냄새가 간질간질 행복한 느낌을 전해주었다.

두 사람이 찻잔을 비워갈 즈음 닫혀 있던 응접실 문이 열렸다.

이어 응접실로 들어선 사람은 검정색 슈트를 입은 콴이었다.

약속한 것처럼 찻잔을 내려놓은 현서와 사하는 제자리에서 벌떡 일어났다.

그가 나타나자 서늘한 숲의 향기가 응접실 안을 꽉 채웠다. 낯설지 않고 익숙한 향기인데도 사람을 압도하는 기운이 느껴져 현서는 선 자세 그대로 동작을 멈추었다.

밝은 빛 아래서 마주한 콴은 그를 처음 보았을 때보다 더욱 커 보였다. 몸에 착 감기는 슈트에 주름 하나 없이 깔끔한 흰색 셔츠, 은회색 타이를 맨 모습이 반듯하게 잘 자란 나무처럼 훤

칠하고 늘씬했다.

푸른 안개 속에서 마주했던 때가 어딘가 신비한 아름다움으로 가득했다면 오늘 보게 된 모습에선 지적이면서 관능적인 아름다움이 강하게 느껴졌다.

"무사히 잘 도착했구나."

콴이 말을 건네자 얼음처럼 굳어 있던 현서의 몸이 봄눈 녹는 것처럼 부드럽게 풀리기 시작했다.

"네."

겨우 대답한 현서는 "아, 안녕하세요?"라고 꾸벅 인사를 했다. 콴은 목례로 인사를 받아준 후 두 사람의 맞은편 의자에 앉았다.

"두 사람, 계속 서 있을 건가?"

그 말에 현서는 자리에 앉았지만, 사하는 이어질 지시를 기다리며 그대로 서 있었다.

"자네도 앉아."

"예."

결국 사하도 현서를 따라 소파에 앉았다. 그러나 현서와 있을 때와 다르게 등허리를 꼿꼿하게 세운 경직된 자세를 취했다.

"병원에선 뭐라고 하던가?"

"외과적인 부분은 아무런 문제가 없다고 했습니다. 영양실조와 빈혈 증상이 있으니 그 부분에 신경 쓰라고 했습니다."

짧게 고개를 끄덕인 콴은 이번엔 현서에게 눈길을 주었다.

"넌 어떠냐?"

"저요?"

"그래. 조금이라도 불편하거나 아픈 곳이 있다면 지금 얘길 해."

"지금은 아픈 곳이 하나도 없어요."

"아픈 곳이 하나도 없어?"

"네."

"그거 다행이로구나."

대화가 일단락된 후 응접실 안엔 잠시 침묵이 흘렀다. 긴 다리를 외로 꼰 콴은 저를 똘망하게 바라보고 있는 현서와 다시 눈을 맞추었다.

"할아버지가 돌아가셨다는 얘기는 이미 들었겠다만."

"네. 천 실장 오빠가 얘기해 주셨어요."

"그렇다면 내가 널 이리로 오게 한 이유를 대강은 짐작하겠구나."

"솔직히 그것까진 잘 모르겠어요. 할아버지가 안 계시니까 서울에 가면 안 된다는 게, 전 아직도 이해가 안 돼요."

사하는 콴과 이야기를 나누는 현서를 짐짓 놀라 바라보았다. 이제 겨우 열일곱밖에 되지 않은 소녀가 콴을 마주하고서도 주눅이 들지 않는 모습이 신선하다 못해 신기해서였다.

주인을 대면하게 된 대개의 사람들은 다들 엇비슷한 반응을 보였다.

그가 풍기는 아우라에 경외감과 두려움을 느끼며 움츠러들거나 그에게 속절없이 매료돼 그의 것이 되고 싶다며 애를 끓이거나.

반응의 정도와 세기에 차이가 있었지만 웬만해선 그 범주를 벗어나는 일이 없었다.

물론 예외가 있긴 했다. 이성(異性)에 눈을 뜨지 않은 순진한 어린아이들과 불온한 욕망에 길들여지지 않은 순수한 영혼을 가진 어른들. 그들은 거기서 제외가 되었지만 그 비율은 매우 애석하게도 현저히 낮았다.

볼수록 마음에 든단 말이지.

사하가 현서와 보낸 시간은 그녀가 의식을 찾은 후 겨우 반나절 정도였다. 그런데도 현서에 대한 제 감정이 확실한 호감임을 알았다.

사실 사하는 인간을 싫어했다. 철없는 어린애들을 상대하는 것보다 욕심이 덕지덕지 붙은 어른을 상대하는 걸 훨씬 수월하게 생각했다. 그런데 현서와 계속 지내게 되면 그 생각이 상당 부분 변화할 것 같았다.

"만약 네 어머니와 함께였다면 상황이 달라졌겠지."

"엄마가 안 계시니까 안 된다는 말씀이세요?"

"잘 알고 있구나."

"하지만 거긴 최영찬 아저씨가 계세요. 아저씬 할아버지 일을 돕는 변호사인데, 저랑 엄마한테도 많은 도움을 주셨어요."

"그 사람은 널 돕지 않을 거다."

콴은 딱 잘라 그렇게 말했다.

"그게 무슨 말씀이세요?"

"너와 네 어머니를 그 섬으로 안내하고 또 헤어지게 만든 사람이 그 변호사니까."

저가 기억하고 있는 것과 사뭇 다른 얘기를 들었기에 현서는 몹시 당혹스러웠다.

"마, 말도 안 돼요! 최 변호사 아저씨는 그럴 분이 아니세요. 아저씨가 뭔가 잘못 아신 걸 거예요."

현서는 적극적으로 그를 변호했다. 저를 돕고 편들어주었던 최 변호사가 오해를 받고 있다는 생각에 말을 하는 동안 목소리가 커지고 말았다.

"할아버지는 너와 네 어머니가 평창동을 나간 후부터 집으로 돌아오라는 연락을 취했다고 하셨어. 하지만 네 어머니는 그것을 거부했다고 하더구나."

"엄마와 전 그 집에 있는 게 하나도 좋지 않았어요. 그래서 할아버지께 말씀을 드리고 나온 거였어요."

"그래. 하지만 이후에도 할아버지와 종종 연락을 취했었지. 그런데 2년 전부터 네 할아버지와 어머니와의 사이에 연락이 끊어졌다고 하더구나. 네 어머니가 널 섬에 두고 떠난 후에 연락이 끊긴 것도 그즈음이라고 알고 있다만."

"네, 그건 맞아요."

현서는 가만히 고개를 끄덕였다. 자신에게 이야기를 들은 것이 아닌데도 모든 것을 정확하게 알고 있는 콴의 말이 이상하게 부담스러웠다.

"할아버지는 최 변호사와 윤 실장에게 너와 네 어머니를 찾아오라고 계속 지시를 내렸다고 하셨다. 하지만 너와 네 어머니의 행방이 묘연하다는 보고만 받았다고 하시더구나."

그 말을 다 듣기도 전에 심장이 쿵! 소리를 내며 내려앉았다. 의자에 앉았음에도 그대로 휘청거리며 쓰러질 것 같은 기분이 들자 현서는 질끈 눈을 감았다. 발아래가 아득하게 꺼지는 느낌을 받는 순간 몸이 조금씩 떨리기 시작했다.

현서에게 눈길을 주고 있던 사하는 현서 앞으로 얼른 팔을 뻗었다. 현서가 고꾸라질 것처럼 위태하게 보였기에 보호하듯 가로막은 것이었다.

"최영찬은 너와 네 어머니를 돕는 척하면서, 너와 네 어머니가 할아버지와 만날 수 없도록 손을 쓴 거야."

콴은 담담하게 말을 이었고, 현서는 결국 감은 눈을 떠야 했다.

"대체 왜요? 무엇 때문에요?"

"네가 할아버지의 유산을 물려받는 걸 탐탁지 않게 여기는 사람들 때문이겠지."

"……!"

"할아버지가 유언장을 고치지 않았다면 넌 그 섬에서조차 살아갈 수 없었을 거다. 널 살려두는 것이 유익이 되도록 유언장을 고쳤기 때문에, 살 수 있었던 거야."

콴의 말을 들을수록 현서의 얼굴은 창백하게 질려갔다. 사하는 그런 현서가 걱정돼 결국 다른 손으로 현서의 손을 움켜쥐었다.

"이제 알겠니? 그 집에 가면 안 되는 이유를?"

현서는 콴이 거짓을 말하고 있다고 생각하지 않았다. 하지만 지금 들은 얘기들이 완전한 진실이라고도 믿고 싶지 않았다. 지금 자신이 들은 말이 모두 사실이라면, 그렇다면……

그동안 지나온 시간들이 너무도 끔찍하고 처참했다. 그렇다고 계속 아닐 거라고 부정만 할 순 없었다. 아버지의 부재로 큰 충격을 받은 어머니와 어린 자신을 상대로 능력과 힘을 가진 누군가가 일을 꾸밀 가능성은, 충분히 있었다.

그럼에도 그것을 인정하고 받아들이는 건 또 다른 문제였다.

"……아저씨 얘기가 진짜인지 어떻게 믿죠? 아저씨도 저한테 거짓말을 할 수 있는 거잖아요? 최영찬 아저씨처럼 속일 수 있잖아요?"

"네가 그런 생각을 하는 것도 무리가 아니지. 지금 상황에선 충분히 일 리 있는 말이야."

사하는 담담하게 대꾸하는 콴을 원망스레 바라보았다. 현서의 상황이 좀 더 나아진 후에 알려주었어도 좋았을 정황을 이렇게 밝히고, 거듭하여 확인시키는 모습이 잔인하다는 생각까지 들었다.

　그래서 절 여기 있으라고 하신 겁니까?

　그 말이 목구멍까지 차올랐지만 감히 소리를 내 따지진 못했다. 충격받은 것이 확실한 현서의 얼굴을 그저 안타까이 바라볼 뿐이었다.

　"하지만 난 널 보호해 달라는 부탁을 받고 움직인 거다. 네가 믿든 믿지 않든 말이야."

　"아저씨가 들려주신 얘기가 모두 사실이라면, 그 얘길 경찰서에 가서도 똑같이 해주세요. 그럼 저희 엄마를 찾는 일이 훨씬 더 쉬워질 거예요."

　"아니, 난 그렇게 하지 않을 거다."

　"왜요? 왜 안 하겠다고 하시는 거죠?"

　"내게 네 어머니를 찾아야 할 의무 같은 게 있다고 보는 거냐?"

　콴의 질문에 현서는 순간 말문이 막혔다.

　"내가 보호하기로 약속한 사람은 너지 네 어머니가 아니야."

　콴은 냉정하게 선을 그었다.

　"네가 어머니를 찾아달라고 부탁한다면, 널 보호하는 차원에서 도움을 주긴 하겠지. 하지만 그건 어디까지나 부수적인 일. 그게 마음에 들지 않아서 다른 곳에 도움을 청하겠다면 굳이 말리진 않으마. 하지만 네가 이영우의 손녀, '이현서'라는 걸 증명할 방법이 마땅치 않다는 걸 알아야 할 거다. 넌 아직 주민증조차 없는 미성년자니까."

현서에게 설명하는 콴의 목소리는 특별한 감정 없이 담담했다. 하지만 현서로선 그런 담담함이 오히려 더 차갑게 느껴졌다.

"천만다행으로 신분 증명이 가능하다고 해도, 네가 할 수 있는 일이 무엇이 있을지 모르겠구나. 네 어머니도 견디지 못해 떠나게 만들었던 그 사람들을 어린 네가 과연 견딜 수 있을지."

"……제가 여기 있으면 뭐가 달라지죠? 그 사람들을 이길 수 있는 힘이라도 갖게 되나요?"

"어떻게든 널 찾아 네 몫을 빼앗으려는 사람들로부터 지켜줄 수 있겠지. 네가 내 방식을 제대로 따라준다는 전제하에서."

"저도 믿고 싶어요. 아저씨가 하신 말씀을 그냥 그대로 믿고 싶어요. 하지만."

그 말을 하는데 서러운 눈물이 차올랐다. 현서는 말을 멈추고 입술을 아프게 깨물었다. 적어도 지금 이 순간만큼은 눈물을 보이고 싶지 않았다. 하지만 현서의 그런 행동은 보는 사람의 마음을 더 애처하게 건드렸다.

"현서 양."

그때까지 두 사람의 대화를 듣고만 있던 사하가 현서를 불렀다. 현서가 눈길을 주자 그녀의 손을 힘주어 잡으며 말을 이었다.

"우리 이사장님은 뭐든 허투루 약속하시는 분이 아니야. 지금까지 내가 봐온 이사장님은 약속하신 걸 반드시 지키는 분이셨어. 이사장님이 경찰의 도움을 받지 않겠다고 한 건, 그럴 만한이유가 있어서야."

사하의 말투는 다정했지만 그의 눈동자는 장난기 없이 아주진지했다.

"현서 양이 섬을 탈출했다는 걸 알게 되면 그 사람들은 당연히 현서 양을 찾으려고 할 거야. 그 상황에서 이사장님이 현서양을 데리고 있다는 걸 알게 돼봐. 자칫 잘못하면 이사장님이일을 꾸민 것으로 죄를 뒤집어쓰실 수 있어. 현서 양과 현서 양어머니를 속이고 갈라놓기까지 한 사람들인데, 그보다 더하면더했지 절대로 가만있지 않을 거라고."

전혀 생각지 못했던 상황이었기에 현서는 깜짝 놀라 콴을 쳐다보았다.

"그 말이 틀리다곤 못 하겠구나. 널 데리고 있는 일은 부담이더 큰 일이 확실하니까."

콴은 사하의 말이 틀리지 않다는 걸 선선히 인정했다.

"그런데 왜 이 일을 하시는 거죠? 아저씨한테 부담만 되는 일을 왜 굳이 하시려는지 모르겠어요."

현서는 제가 느끼는 혼란함과 의문을 솔직하게 얘기했다.

"그것이 너희 할아버지의 유언이었으니까."

"할아버지의 유언이요?"

"그래."

유언이란 대답에 현서의 눈동자가 커다랗게 흔들렸다.

"할아버진 마지막까지 널 걱정하시다 돌아가셨다. 내가 할아버지의 부탁을 받은 건, 할아버지 곁에 널 믿고 맡길 만한 사람이 없었기 때문이야."

"할아버지 곁에 정말 아무도 없으셨나요? 설마, 혼자 쓸쓸히 돌아가신 건 아니겠죠?"

"그날 할아버지의 임종을 지켜본 사람은 나뿐이었다. 하지만 숨을 거두실 때의 얼굴이 아주 평온하셨지. 아마도 너에 대한 걱정을 덜고 가는 길이라 그러셨겠지."

콴의 말이 끝났을 때 현서는 결국 눈물을 쏟았다. 할아버지와 함께했던 기억은 짧았지만 마지막을 그렇게 보내셨다는 것이 너무나 아프고 미안해서 눈물을 참을 수가 없었다.

갑작스러운 사고로 돌아가신 아버지와 홀로 임종을 맞이한 할아버지의 죽음이 어딘가 모르게 겹쳐져 슬픈 눈물이 하염없이 흘러내렸다.

"할아버지가 돌아가신 건 네 탓이 아니야. 그러니 괜한 죄책감이나 미안한 마음을 가지지 마라."

하지만 현서는 눈물을 주체할 수 없었다. 그래서 두 손으로 아예 얼굴을 가리고 울었다.

할아버지의 죽음과 어머니의 실종. 철저히 혼자일 수밖에 없는 지금의 상황이 막막하고 슬퍼서 소리를 참으며 우는 것 외엔 아무것도 할 수 있는 것이 없었다.

"흐으윽……!"

콴은 소리 죽여 흐느끼는 현서와 덩달아 눈물이 글썽해져 현서를 다독이는 사하를 잠시 바라보았다. 그도 현서가 우는 것이 좋을 리 없었다. 하지만 앞으로의 일을 위해선 자신이 처한 상황을 제대로 알 필요가 있다고 판단했다.

"난 너희 할아버지와 약속을 했다. 천 일 동안 널 돕고 보호하겠다고 말이야."

정확하게는 조건에 따른 거래였지만 굳이 밝히지 않았다. 결과에 따라 너의 피를 취할 것이라는 말도 하지 않았다. 그것은 현서가 알 필요도, 알아서도 안 되는 일이었다.

"그러니 그동안은 이곳에서 지내야 할 거다. 그게 널 위해서도, 널 돌봐야 하는 날 위해서도 좋은 일이니까."

"……."

"오늘은 약속이 있어서 먼저 일어나마. 나머지 얘긴 조만간 다시 하자꾸나."

콴이 일어나자 사하가 엉거주춤 자리에서 일어나려 했다. 콴은 그럴 필요 없다는 듯 짧게 고개를 저었다.

「자넨 현서 옆에 있어줘. 지금은 무엇보다 자네 도움이 필요할 거야.」

「예, 알겠습니다.」

콴의 전음을 들은 사하는 크게 고개를 끄덕였다. 콴은 현서에게 다시 눈길을 주었다가 문가를 향해 몸을 돌렸다. 그사이 흐

느낌이 잦아든 현서가 눈물을 닦아내며 고개를 들었다.

"……아저씨."

부르는 소리에 콴은 걸음을 멈추었다.

"할아버지 곁에 있어주셔서, 고맙습니다."

콴은 천천히 뒤돌아서 현서를 보았다. 어느새 자리에서 일어난 현서가 콴과 눈이 마주치자 꾸벅 고개를 숙였다.

"절 이곳에 있으라고 해주신 것도, 고맙습니다. 모두 고맙습니다."

인사를 마친 현서는 숙였던 고개를 들었다. 그 바람에 고인 눈물이 떨어지자 두 손으로 얼른 눈가를 훔쳤다.

"……"

말없이 인사를 받아주었던 콴은 설핏 미간을 찌푸렸다. 현서가 고맙다는 말을 했을 때 그의 마음 한곳에 이유를 알 수 없는 파문이 하나둘 생겨났다.

슬픔과 원망을 안고 서글프게 울던 아이가 고맙다는 인사를 해서였을까?

조용한 파문이 만들어낸 여운이 심장을 계속 건드리자 콴은 외면하듯 시선을 돌렸다.

"그런데 아저씨, 아까 천 일 동안이라고 하셨는데, 제대로 들은 게 맞나요?"

현서는 용기를 내 궁금한 것을 물었다. 혹시라도 잘못 들은 것이면 어쩌나 걱정돼 확인을 하는 것이었다.

"그래, 제대로 알아들었구나."

현서는 안도하며 마음이 놓이는 미소를 지었다. 그 순간 눈물이 어려 영롱한 밤색 눈동자가 별을 담은 것처럼 맑게 반짝거렸다.

"천 일 동안, 넌 내 보호 아래 있는 거야. 그러니 그걸 잊지 마라."

현서는 동그랗게 커진 눈을 하고 확인하듯 콴에게 물었다.

"천 일 동안, 제 편이 돼주시는 건가요?"

"……"

"정말로 확실한 편이 돼주시는 건가요?"

"……그래, 그동안은."

답을 준 콴은 다시 몸을 돌려 문가로 향했다. 늠름하게 걸어가는 콴의 뒷모습이 현서의 눈망울을 가득이 채우고 멀어졌다.

6. 저택의 남자들 (1)

현서가 저택에 머문 지 어느덧 2주가 흘렀다. 그러나 저택의 분위기는 이전과 확연하게 달라졌다. 그것을 가장 먼저 느낀 사람은 저택을 관리하는 집사, 백동운이었다.

동운은 저택에서 가장 먼저 일어나고 가장 늦게 잠드는 존재였다. 그런데 현서는 동운만큼이나 일찍 일어나 항상 밝게 아침 인사를 건넸다.

"안녕히 주무셨어요?"

동운과 인사를 나눈 현서는 이른 아침 배달되어 온 신문과 우유를 챙겨왔다. 저택에서 대문까지의 거리가 제법 멀어 자전거를 이용해야 함에도 불구하고, 그 수고를 마다하지 않았다.

동운은 처음 얼마간은 잠자리가 바뀌어 일찍 일어난 모양이라고 생각했다. 한데 현서는 바로 오늘 아침까지도 하루도 빼놓지 않고 그 일을 해주었다.

그뿐만이 아니었다. 도우미들이 출근하지 않는 날, 동운이 식사 준비를 하거나 세탁이 끝난 옷들을 볕에 넌다든가 할 때면 으레 다가와 조용히 일을 거들었다.

기실 대저택의 내외부와 정원을 관리하는 일은 동운 혼자 감당할 수 있는 규모가 아니었다. 그래서 평일엔 정원관리사나 청소하는 사람이 들르곤 했다.

그나마도 오전 늦게 출근해 오후 일찍 퇴근을 하는 방식이었고, 주말과 공휴일엔 출근을 하지 않았다. 그런데도 받는 급여가 넉넉해서 처음 일을 시작했던 사람들 대부분이 자리를 지켰다.

필요가 있으면 고용하되 오래 머물지 않게 한다.

그것은 콴이 사람을 고용할 때 적용하는 중요한 원칙이었다. 그리고 그것은 콴이 사람들의 모임에 참석하거나 저택으로 그들을 초대하는 경우에도 예외 없이 적용되었다.

민호진 변호사를 제외하곤 특별히 교류하는 사람이 없는 것도 사람들과 항시 거리를 두려는 콴의 성향이 반영된 탓이었다.

그런 콴이 평범한 인간 소녀인 현서를 무려 천 일 동안이나 데리고 있겠다고 했으니,

주인이 죽으라고 하면 정말 죽을 각오까지 하고 있는 동운도

적잖이 놀란 터였다.

분명 그럴 만한 이유가 있으시겠지.

그렇게 여기고 더는 궁금증을 갖지 않았다. 하지만 현서에 대해선 많은 부분 관심을 가졌다. 오랫동안 이곳에 머물게 된 식구이자 자신이 챙겨야 하는 존재였기에 그만큼 신경이 쓰였다.

"아가씨."

"네?"

"절 도와주시는 건 무척이나 감사합니다. 하지만 매번 그러실 필욘 없습니다."

볕이 환한 온실에서 잘 익은 토마토를 따고 있던 동운은 넌지시 말을 꺼냈다.

"지금 제가 하는 일들은 혼자서도 충분히 할 수 있는 일들이고, 손이 필요한 일들이 생기면 그땐 필요한 사람을 부르면 되니까요."

동운의 옆에서 토마토를 따고 있던 현서는 그 말에 금세 시무룩한 얼굴이 되었다.

"제가 일을 잘 못 해서 그러신가 봐요."

동운은 현서가 괜한 오해를 하지 않도록 차근히 이유를 설명했다.

"제 얘길 그렇게 해석하시면 곤란합니다. 제가 그 말을 꺼낸 건 아가씨가 부담감 때문에 제 일을 도우려고 하는 게 아닐까, 그 부분이 염려돼서 한 거니까요."

그에 현서도 자신의 생각을 이야기했다.

"저는 그냥 집사님을 도와드리고 싶었어요. 다른 건 몰라도 청소랑 빨래는 자신이 있거든요. 음식은 집사님만큼 만들지 못하지만 김치도 담글 줄 알고 나물도 무칠 수 있어요. 그러니까 저는, 제가 곤란하게 해드린 거면, 정말 죄송해요."

현서는 이 집에서 머무는 동안 어떻게든 제 몫을 하고 싶었다. 그리고 그 마음엔 나이 지긋한 어른이 하는 일을 도와드리고픈 생각이 포함되어 있었다.

"김치를 담글 줄 아신다구요?"

"네."

"그거 정말 대단한 재주시군요."

"김치를 담글 줄 아는 게 대단한 재주예요?"

"당연하지요. 소금으로 절이는 것부터 해서 적절한 양념을 배합하고 만들어 무치는 것까지. 김치는 오색과 오미를 두루 갖춘 훌륭한 음식입니다. 안 그래도 오늘 장을 볼 생각이었는데, 배추를 몇 포기 사야겠습니다."

동운이 적극적으로 반응하자 현서의 뺨이 발그레 상기되었다. 오색과 오미의 뜻을 명확하게 이해하진 못했지만 그가 제 얘기를 진지하게 들어준 것이 더없이 기뻤다.

"토마토는 이 정도면 충분할 것 같습니다. 아침을 먹은 후에 장을 보러 갈 테니, 아가씨가 필요한 것들을 미리 생각해 놓으세요."

"그럼 제가 계속 도와드려도 되는 거예요?"

"아가씨가 도와주신다면 저야 당연히 감사하지요."

동운은 해낙낙한 미소를 지으며 현서를 보았다. 처한 상황이 고단함에도 불구하고 어리광이나 응석을 부리지 않고, 작게라도 도움을 주려 애쓰는 아이의 마음이 기특하고 예뻐서 저절로 그런 미소가 지어졌다.

"앞으로도 잘 부탁드리겠습니다, 아가씨."

백동운이 정중하게 목례를 하자 현서가 "아니에요, 제가 더 잘 부탁드려요"라고 꾸벅 인사를 했다. 그런데 허리까지 숙여 인사를 하느라 바구니 안에 있던 토마토 몇 알이 바닥으로 후두둑 떨어졌다. 화들짝 놀란 현서는 바구니를 내려놓고 얼른 몸을 숙였다.

"어떡해……. 죄송해서 어떡하죠?"

떨어진 토마토를 챙겨 든 현서의 얼굴은 잘 익은 토마토처럼 완전히 빨개졌다.

동운은 허허 웃으며 괜찮다는 말을 해주었다.

"이 녀석들은 필히 사하에게 줘야겠습니다."

작은 바구니에 토마토를 옮겨 담으며 그 말을 하자 현서가 눈이 동그래져 그를 보았다.

"편식하는 녀석에게 주는 상이니까 미안해하지 않으셔도 됩니다."

동운이 찡긋 윙크를 하자 현서가 대답처럼 쿡, 웃음을 터뜨렸다. 진지한 얼굴로 농담을 던지는 동운의 모습이 사하와 왠지 닮았다는 생각이 들었다.

"식사를 차려놓을 테니 옷을 갈아입고 내려오십시오."

"네."

현서는 얼른 대답을 하고 제 방이 있는 2층으로 향했다. 욕실에서 손을 깨끗이 씻고 티셔츠와 청바지로 옷을 갈아입었다. 방을 나와 계단을 내려가자 따뜻하고 구수한 된장국 냄새가 현서를 맞이했다.

"와, 엄청 맛있는 냄새가 나요."

현서는 감탄하며 자신의 지정석에 앉았다. 열 명은 족히 앉을 수 있는 마호가니 식탁 위엔 쑥이 들어가 향긋한 된장국과 연두색 완두콩이 들어간 따끈한 밥, 온실과 텃밭에서 따온 토마토와 시금치가 곁들여진 담백한 샐러드, 양념장으로 살짝 버무린 상추겉절이가 소담하게 차려져 있었다.

"된장국에 쑥을 넣고 끓여봤습니다. 국이 아가씨 입맛에 맞았으면 좋겠군요."

"냄새가 진짜 좋아서 맛도 당연히 좋을 것 같아요."

의자에 앉은 현서가 수저를 들자 동운이 부듯한 얼굴로 물 잔을 놓아주었다.

동운과 현서가 아침을 먹고 있는 1층 주방은 버건디와 갈색이 주를 이루고 있어, 그 분위기가 아주 차분하면서도 우아했다.

동운은 지하 2층과 지상 2층의 구조로 지어진 대저택을 관리하는 일을 했지만 그중 이곳 주방을 가장 아끼고 사랑했다. 그래서 1층 주방엔 항상 먹음직스러운 음식 냄새가 은은하게 배어 있었다. 요리가 주된 업무가 아니었음에도 동운은 그 일에 꽤 관심이 많았다.

취미로 시작한 일에서 탁월한 소질과 재능을 발견하게 되면서 나중엔 다른 사람의 손을 빌리지 않게 되었고, 지금은 제대로 된 음식을 빠르게 만들 수 있는 전문가의 경지에까지 다다랐다.

재료를 고르는 일이며 필요한 양념과 장을 만드는 것까지 신경을 쓰다 보니 저가 만든 음식을 누군가 맛있게 먹어주는 것처럼 기분 좋은 일이 없었다. 평소엔 맛보기 힘든 별식이나 특식을 만든 날, 퇴근하는 사람들 손에 바리바리 음식을 싸주는 것도 그런 이유였다.

그런데 언젠가부터 요리하는 횟수가 줄어들었다.

자신이 만든 음식을 즐겼으면 좋을 주인은 이렇다 할 식탐이 없었고, 사하는 고기가 없으면 그저 맛없는 식탁이라고 우기는 어린애 입맛을 가지고 있었다. 한 지붕 동거인들의 섭식 경향이 이 모양이니 뭔가를 만들고 싶은 의욕이 차츰 시들해졌다.

그러던 차에 현서가 들어왔다. 현서는 동운이 만들어준 음식을 정말 맛있게 잘 먹었다.

어떻게 이렇게 맛이 있는 거냐며 감탄을 하고, 이건 어떻게 만든 거냐고 관심을 가지고 묻기도 했다. 그런 현서를 보면서 좀 더 다양한 음식을 만들어 먹이고 싶다는 생각에 손가락이 마구 근질거렸다.

"아가씨, 필요한 건 메모하셨습니까?"

"네. 몇 가지 메모를 하긴 했는데, 뭐가 더 필요한 건지는 잘 모르겠어요."

"그래요?"

"네."

"그럼 일단 나가 보시죠. 여러 가지 물건들을 보게 되면 아가 씨가 필요한 것들이나 가지고 싶은 것들이 자연스레 생각날 겁니다."

동운은 보조석의 문을 열어 현서를 먼저 앉게 했다. 운전석으로 와 앉은 동운이 시동을 걸자 현서는 곧바로 안전벨트를 맸다. 이어 차가 출발하자 소풍을 나갈 때처럼 심장이 설레었다.

최근 몇 년간 현서의 세상은 강영복이 관리하는 별장과 창고 근처로 제한되어 있었다.

섬사람들은 현서가 실제로 어떤 대접을 받고 있는지 알지 못했다. 먹고사는 일이 바쁜 나머지 친어미마저 버리고 간 초라한 계집아이를 신경 쓸 여력이 없었다고도 말할 수 있었다.

그러나 그들의 무관심은 현서를 고립시켰고, 강영복의 악행을 부추기는 결과를 낳았다.

허락 없이 자유로운 외출을 할 수 없는 상황은 그때와 같다고 할 수 있었지만 저택에 살고 있는 이들은 섬사람들과 많이 달랐다.

이곳엔 매끼 따스한 밥을 챙겨주는 백 집사 할아버지와 가끔 부담스러우리만큼 신경을 써주는 천사하 실장이 있었다.

저택에 상주하는 건 아니지만 자주 얼굴을 비쳤던 민호진 변호사도 푸근한 인상에 좋은 어른으로 보였다. 그분은 류환 이사장이 운영하는 재단의 일과 저택에 머무는 사람들의 일을 돕고 있다고 자신을 소개했다.

한 달도 채 되지 않은 시간을 겪고 쉽사리 판단해선 안 된다는 걸 현서도 알고 있었다. 강영복 아저씨도 어머니와 함께 지내는 동안엔 더없이 친절하게 굴던 어른이었기 때문이다.

하지만 섬에 도착했을 때, 어머니와 자신을 마중 나왔던 그의 첫인상은 그리 좋지 않았다. 분명 웃는 얼굴인데도 이상하게 어둡고 꺼림칙한 기운이 느껴졌었다. 어머니에게 그 얘길 할까 말까 고민하다가 결국은 하지 않았다. 아버지의 일로 많이 힘드신데, 도움은 되지 못할망정 괜한 걱정을 보태선 안 될 것 같았다.

그때 내가 그 얘길 했다면 뭔가가 달라졌을지도 몰라.

그 생각을 하다 고개를 저었다. 만약 그 얘기를 했다고 해도 크게 달라지는 건 없었을 듯했다. 어머니와 현서가 평창동 집을 나와 할아버지와 연락이 닿을 수 없는 외딴섬으로 들어가게 된 것이 최영찬 변호사와 그 뒤에 있는 사람들이 꾸민 모략의 결과라면 말이다.

할아버지의 부고 기사가 실린 신문에 어머니와 자신의 행방이 묘연하다는 것 자체가 언급되지 않은 걸 보면, 그 짐작이 틀리지 않을 것이었다.

엄마는 엄마가 속았다는 걸 절대 모르셨을 거야. 나도 최영찬 아저씨를 의심할 생각 같은 건 하지 않았으니까. 우릴 도와주는 사람이라고 믿었으니까.

그런데 엄마는 어디에 계신 걸까? 어디에 계시기에 연락이 끊긴 걸까?

불길한 짐작을 하는 것조차 싫었기에 현서는 재빨리 다른 생각을 떠올렸다.

"……아저씨가 하란 대로 할게요. 뭐든 잘 따를 테니까 우리 엄마를 찾아주심 안 될까요?"

두 번째 만남을 가졌던 날, 현서는 콴에게 어머니의 행방을 알아봐 달라는 부탁을 했다.

"네가 그 말을 지킨다면 네 어머니를 찾는 일에 더 많은 신경을 쓰마."

"감사합니다, 아저씨! 정말 감사합니다!"

"그런 인사는 나중에. 일이 제대로 된 다음에 해도 늦지 않아."

"아저씨가 제 부탁을 들어주신다고 하셔서 그게 고마워서 인사를 드린 거였어요. 그래도 맘이 불편하시면 앞으론 주의하겠습니다."

콴은 현서에게 먼저 이현서란 이름을 버리라고 말했다.

"제 이름을 버리라는 게 무슨 말씀이죠?"

"널 데리고 있음으로 해서 생길 수 있는 문제들을 미연에 방지하기 위해서 그러는 거라면 이해가 되겠니?"

콴의 설명을 듣고 현서는 천천히 고개를 끄덕였다.

"천 일이 지나면 넌 금방 성인이 될 거야. 그때가 되면 너의 원래 이름과 자리를 찾을 수 있도록 도움을 주마."

"무슨 말씀인지 이해했어요. 그런데 꼭 이름을 바꿔야 하나요?"

"내 말을 충분히 이해했다면 그런 질문을 할 필요가 없었을 텐데?"

"제 이름은 저희 아빠가 지어주신 거라고 들었어요."

"그래서 바꿀 수가 없다는 거냐?"

"제 이름이 이현서인 게 문제인 거니까, 김현서나 박현서로 바꾸는 건 괜찮지 않을까 해서요. 현서가 아닌 다른 이름으로 불리면, 마음이 많이 힘들 것 같아요."

솔직하고 간곡한 현서의 바람은 콴의 마음을 움직이게 만들었다.

콴은 현서의 이름을 완전히 바꾸지 않고 성만을 달리게 부르도록 허락했다.

콴의 저택이 있는 무영(霧影)에서 살아가는 동안 현서는 '이현서'가 아닌 '류현서'가 되어야 했다.

백 집사는 집안일을 도우러 들르는 이들에게 현서를 류환 이사장의 먼 친척 아이로 소개했다. 현서가 이곳에서 지내게 된 건 몸이 약해 요양차 머무는 것이란 설명도 덧붙였다.

아저씨는 많이 바쁘신가 보다.

류현서란 이름을 갖게 된 그날부터 오늘까지 현서는 콴을 만나지 못했다.

보름 가까이 얼굴을 보지 못한 터라 자연히 그의 안부가 궁금했다. 그리고 어머니의 일이나 자신이 섬을 빠져나온 일로 문제가 생긴 건 아닐까 걱정이 되기도 했다.

현서가 이런저런 생각에 잠겨 있는 사이 동운의 차는 봄꽃이 피어난 산기슭과 햇빛을 받아 잔잔하게 빛나는 강가를 지나갔다. 차가 어느덧 고속도로에 접어들고, '서울'이란 글자가 선명한 이정표가 나타나자 현서의 눈망울이 바로 동그래졌다.

"집사님?"

"예, 아가씨."

"지금, 서울에 가시는 거예요?"

"예, 그렇습니다. 그런데 왜 그러십니까? 아가씬 서울에 가는 게 싫으십니까?"

"아니요. 싫지 않아요."

소심한 대답과 다르게 두 눈이 기대감으로 반짝이는 현서를 보고 동운은 예의 그 자상한 미소를 지었다. 필요한 물건을 구매하기 위해서라면 무영시 안에 있는 마트나 시장을 이용해도 문제가 없었다. 그러나 굳이 서울로 향한 건 저택에서만 지내다시피 한 현서에게 새로운 공기를 쐬게 하고 싶어서였다.

"집사님, 전화가 온 것 같아요."

동운의 차가 대형 마트의 주차장에 도착했을 때 기다렸다는 듯 휴대전화가 울렸다.

"아마 사하일 겁니다."

동운은 대수롭지 않게 대꾸를 하고는 운전석에서 내렸다. 현서가 내리고 차 문을 닫은 후 그제야 전화기를 꺼냈다. 동운이 가지고 있는 검정색 휴대전화는 요즘 유행과는 거리가 먼 연식이 오래된 디자인이었다.

"역시 제 짐작이 맞았습니다."

동운이 통화버튼을 누르고 얼마지 않아 사하의 목소리가 들렸다.

〈영감! 지금 어디야?〉

"그건 알아서 뭐 하려고?"

〈오늘은 집에 오는 사람들도 없는데 나 혼자 두고 나가는 게 어딨어? 어딜 가면 간다, 얘길 해야 할 거 아냐?〉

"넌 그런 얘길 하는 법이 없으면서 왜 나한테만 지랄이냐?"

동운은 그 말을 하곤 휴대전화를 귀에서 멀찍이 떨어뜨렸다.

아니나 다를까. 발끈하는 사하의 목소리가 스피커를 터뜨릴 것처럼 크게 울렸다.

〈지랄? 지금 나한테 지랄이라고 했어?〉

사하가 씩씩거리는 모습이 눈에 선하자 현서는 걱정스레 동운을 보았다.

동운은 별일 아니니 신경 쓰지 말라는 표정을 짓고는 전화기를 다시 귀에 가져갔다.

"쉬는 날엔 늦잠을 자게 내버려 두라고 한 건 너였다. 네가 먹을 식사랑 간식까지 잘 챙겨놓고 왔는데 버럭버럭 소리부터 지르니 하는 말이 아니냐?"

〈됐고! 현서 양도 안 보이던데. 혹시 같이 나간 거야?〉

"그거야 당연하지."

〈아, 진짜! 그럼 나도 깨웠어야지!〉

"아까도 말했지만 늦잠을 잘 땐 깨우지 말라고 한 건 너였다. 시비를 걸려고 한 거면 이만 끊으마."

〈지금 마트에 간 거 다 알거든! 꼼짝 말고 기다려! 당장 달려갈 거니까.〉

"글쎄다. 여긴 서울에 있는 마트인데, 네가 제시간에 도착할지 모르겠구나."

〈뭐어? 서울까지 갔어? 그럼 더 깨웠어야지!〉

"이제 도착해서 시간이 좀 걸릴 거다. 그러니 소리 그만 지르고 얌전히 기다리고 있어."

느긋하게 사하를 타이른 동운은 곧 미련 없이 전화를 끊었다.

다시 벨소리가 울리자 배터리를 아예 분리해 주머니에 집어넣었다.

"처음부터 이랬어야 하는 건데. 이제야 좀 조용하군요."

"정말 그래도 될까요?"

"왜요? 천 실장이 없으니 허전하십니까?"

"아니요. 그건 아니지만. 그렇게 끊어도 되는가 해서요. 오빠 목소리가 많이 화난 것처럼 들렸는데."

"제 녀석이 화가 나봤자지요."

"예?"

"아가씨랑 오붓하게 있고 싶어서 따돌린 거니까 서운해도 할 수 없다는 뜻입니다."

현서의 두 눈이 동그래지자 동운이 한쪽 눈을 찡긋해 보였다.

"그럼 제대로 쇼핑을 해볼까요?"

동운은 현서를 향해 한쪽 팔을 들어 보였다. 팔짱을 끼라는 행동이 분명했지만 현서는 잠시 망설였다. 그러자 동운이 현서의 손을 움직여 팔을 붙잡게 만들었다. 얼결에 팔짱을 끼게 된 현서는 동운을 따라 목적지로 향했다.

7. 저택의 남자들 (2)

마트 안으로 들어선 현서는 두 눈이 몹시 휘둥그레졌다.

천장을 뚫을 것처럼 높다랗게 쌓인 물건들과 셀 수도 없을 만큼 다양한 종류의 상품들.

커다란 카트 가득 물건을 담아 바쁘게 움직이는 사람들을 보고 있자니 벌어진 입이 쉽게 다물어지지 않았다.

여느 마트와 달리 회원제로 운영되는 이곳엔 국내산 물건뿐 아니라 다양한 종류의 수입 제품들이 대형 용량으로 구비되어 있었다. 구매할 제품의 목록을 미리 준비해 온 동운은 비슷한 종류의 상품들 앞에서 용량과 가격, 성분 등을 비교하면서 신중하게 장을 보았다.

모든 것이 마냥 신기하고 놀라운 현서는 곁에 서서 커다란 눈망울을 이리저리 굴렸다.

"집사님, 여긴 배추가 안 보여요."

물건들로 카트를 채운 동운이 계산대로 향하자 현서가 조그맣게 그 말을 꺼냈다.

"배추는 재래시장에서 살 생각이었답니다."

"아, 그렇구나. 전 혹시 잊으신 게 아닌가 걱정이 됐어요."

"고맙습니다, 아가씨. 잊지 않고 신경을 써주셔서요."

동운은 허허 웃으며 현서를 보았다. 여태 말이 없던 현서가 그것을 잊지 않고 기억하고 있는 것이 기특하고 귀여웠다.

장을 볼 때 사용하는 큼직한 장바구니와 종이 상자에 물건을 차곡차곡 담은 동운은 현서와 함께 주차장으로 향했다. 장 봐온 물건을 트렁크에 실은 후엔 사이좋게 좌석에 앉았다.

"쇼핑을 해서 그런지 속이 금방 출출해지는군요. 아가씬 어떠십니까?"

"네, 저도 조금 출출해요."

"혹시 생각나는 음식이 있으십니까?"

"음, 자장면이요."

"자장면이요?"

"집사님 얘길 들었을 때 그게 바로 생각났어요."

"그럼 필히 먹으러 가야겠군요. 제가 가는 재래시장에 맛있는 집이 있으니까 그리로 가면 될 것 같습니다."

"네."

재래시장에서 김치를 담그는 데 필요한 재료를 구입한 동운과 현서는 그것을 차에 실은 후 중국집을 찾아 걸어갔다.

시장에서 멀지 않은 데다 점심시간이 가까워져 그런지 가게 안엔 손님이 제법 있었다. 비어 있는 테이블로 현서를 데려간 동운은 현서를 의자에 앉게 한 다음 맞은편 자리에 앉았다.

"보기엔 허름해도 맛이 아주 훌륭한 집입니다. 자장면 맛이라는 게 다 거기서 거긴 것 같지만 감칠맛 나게 맛있는 집은 아주 드물거든요."

"집사님 얘길 들으니까 왠지 더 맛있을 것 같아요."

"아가씨 기대가 크시니까 슬쩍 걱정이 됩니다. 부디 기대에 부응하는 맛이어야 할 텐데요."

"집사님이 추천한 곳이니까 틀림없이 맛이 좋을 거예요."

현서가 해맑게 웃으며 기대감을 드러내자 동운도 미소를 지으며 고개를 주억거렸다.

동운이 종업원에게 자장면을 주문하는 사이 현서가 나무젓가락과 물컵을 챙겨 동운 앞에 놓았다.

"감사합니다, 아가씨."

동운의 인사에 현서는 "별거 아닌데요"라며 민망한 듯 얼굴을 붉혔다.

사하만큼은 아니었지만 동운 역시 아이들을 좋아하지 않았다. 그에게 인간의 아이들이란 본능적인 호기심과 이기심으로 똘똘 뭉친 연약하고도 사악한 존재라 할 수 있었다.

그런 관점에서 보면 현서는 여느 아이들과는 확실히 다른 면이 있었다.

인성이 좋은 부모에게서 사랑을 받고 자란 아이다운 밝음과 맑음이랄까?

마냥 여릿하게 보이는 몸피 안에 그저 약하지만은 않은 건강하고 단단한 무언가가 분명히 내재되어 있었다. 그러니 부당한 폭력과 학대를 받았음에도 마음이 크게 일그러지지 않고, 사물을 보는 눈도 심하게 비틀어지지 않은 것이었다.

위축된 얼굴로 죄송하다는 말을 자주 하는 것이 걸리긴 했지만, 그것은 밝은 시간이 쌓이면 자연히 해결될 문제라고 생각했다. 아무튼 동운은 세상의 때가 많이 묻지 않고, 쓸데없이 수다스럽지도 않은 현서가 점점 마음에 들었다.

그때 종업원이 자장면을 가져다주었다. 동운은 젓가락으로 자장면을 비비기 시작했다.

동운을 따라 자장면을 비비던 현서는 가게 안으로 서너 명의 여학생들이 들어오자 그리로 자연스레 눈길을 주었다.

맛깔나게 잘 비빈 자장면을 현서 앞에 놓아준 동운은 현서의 시선이 멈춘 방향으로 고개를 돌렸다. 거기엔 현서와 또래로 보이는 여학생들이 수다를 떨며 앉아 있는 모습이 있었다. 학교에서 허락을 받고 나온 것인지 아니면 땡땡이를 친 것인지, 학생들은 모두 몸에 딱 붙는 교복 재킷에 조금 짧다 싶은 치마를 입고 있었다.

그걸 확인한 동운은 다시 현서를 바라보았다. 현서는 함께 어울려 즐거이 웃고 있는 여학생들을 부러운 눈길로 쳐다보고 있었다. 동운이 두어 번 헛기침을 했지만 듣지 못할 정도로 정신이 팔려 있었다.

"아가씨."

"……"

"아가씨, 자장면이 불고 있습니다."

그제야 고개를 돌린 현서는 "아, 죄송해요"라며 얼른 젓가락을 들었다.

"그건 제가 하겠습니다. 그러니 아가씬 제가 만들어놓을 걸 드세요."

"아니에요, 집사님. 이건 저도 할 수 있어요."

"제가 아가씨를 위해 정성을 들인 건데 바로 사양하시면 몹시 서운해할 겁니다."

"그렇게 얘길 하시면 제가 더 죄송해서."

"이럴 땐 죄송하다고 할 게 아니라 맛있게 잘 먹겠습니다, 하는 게 맞습니다."

편안하게 타이른 동운은 덜 비벼진 자장면 그릇을 제 앞으로 가져왔다.

"어, 그럼. 맛있게 잘 먹겠습니다."

동운이 알려준 대로 인사를 한 현서는 자장면을 먹기 시작했다.

"아가씨, 먹으면서 편하게 들으세요."

"네."

동운은 자장면을 비비면서 말을 이었다.

"전 말입니다. 아가씨와 지내는 시간이 아주 즐겁습니다. 그러니 앞으론 죄송하다, 미안하다는 말은 되도록 하지 마세요. 그런 말을 반드시 해야 하는 상황이 아니라면 의식적으로라도 고맙다는 말을 하셨으면 합니다. 아시겠습니까?"

"……네, 그럴게요."

"이왕 말이 나왔으니 몇 마디만 더 하겠습니다. 사람의 말이라는 건 생각보다 큰 힘을 갖고 있어서 미안하다는 말을 자주하면 미안한 일이 자꾸 생기고, 고맙다는 말을 자주 하면 고마운 일이 자꾸 생긴다고 들었습니다. 그러니까 미안하단 말보다고맙다는 말을 많이 하셔야 합니다."

현서는 그렇게 하겠다며 고개를 끄덕였다.

"잘 알아들으신 것 같으니 제 잔소리는 이쯤에서 접겠습니다."

"방금 얘기하신 거, 절대 잔소리라고 생각하지 않아요. 절 생각해서 해주신 거니까 감사하게 생각하고 있어요."

"그렇게 이해해 주시면 제가 더 감사하지요."

동운이 흡족해하는 미소를 짓자 현서가 수줍게 웃으며 젓가락을 들었다.

"아가씨, 집으로 가기 전에 백화점에 잠시 들를 겁니다."

중국집을 나와 주차장으로 향하는 길, 동운은 현서에게 백화점에 가야 한다고 말했다.

"백화점엔 왜요?"

"아가씨에게 필요한 것들을 사려고 가는 거랍니다."

"저한테 필요한 건 아까 다 샀는데요?"

"그건 문구 용품이지 옷이나 신발 같은 건 아니었잖습니까?"

"네, 그건 그렇지만."

"이사장님께서 제게 특별히 당부를 하셨습니다. 아가씨가 입을 옷과 신발을 필히 챙겨주라고 말입니다."

"아저씨가 정말 그런 얘길 하셨어요?"

"예. 그러니까 저를 잘 따라오시면 됩니다."

"네, 그럴게요."

일단 대답은 그렇게 했지만 현서에겐 여전히 의아함이 남아 있었다.

그동안 아저씨의 얼굴을 본 적이 없었기에 내심 불안한 마음이 자리했다. 그런데 저를 챙겨주라는 당부를 하셨다고 하니 큰 문제가 생긴 건 아니구나, 마음이 놓여야 했다.

하지만 이상하게 부담감이 사라지지 않았다. 자상한 백 집사 할아버지가 현서가 듣기 좋도록 말을 전한 것일 수도 있다는 짐작이 되었기 때문이다.

"아가씨, 가격은 신경 쓰지 마시고 마음에 드는 걸로 편하게 고르세요."

현서가 손에 들었던 옷을 슬그머니 내려놓자 동운이 다가와 그 말을 해주었다. 행여 직원이 들을세라 현서는 조그맣게 이유를 말했다.

"하지만 가격이 너무 비싸요."

그러자 동운도 현서처럼 목소리를 줄여 대꾸했다.

"비싼 만큼 제값을 할 테지요."

"그래도 너무 많이 비싼 것 같아요."

"흠. 그럼 어디, 제가 한번 보겠습니다."

동운은 현서가 골랐던 티셔츠의 가격표를 찾아보았다. 가격표엔 십만 원이 훌쩍 넘는 금액이 표기되어 있었다. 옷감의 질과 디자인, 브랜드의 가치를 따져 보면 과한 가격은 아니었다. 하지만 어린 현서가 느끼기엔 부담일 수 있는 가격이었다.

"그냥 시장에 가서 보면 안 될까요? 제 마음에 드는 걸로 고르라고 하셨으니까 그래도 될 것 같은데……."

"옷이 마음에 들지 않는다면 모를까 가격 때문에 망설이는 거면 굳이 그러실 필요 없습니다."

"이 가격이면 다른 옷을 여러 벌 살 수 있어요."

"가격으로만 따진다면 그건 아가씨 말씀이 옳습니다. 하지만 이사장님은 충분한 여유가 있으십니다. 이 정도 가격은 문제가 되지 않을 만큼 넉넉하게 있으시죠."

현서가 무어라 얘기를 하려 하자 동운이 조금 더 얘기를 들어 달라고 양해를 구했다.

"아가씨, 아가씨는 지금 이사장님의 친척으로 와 계십니다. 그러니 그에 맞게 옷을 입고 또 꾸미셔야 합니다. 아가씨가 너무 편안하고 저렴한 옷만 입으시면 이사장님이 괜한 오해를 받으실 수 있거든요."

"아저씨가 무슨 오해를 받으시는데요?"

"먼 친척이라고 하더니 하나도 신경을 쓰지 않는구나. 그런 말들이 나올 수 있지요."

"네? 정말요?"

"이사장님의 집에서 일주일 이상 머문 손님은 아가씨가 유일하십니다. 그건 저택으로 출퇴근하는 사람들도 아주 잘 알고 있는 얘깁니다. 다들 오래 일을 해서 모르려야 모를 수가 없는 거지요. 저흰 이사장님의 손님으로 초대되어 잠시 왔다가 떠나는 분들에 대해서도 항상 관심을 가지고 신경을 씁니다. 그분들의 불편을 최소화기 위해서이지만, 저희의 행동이 이사장님의 평판에 누가 되지 않도록 하기 위해서지요."

제 입장에선 이해가 되지 않는 말이라 두 눈이 동그래졌던 현서는 찬찬히 이어지는 설명에 두 귀가 점점 쫑긋해졌다.

"그런데 아가씬 그보다 오랜 시간을 계실 게 아닙니까? 그러니 아가씨에게 많은 관심이 쏠리는 게 당연한 거 아니겠습니까?"

"……네. 그건 그럴 것 같아요."

"관심을 가지게 되면 관찰을 하게 되고, 관찰을 하게 되면 이런저런 말들이 나오게 마련입니다. 쓸데없는 말들이 오가지 않도록 제가 주의를 준다고 해도, 제가 없는 자리에서 하는 얘기까지는 관리가 되지 않을 겁니다. 그러니 괜한 말들이 나오지 않게, 이왕이면 좋은 말이 나올 수 있게 하는 것이 좋지 않겠습니까?"

현서가 수긍하듯 고개를 끄덕이자 동운이 웃으며 남은 말을 덧붙였다.

"아주 화려하게 치장을 하시란 얘기가 아닙니다. 단정하고 깔끔하되 초라하지 않은 그런 옷을 입으시면 좋겠다, 그런 뜻인 거지요."

"집사님 말씀은 확실히 잘 알겠어요. 그런데 지금 제가 고른 옷이 잘 고른 옷인지는 솔직히 잘 모르겠어요."

"제가 보기엔 아주 잘 고르신 것 같습니다만. 확신이 들지 않을 땐 전문가의 조언을 구하는 것도 좋은 방법이니까요."

현서의 고민을 이해한 동운은 매장의 매니저를 찾아 도움을 청했다.

"우리 아가씨와 어울리는 옷들을 좀 골라주시겠습니까? 성심성의껏 응해준다면 이곳에서 많은 걸 준비할 수 있을 것 같은데요."

눈치가 빠르고 노련한 매니저는 동운의 말을 바로 알아듣고 즉각적인 반응을 보였다.

매장 매니저와 직원들의 적극적인 협조와 호응에 힘입어 현서를 위한 첫 번째 쇼핑은 순조롭게 마무리가 되었다.

✦　✦　✦

"대체 쇼핑을 몇 시간이나 한 거야?"

두 사람이 탄 차가 저택에 도착했을 땐 어느덧 오후 3시가 훌쩍 넘어 있었다. 현관 앞에서 삐딱하게 대기 중이던 사하는 차가 멈춰 서기도 전에 후다닥 계단을 내려왔다.

"어디, 얼마나 대단한 걸 사왔는지 한번 봅시다!"

차에서 내린 동운은 사하의 말에 대꾸하지 않고, 큼직한 연어 캔 한 개를 꺼내 만지작거렸다. 그 순간 사하의 눈에 전광석화 같은 빛이 떠올랐다. 그것을 알아본 동운은 그 캔을 후원 쪽을 향해 멀리 집어 던졌다.

슈우웅─ 툭!

캔이 날아가는 방향을 따라 동그란 눈동자가 움직였던 사하는 캔이 떨어지는 소리에 금방이라도 뛰어나갈 것 같은 포즈를 취했다. 그러나 앞을 향해 쭉 뻗었던 팔과 다리를 슬그머니 내리면서 헤─ 벌렸던 입을 야무지게 다물었다.

"줄 거면 좋게 주지, 강아지 훈련 시키는 것도 아니고."

그 말을 하며 동운을 휙 째려보는데, 동운이 아닌 척하며 현서와 눈이 마주쳤다.

동운을 도와 트렁크에서 짐을 내리고 있던 현서는 사하가 콧잔등을 찡그린 얼굴이자 혹시 아픈 게 아닐까 걱정이 되었다.

"오빠, 어디 안 좋으세요?"

"아니! 안 좋은 데 하나도 없는데?"

"그래요? 그런데 얼굴 표정이 왜."

"이건 낮잠을 자다 나와서, 조금 졸려서 그런 거야."

"그래요? 아직도 많이 피곤해요?"

"아니야. 지금은 괜찮아. 현서 양이 걱정할 정도 아니니까 신경 쓰지 마."

웃는 얼굴로 대답을 대충 얼버무린 사하는 모르는 척 짐을 챙겨 드는 동운을 흘깃 노려보았다.

망할 영감탱이!

먹음직한 연어 캔을 완전히 포기한 사하는 현서 앞으로 다가가 손을 내밀었다.

"이건 내가 들 테니까 현서 양은 아무것도 들지 마."

"아니에요, 오빠. 이거 하나도 안 무거워요."

"하나도 안 무겁긴. 딱 봐도 엄청 무거워 보이는구만."

사하는 그 정도로 무거운 건 아니라는 현서의 바구니를 빼앗듯이 옮겨 들고 성큼 걸음을 옮겼다. 물건이 가득 담긴 큼직한 종이 상자를 두 팔로 안아 든 동운은 사하의 뒤를 따라 걸으며 재미난 걸 보기라도 한 사람처럼 킬킬 소리 나게 웃었다. 저를 놀리는 것이 확실한 동운의 웃음소리가 귀에 거슬렸지만, 사하는 그저 묵묵히 걸음을 옮겼다.

"천 실장."

"……."

"아가씨가 그렇게 좋으냐?"

그 말이 떨어지기 무섭게 우뚝 멈춘 사하는 고개를 휙 돌려 동운을 쏘아보았다.

"닥쳐! 이 영감탱이야!"

라고 소리치고 싶은 마음을 꾹 눌러 참고, 입을 일자로 다문 채 다시 앞을 보았다.

하지만 현관문을 발로 차 여는 것으로 제 심사가 불편하다는 걸 은근히 드러냈다.

동운은 사하의 반응이 마냥 재미있는지 웃음을 멈추지 않았다. 정확한 영문을 모르는 현서로선 두 사람이 싸우기라도 하면 어쩌나, 걱정이 돼 조마조마한 마음으로 뒤를 따랐다.

현서는 오늘 사 온 옷들을 옷장에 걸었다. 노트와 편선지, 필기도구와 같은 문구 용품을 정리한 후엔 새로 장만한 속옷과 갈아입을 옷을 챙겨 욕실로 향했다. 목욕물이 받아진 욕조에 양무릎을 세워 앉은 현서는 뽀얀 수증기와 달콤한 향이 올라오는 물속을 가만히 들여다보았다.

"아가씨, 전 아가씨와 지내는 시간이 아주 즐겁습니다. 그러니 앞으론 죄송하다, 미안하다는 말은 되도록 하지 마세요."

백 집사의 말을 들었을 때 따스한 물에 몸을 담근 지금처럼 뭉클한 감정을 느꼈었다.

하지만 갑작스럽게 달라진 환경은 아직은 익숙함보다 낯설음이 더 컸다.

"신분증상의 생년월일은 오늘 날짜가 될 겁니다. 내년 이맘때쯤 류현서란 이름으로 주민등록증이 나올 거예요."

민호진 변호사로부터 주민증에 대한 얘기를 들었을 때 자신이 처한 상황이 구체적으로 실감되었다.

현서는 지난 2주 동안 많은 일을 겪었고, 받아들이기가 쉽지 않은 이야기를 듣기도 했다.

류환 이사장과 천사하 실장의 도움으로 섬을 빠져나왔지만 친할아버지가 돌아가셨다는 걸 알게 되었다. 제 편이라 믿었던 최영찬 변호사가 어머니와 저를 궁지에 몰아넣은 사람들의 편이란 얘길 들었을 땐 그 충격이 너무나 컸었다.

하지만 류환 이사장을 만난 건 단연코 행운이었다. 할아버지의 부탁을 받고 어쩔 수 없이 하는 것이라고 해도, 저를 데리고 있음으로 해서 생길 수 있는 문제까지 감수하며 도움을 준 건 분명 고마운 일이었다.

뒷정리를 마친 현서는 사하가 알려준 식사 시간보다 일찍 1층으로 내려갔다. 주방에 들어가자 음식을 만드는 백 집사와 음식이 담긴 그릇을 가져와 식탁을 차리는 사하가 보였다.

등이 곧고 듬직한 체구를 가진 백 집사와 마르고 늘씬한 사하의 모습은 그들의 성격만큼이나 상반된 것으로 보였다.

그러나 동운이 필요로 하는 것들을 미리 알아서 가져다주는 사하나 그것을 대수롭지 않게 받아들이는 동운의 반응에서, 조금 전 아웅다웅하던 일이 격의 없이 친해서 할 수 있던 행동임을 느끼게 해주었다.

"아저씨도 식사를 하시긴 하겠죠?"

두 사람과 함께 식탁에 앉은 현서는 비어 있는 자리를 보고 무심코 그 말을 꺼냈다. 그러자 동운과 사하가 멈칫 현서를 보았다.

"저는 그냥, 아저씨가 식사하시는 걸 한 번도 본 적이 없어서 그런 건데. 제 말이 이상했나요?"

일제히 다가온 시선이 조금 당황스러워 현서가 나름 이유를 말했다.

"아닙니다, 아가씨. 하나도 이상하지 않습니다."

"내가 현서 양이라도 그렇게 생각했을 거야."

두 남자는 동시에 말문을 열었다가 비슷하게 말을 멈췄다.

"아, 그런 거면 다행이에요."

현서는 옅은 미소를 짓는 것으로 이야기를 마무리했다. 모처럼 의견이 일치한 두 남자의 표정이 어딘가 어색해 보인다 싶었지만, 그것에 대해선 굳이 아는 체를 하지 않았다.

"언제까지 이래야 하는 거야?"

"뭘 말이냐?"

"아까 현서 양이 하는 말, 영감님도 들었잖아."

사하와 동운이 나름 심각하게 대화를 나누는 곳은 바로 1층 주방의 조리대였다.

양손에 고무장갑을 끼고 앞치마를 두른 두 남자는 마스크로 입을 가린 채 김치를 담그고 있었다. 동운이 절인 배추에 양념을 고루 묻혀놓으면 사하가 그것을 네모난 통에 보기 좋게 담는 식이었는데, 옷차림새며 동작이 마치 김치 공장의 전문 인력처럼 보였다.

"현서 양이 스무 살이 될 때까지 여기서 지낼 거라고 했잖아. 설마 그때까지 안 나타나시는 거야?"

"아무렴 그렇게까지 하진 않으시겠지."

"그건 영감님 생각인 거야? 주인님 생각인 거야?"

"정확한 건 아직 여쭤보지 않았다."

"그럼 좀 여쭤봐 주지. 자주는 바라지도 않으니까 이따금은 얼굴 좀 보여주시라고."

"지금 상황이 편치 않으니 나타나지 않으시는 거겠지."

"그럴 거면 아예 데려오질 마셨어야지."

"……"

"주인님은 인간의 아이를 멀리해야만 하는 존재고, 영감님이랑 나는 인간의 아이를 내켜 하지 않는 존재들인데 왜 굳이 데려오셔서 어린애가 눈치를 보게 만드시냐고."

동운이 조용히 제 할 일만 하고 있자 사하가 못마땅해 그를 흘겨보았다.

"왜 아무 말이 없어? 영감님은 현서 양이 불쌍하지도 않아?"

"사하야."

"왜?"

"너, 주인님이 하시는 일에 불만이 있는 거냐?"

"부, 불만은 무슨! 의지가지없는 현서 양이 안쓰러워서, 불쌍해서 하는 말이잖아."

"난 주인님이 하시는 일에 어떤 의문도 불만도 갖고 있지 않다. 그분이 우리에게 베푼 은혜를 생각하면 더더욱."

"그건 뭐…… 나도 그렇다, 뭐."

"잊지 마라. 우리가 우러르고 복종해야 할 존재는 주인님 한 분뿐이라는 걸. 설령 그분이 그릇된 명령을 내린다고 해도 거역해선 안 된다는 걸 말이다."

"알아. 나도 너무 잘 알고 있다고."

"알면 됐다."

"이제 보니 영감님 아주 무서운 사람이네."

"……."

"현서 양 앞에선 아가씨, 아가씨, 하면서 다정하게 챙기는 것 같더니. 주인님이 한마디라도 하면 곧장 내칠 기세잖아?"

동운은 사하의 말을 긍정도 부정도 하지 않았다. 지금 하고 있는 일이 마지막 임무인 양 그저 묵묵히 김치를 담글 뿐이었다.

8. 저택의 남자들 (3)

또다시 해가 저물어 감청색을 띠던 하늘이 검은색으로 어두워졌다.

금요일의 일과를 마무리하고 집무실을 나온 동운은 굳게 닫혀 있는 누군가의 방문 쪽으로 눈길을 주었다. 그곳은 그가 모시고 있는 주인이 머무는 방이었다. 그러나 방의 주인은 그곳에 있지 않았다. 저택의 지하 공간에 마련되어 있는 자신만의 영역에 머물고 있었다.

주인이 지하층에만 틀어박혀 밖으로 나오지 않은 기간이 어느덧 이십여 일.

집사 임무를 수행하는 그로선 당연히 걱정이 될 수밖에 없었다.

낮은 한숨을 내쉰 동운은 주인이 마실 음료를 만들기 위해 주방으로 향했다.

겉과 속이 모두 붉은 열매로 과즙을 내고, 그것을 깨끗한 유리병에 담아 챙긴 후에 주방을 나섰다. 콴의 방문 앞에 다다른 동운은 열쇠를 이용해 방문을 열고 방 안으로 들어갔다. 그리고 외부인이 들어올 수 없도록 안에서 방문을 잠갔다.

주인의 침대가 비어 있는 것을 확인한 그는 장식장과 서가가 놓여 있는 벽으로 다가갔다. 서가의 한가운데 꽂혀 있는 붉은색의 책등을 꾹 누르자 서가와 장식장이 양옆으로 밀려나며 지하 1층으로 연결되는 통로가 나타났다.

지하 1층은 해가 떠 있는 동안 콴이 주로 머무는 장소였다. 때문에 지상과 다름없는 시설이 구비되어 있었다. 이곳에 대해 알고 있는 사람은 동운과 사하, 민 변호사뿐이었다.

그들이라고 해서 아무 때나 출입이 가능한 건 아니었다. 콴이 먹고 마시는 것을 책임지고 있는 동운이 그나마 자유로운 편이었지만, 지하 2층에 있는 콴의 작업실은 동운조차도 드나들 수 없는 금지구역이었다.

동운은 지하 2층의 작업실로 내려가는 출입구의 문이 여전히 굳게 닫혀 있는 걸 보고 크리스털 병과 잔을 협탁 위에 내려놓았다. 다음 날 새벽이 되면 비어 있는 병과 잔을 치우기 위해 다시 이곳에 와야 했다.

지금 하는 일은 동운이 하는 일 중에서 가장 단조로운 일이라 할 수 있었다.

하지만 이 일을 위해 가장 많은 시간과 정성을 할애했다. 주인이 마셔야 하는 과즙의 재료가 되는 토마토와 딸기 같은 식물들이 좋은 열매를 많이 맺도록 가꾸어야 했기 때문이다.

언제쯤 나오시려나.

빈 쟁반을 들고 계단을 올라온 동운은 계단 중간에 서서 미련처럼 뒤를 돌아보았다.

불이 켜져 있으되 고즈넉하고 쓸쓸한 공간이 눈에 밟히자 짧은 한숨을 지으며 몸을 돌이켰다. 분명 힘든 시간을 견디고 있을 주인을 위해 할 수 있는 것이 많지 않다는 게 더없이 미안하고 죄스러웠다.

덜커덩.

동운이 계단을 막 올라섰을 때 묵직한 문이 열리는 소리가 들렸다. 동운은 바로 돌아섰으나 계단을 내려가진 못했다.

"……백 집사로군."

아직 모습이 드러난 건 아니었지만 그것은 분명한 주인의 목소리였다.

"예, 접니다!"

"괜찮으니 내려오시게."

콴의 허락이 떨어지기 무섭게 동운은 재빨리 계단을 내려갔다.

잠시 후, 작업실로 향하는 입구의 문이 열리며 콴이 마침내 모습을 드러냈다.

동운은 그만 눈시울이 뜨거워졌다. 나이와 어울리지 않는 반응인 걸 알았지만 그만큼 반가움이 커 그런 것이었다.

"어디 편찮으신 곳은 없습니까?"

동운의 물음에 콴은 대답 대신 옅은 미소를 지었다.

"뭐든 좋으니 솔직히 말씀해 주십시오."

"뭐든 좋다라……."

조용히 되뇐 콴은 붉은 과즙이 가득 차 있는 유리병과 잔으로 눈길을 주었다.

"사막을 횡단했을 때처럼 목이 말라. 자네 피를 모두 마신다고 해도 부족할 만큼 심한 갈증을 느끼는 중이지."

"제 피가 필요하시다면 기꺼이 드리겠습니다."

충직한 수하의 대답을 듣고 콴은 하하, 소리를 내 웃었다.

"내가 아직 여유가 있는 모양이야. 자네 말에 웃음이 먼저 나는 걸 보면 말이야."

한 손을 허리에 올린 채 웃는 콴의 모습은 그가 한 말처럼 여유가 느껴졌다.

"주인님께서 웃으시는 걸 보니 그나마 마음이 놓입니다."

"조금 전 자네 말은 확실한 직무유기야. 내가 피를 원한다고 해도 그걸 만류해야 한다는 걸 잊지 말아야지."

"죄송합니다. 앞으론 주의하겠습니다."

분위기를 풀어주려 한 농담에도 동운이 진지하게만 반응하자 콴은 동운의 어깨를 두드려 주곤 부드럽게 웃었다.

"내가 얼마 만에 나온 건가?"

"정확히 이십칠 일 만입니다."

"거의 4주가 된 거로군."

"예. 하지만 말씀하셨던 날짜보다 오래 걸리진 않았습니다. 못 해도 백 일은 걸릴 거라고 예상하셨으니까요."

"그래, 그랬었지."

"그런데 정말 괜찮으신 겁니까? 혹 무리를 하신 건 아닌지, 걱정이 됩니다."

"무리를 한 것인지 아닌지는 지켜보면 알겠지."

그 말을 수긍하듯 동운이 고개를 주억거렸다.

"조금 있다가 산책을 나갈 생각이야. 그러니 자넨 그만 올라가도 좋아."

"식사를 준비하지 않아도 되겠습니까?"

"식사는 나중에. 오늘 양식은 이걸로 충분해."

콴이 과즙이 든 병을 가리키자 동운도 더는 음식을 권하지 않았다.

"알겠습니다. 그럼 전 이만 물러가겠습니다."

동운이 인사하고 고개를 드는데 콴이 한마디 질문을 던졌다.

"현서는?"

"이곳 생활에 적응하려고 노력하고 있습니다. 사하가 어찌나 상냥하게 아가씨를 챙기는지, 제 부담이 한결 덜어졌습니다."

"사하가?"

"예. 주인님께서 도움을 주라고 하셨다지만 제 눈엔 자발적인 마음이 더 커 보입니다. 마지못해서 억지로 하는 게 아니라서 저로선 편하긴 합니다만, 아가씨를 너무 신경 쓰는 것 같아서 그 점이 염려가 됩니다."

"너무 걱정하지 말게. 이곳에서 지낼 시간이 적지 않은데, 서로 데면데면하게 구는 것보다 나으니 말이야."

"예, 알겠습니다."

동운이 물러간 후 콴은 동운이 준비해 놓은 음료를 크리스털 잔에 따라 입으로 가져갔다.

독한 술을 마실 때처럼 한 번에 비우고 빈 잔을 조용히 내려놓았다. 식도를 타고 넘어간 붉은 과즙의 맛은 저절로 인상이 찌푸려질 정도로 쓰고 아릿한 맛이 났다. 하지만 처음 마셨을 때보다 한결 참을 만한 쓴맛이었다.

스며든 과즙이 몸 안으로 퍼져 나가자 몽롱하면서도 저릿한 통증이 콴의 몸을 지배하기 시작했다. 뜨거운 풀무에 던져진 것처럼 몸이 뜨거워지면서 그를 괴롭히는 고통의 크기가 갈수록 커져 갔다.

"……!"

콴은 어금니를 아득 문 채 저를 달구어 변화시키는 고통의 시간을 고스란히 겪어냈다.

몸을 똑바로 세울 수 없게 만들었던 극심한 통증이 서서히 물러가자 구부정하게 숙여 있던 몸에서 땀이 흥건하게 흘러내렸다.

차가운 물로 몸을 씻은 콴은 자신의 기(氣)를 이용해 젖은 머리칼과 몸에 남은 물기를 사라지게 만들었다. 새로운 마음가짐처럼 깨끗한 옷으로 갈아입은 후 정원이 있는 지상으로 오랜만의 외출을 했다.

콴의 정원은 저택의 삼면을 에워싸고 있었는데, 후원엔 향기로운 편백나무가 숲을 이루고 있었고, 대문에서부터 시작되는 길과 온실 등이 있는 측면엔 다양한 정원수와 꽃들이 크고 작은 군락을 이루고 있었다.

이른 봄, 청순하고 소담한 꽃망울을 피워내는 벚나무와 백목련과 자목련.

한여름에 화려하고 달콤한 향기를 흩뿌리는 라일락과 아카시아와 색색의 장미들.

단풍으로 눈을 즐겁게 만드는 교목들과 실한 열매로 가을의 풍성함을 느끼게 만드는 다양한 유실수들.

눈이 내리는 한겨울에도 푸른빛과 향기를 전하는 소나무와 측백나무까지.

참으로 많은 종류의 수목들이 너른 정원을 채우고 있었지만 보기 좋은 나무와 꽃들에게만 자리를 내어준 건 아니었다.

으레 잔디를 심게 마련인 안뜰엔 바람을 타고 날아온 엉겅퀴

와 민들레, 토끼풀과 괭이밥풀 같은 여름풀들과 이름을 알 수 없는 들꽃들이 자유롭게 뿌리를 내리고 있었다.

강력한 햇빛과 소나기를 맞으며 쑥쑥 자란 풀들이 검은 땅을 빼곡하게 뒤덮을 때면 콴은 맨발로 뜰을 거닐며 부드러운 흙과 풀이 만들어내는 생명의 감촉을 편안하게 즐기곤 했다.

무르익은 봄의 빛깔이 화사한 꽃나무에 눈길을 주었던 콴은 사람들의 발길이 잘 닿지 않는 후원으로 걸음을 옮겼다. 빼어나게 아름다운 자태로 짙은 그늘을 만들어내는 느티나무 아래로 가 걸음을 멈추었다.

"당신이 온전한 인간이 되려면 한 가지를 견디고 한 가지를 채워야 합니다. 천 일은 그 조건 모두에 해당하는 일수입니다."

영우는 콴에게 한 가지를 견디고 한 가지를 채워야 한다고 말했었다. 그중 콴이 견뎌야 하는 한 가지는 천 일 동안 살아 있는 생명의 피를 취하지 않는 '금혈'이었다.

"금혈을 하는 동안 태양빛으로 겉과 속이 모두 붉게 익은 열매를 즙을 내 마셔야 합니다. 당신 몸에 흐르는 검은 피를 온전한 붉은색으로 되돌려 놓는 일이니 하루도 걸러선 안 됩니다."

영우가 알려준 나머지 한 가지는 태양의 빛으로 겉과 속이 모두 붉은 열매를 과즙을 내어 마시는 일이었다.

천 일 동안 반드시 지켜야 하는 그 조건들은 뱀파이어로 살아온 콴이 지키기엔 어느 하나도 쉽지 않은, 지독히도 어렵고 까다로운 것이었다.

금혈은 콴에게 해갈되지 않는 갈증의 고통을 겪게 만들었고, 붉은 피를 대신해 붉은 과즙을 마시는 일은 인간이 되는 걸 포기하고 싶게 할 만큼 극심한 고통을 선사했다.

하지만 콴은 그 지독한 고통을 참아내고 있었다.

그것이 가능한 이유는 자신의 몸에서 시작된 변화를 인식했기 때문이었다.

콴의 몸은 태양 광선을 조금도 버텨낼 수 없는 몸이었다. 실오라기처럼 가느다란 빛이라고 해도 그것을 재빨리 피하지 않으면 그의 몸은 맹렬한 불꽃을 일으키며 완전히 산화했다.

콴은 천사와 인간 사이의 혼혈아로 태어나 많은 사람의 사랑을 받으며 살아갔던 존재였다. 그는 자신이 사랑했던 인간의 여자와 결혼을 해 가정을 이루었다.

그러나 그의 행복은 오래가지 못했다. 아내와 아이가 있는 콴을 사랑하게 된 뱀파이어 여왕과 그녀 때문에 콴을 질시하게 된 한 남자에 의해 억울하게 죽임을 당한 것이었다.

콴을 사랑했던 여왕은 그의 죽음을 받아들이지 못했다. 그녀는 자신이 가진 초월적인 힘을 이용해 콴을 뱀파이어로 부활시켰다. 그럼에도 그가 마음을 열지 않자 그가 보는 앞에서 햇빛 아래서의 자살을 택했다.

타의에 의한 죽음과 부활.

콴은 자신에게 일어난 일련의 일들을 너그러이 받아들일 수도, 인정할 수도 없었다.

자신이 뱀파이어가 된 것이 믿기지 않아 태양 아래 나아가기까지 했다. 일몰의 태양빛에도 치명적인 화상을 입은 그는 온전한 회복을 위해 오랜 시간을 어둠에서 지내야만 했다.

태양은 콴이 가지고 있던 일말의 기대를 완벽하게 좌절시켰고, 그가 이전과 다른 존재가 되었음을 확실하게 각인시켰다.

그런데 최근 어슴푸레한 새벽하늘을 바라볼 수 있는 놀라운 경험을 하게 되었다. 불과 몇 초밖에 되지 않는 짧은 시간이었지만, 제 몸이 햇빛을 견딜 수 있는 상태로 변화하고 있다는 걸 분명히 체감한 것이었다.

만약 그 경험이 없었다면 콴은 오늘 작업실 밖으로 나가지 않았을 터였다.

현서의 목덜미를 산 채로 물어뜯어 흡혈의 욕구를 채우는 불상사를 일으키지 않을 것이란 확신이 서기 전까지는 말이다.

순백의 영혼과 어두운 피를 가진 고귀한 생명이여,

당신의 혼돈은 당신을 괴롭히지만

그로 인해 해답을 찾을 수 있었습니다.

햇살과 바람, 땅과 물의 기운을 받고 자라난 식물들은 금혈로 지친 콴의 몸과 마음을 위로하는 노래를 부르기 시작했다.

신은 당신에게 기회를 주셨습니다.
처음이자 마지막인 한 번의 기회를.
그러니 더는 흔들리지 마세요.
다만 온전히 취해 아름다운 선물이 되게 하세요.
당신의 날이 다하기 전에.

콴은 그 자리에 선 채 눈을 감았다. 저택을 나올 때부터 맨발이었던 그는 두 팔을 양옆으로 활짝 벌려 깊게 숨을 들이마셨다. 식물들이 보내준 온화하고 정갈한 기운을 오롯하게 받아들이기 위해서였다.

콴을 위로하고 치유하는 식물의 기운과 콴에게서 흘러나온 기운이 은은한 바람과 빛을 일으켰을 때, 그의 등 뒤에서 한 쌍의 날개가 아주 부드럽게 솟아올랐다.

사람의 발길이 닿지 않은 이른 새벽의 첫눈처럼 황홀한 백색을 띠는 날개는 콴의 몸을 모두 덮을 수 있는 만큼 컸고 또한 몹시 아름다웠다.

존재 자체로도 환한 빛을 발산하던 날개는 어깨 부근에서 솟아오른 기점을 시작으로 이내 먹물처럼 새까만 빛을 띠며 완벽하게 어두워졌다. 그럼에도 콴의 주변을 흐르는 공기와 빛은 사라지지 않았고, 활짝 펼쳐진 날개 또한 흑조의 그것처럼 우아하고 아름다웠다.

⚜ ⚜ ⚜

콴이 후원을 산책할 무렵 현서는 얼핏 들었던 선잠이 깨어 침대에서 일어난 참이었다.

침대 맡 스탠드의 불을 켜 시각을 확인하니 어느덧 새벽 1시.

다시 잠을 청할까 해보았지만 갈수록 정신이 깨어 아주 일어나 책상 앞으로 향했다.

사하와 함께 들렀던 서점에서 사온 책을 읽을까, 라디오를 켜 음악을 들을까, 고민하고 있는데 어디선가 희미한 음악 소리가 들려왔다.

현서는 소리를 따라 고개를 돌렸고, 그 소리가 창 너머에서 들려오는 것임을 알았다.

살랑이며 불어오는 미풍과 물소리를 연상케 하는 소리에 끌리듯 창가로 다가갔을 때 현서는 하얀 칠이 된 격자무늬 창문이 완전히 닫혀 있다는 걸 알았다.

그런데 어떻게 들리는 거지?

고개를 갸웃하며 닫힌 문을 활짝 열어젖혔다. 그러자 달콤한 봄꽃 향기와 풋풋한 풀 향기가 방 안으로 나붓이 밀려들었다. 간질거리듯 나른하고 싱그러운 봄밤의 향기를 기분 좋게 호흡하며 어둠에 잠긴 정원을 내려다보았다.

내가 잘못 들은 걸까?

단순한 바람 소리를 신비한 멜로디로 착각한 것이 아닐까 싶었지만 이대로 물러나기가 왠지 아쉬웠다. 까맣게 맑은 밤하늘과 유리가루를 흩어놓은 것처럼 무수하게 반짝이는 별빛들이 하도 고와서 그냥 이렇게 보고만 있어도 괜찮겠다는 생각이 들었다.

쏴아아아.

비가 내리는 것처럼 나뭇잎을 어루만지는 바람의 소리에 현서는 하늘이 아닌 정원으로 다시 눈길을 내렸다. 그러다 잔잔한 파도처럼 살아 일렁이는 빛의 덩어리를 발견했다.

"우와……."

창밖으로 몸을 내밀어 빛의 정체를 확인하려고 했지만 그것이 빛이라는 것 외엔 확인할 수 있는 것이 아무것도 없었다.

결국 현서는 방을 나서기로 결정했다. 백 집사나 사하를 깨우면 안 될 것 같아서 조용히 방문을 열고 나와 발끝을 세운 채로 계단을 내려갔다.

후원과 통하는 저택의 문을 열고 나간 현서는 미리 챙겨온 운동화를 발에 꿰어 신었다.

그사이 빛이 사라졌으면 어쩌나 걱정 아닌 걱정을 하며 두 다리를 바삐 움직였다.

저만치서 여전히 빛나고 있는 발광체를 발견하자 현서의 심장은 쿵쿵! 소리를 내며 뛰었다. 한밤중의 정원을 밝히고 있는 빛의 정체가 차츰 가까워졌지만 더는 다가가지 못하고 결국 걸음을 멈추었다.

그때 커다랗고 아름다운 깃 날개의 실루엣이 현서의 눈에 아스라이 들어왔다. 강인함과 우아함을 지닌 검은 날개와 가운데선 기다란 그림자를 홀린 듯 바라보던 현서는 저도 모르게 혼잣말을 중얼거렸다.

"저건 꼭, 천사 날개 같아……."

그 말이 끝나기도 전에 날개의 형태를 가진 그림자와 그것을 에워싼 빛이 까맣게 사라졌다.

"어?"

어둠을 밝히던 빛과 아름다운 날개가 순식간에 자취를 감추자 현서는 몹시 당황했다.

그리로 다가가야 할지, 자신의 자리를 지켜야 할지 몰라서 망설이고 있을 때, 우거진 나무 그늘 아래에서 누군가 천천히 모습을 드러냈다.

"……아저씨?"

현서의 음성이 귓가를 울리자 콴의 눈동자에 붉은색 빛이 번뜩 떠올랐다.

"아저씨, 맞으세요?"

현서가 한 걸음 다가오자 콴은 콰직 미간을 구겼다. 현서의 등 뒤에서 불어온 바람이 달콤한 혈향을 바로 전달했기 때문이다.

빌어먹을.

피에 굶주려 있던 사냥 본능이 제 기능을 발휘하려 하면서 신경과 근육이 팽팽하게 당겨지고 심장박동이 급격하게 높아졌다. 콴은 깊게 심호흡을 해 흥분을 가라앉혔다.

눈동자의 빛이 검은색으로 돌아왔지만 안심할 수 없다는 걸 알았다. 이대로 있다간 문제가 생길 수 있었기에 인상을 구긴 채 걸음을 옮겼다.

"우와! 정말 아저씨가 맞으시네요?"

콴이 달빛 아래 모습을 드러내자 현서의 얼굴에 반가움이 환히 번졌다.

"계속 출장 중이란 얘길 들어서 오늘도 못 뵙는 줄 알았어요. 그런데 언제 오신 거예요? 저녁 늦게 오신 거예요?"

질문을 던지며 다가서려는데 콴의 입에서 차가운 목소리가 흘러나왔다.

"더는 오지 마라."

"네?"

"거기 그 자리에 있어."

명령조로 툭 뱉은 말과 바라보는 눈빛이 하도 서늘해서 현서는 그대로 우뚝 멈춰 섰다.

음영이 또렷한 아름다운 얼굴은 자신이 알고 있는 아저씨가 분명했다. 그러나 온기 없이 새카만 눈동자와 몸 전체에서 뿜어져 나오는 사나운 적개심은 전에 알지 못했던 낯선 것이었다.

콴은 현서의 곁을 무심히 스쳐 지나갔다. 현서는 그런 콴을 망연히 바라보았다.

저를 외면하고 멀어지는 그의 옆모습이 너무나 쌀쌀해서 감히 말을 걸 수조차 없었다.

콴의 모습이 완전히 사라진 뒤 당혹스러움을 느꼈던 현서의 심장에 뻐근한 둔통이 일어났다. 반가움에서 시작되어 슬픔으로 귀결된 일련의 감정들은 현서의 눈가에 서운한 눈물을 만들었다. 그리고 그 눈물은 조금 전 현서가 받았던 아름다운 날개와 빛에 대한 감격을 허무하게 퇴색시켰다.

"내가 무슨 실수를 했나 봐. 어떡하지……?"

혼잣말로 답답함을 토로하는데 가까운 거리에서 바스락 소리가 들렸다. 돌아보니 상수리나무 가지에 걸터앉아 있는 사하가 보였다. 제법 높은 자리에서 두 발을 까딱이며 저를 내려다보는 모습이 마치 휴가 중인 사람처럼 여유롭고 한가로웠다.

"현서 양은 실수한 거 없어."

"네?"

"현서 양이 뭘 잘못해서가 아니라 이사장님 심기가 불편해서 그러신 거야. 쉽게 말해서 이사장님 마음이 편치 않은 상태였다, 그런 뜻인 거지."

"그걸 어떻게 아세요? 아저씨랑 얘길 하신 거예요?"

"얘기를 했다기보다 이사장님 상황을 보고 짐작한 거야."

말을 하다가 안 되겠는지 사하는 아래로 풀쩍 몸을 날렸다. 나뭇가지에서 뛰어내려 착지하는 동작이 깃털처럼 가볍고 날랬다.

"컨디션이 별로 안 좋아 보이셨거든. 왜, 사람이 몸이 아프거나 배가 고프거나 하면 짜증이 나게 마련이잖아."

"아저씨 건강이 안 좋으신 거예요?"

"딱히 건강이 안 좋으신 건 아니고, 더 나아지려고 애를 쓰는 중이랄까?"

"그게 무슨 말이에요? 오빠 얘길 들으니까 더 모르겠어요."

"당장은 내 말이 이해가 잘 안 될 거야. 하지만 시간이 지나면 차차 나아질 수도 있고, 어쩜 시간이 많이 흘러도 끝까지 모를 수도 있어."

"네?"

"암튼 말의 요점은, 이사장님은 현서 양 때문에 짜증이 난 게 아니라는 거. 고로 쓸데없는 걱정을 하지 말라, 이거야."

들을수록 알쏭달쏭해지는 말이라 현서는 그저 두 눈만 빠르게 깜빡일 뿐이었다. 사하가 해준 말을 전부 이해하진 못했지만 쓸데없는 걱정을 하지 말라는 마지막 말은 확실히 이해가 되었다.

"알겠어요. 오빠 말대로 할게요."

저를 늘 챙겨주고 마음 써주는 사하가 해준 말이었기에 그 말을 순순히 받아들였다.

"그래, 잘 생각했어."

사하는 씩 웃으며 현서의 머리를 가볍게 쓰다듬었다.

"참고로 얘기하면 이사장님은 이 시간에 혼자 산책하는 걸 좋아하셔. 여기서 중요한 건, 혼자 산책하는 걸 좋아하신다는 거지. 그러니까 웬만하면 이 시간에 돌아다니지 마."

"웬만하면 이 시간에 돌아다니지 않는다."

현서가 선선히 되뇌자 사하가 만족스러운 듯 눈초리를 휘었다.

"그렇지. 바로 그거야."

"근데 아까 아저씨 표정이 정말 안 좋으셨는데, 하시는 일이 잘 안 돼서 그런 걸까요?"

"왜? 계속 신경이 쓰여?"

"네, 쓰여요."

"오오. 이제 보니 현서 양, 이사장님께 관심이 엄청 많은 것 같다?"

"네, 많아요."

현서의 대답을 듣고 사하는 바로 미간을 좁혔다.

"저런, 대답이 너무 솔직한 거 아냐?"

"절 구해주시고 돌봐주신 분이잖아요. 그러니까 당연히 마음이 쓰이죠."

"아아, 그것 때문에? 하긴, 나도 그런 면이 없잖아 있긴 하지."

사하는 상체를 굽히더니 현서 쪽으로 지그시 눈높이를 맞추었다.

"그래도 너무 관심 갖지 마."

"뭘 갖지 말라고요?"

"류 이사장님한테 너무 관심 갖지 말라고."

"왜요?"

"질투가 나니까."

"질투요?"

"그래, 질투. 현서 양이 신경 쓸 만한 사람을 신경 쓰는 건데도 이상하게 질투가 나."

현서는 그게 왜 질투가 나는 것인지 이해가 되지 않아 사하를 의아하게 쳐다보았다.

사하는 두 팔을 활짝 벌리더니 앞에 선 현서를 와락 끌어안았다. 현서의 뺨에 제 뺨을 마구 비비대며 네가 사랑스러워서 어쩔 줄 모르겠다는 표정을 지었다.

"오빠, 그만하세요."

너무 친근하게 다가온 사하가 부담스러워 현서는 그를 밀치며 벗어나려 했다. 사하는 그런 현서를 더욱 꼭 안으며 아예 입을 맞추려고 했다.

"오빠, 하지 마세요! 싫어요!"

현서가 확실하게 거절 의사를 표했지만 사하는 그럴수록 기를 쓰며 입술을 뾰족하게 내밀었다. 현서의 입술이 아닌 뺨에 입을 맞췄을 무렵 누군가의 손이 사하의 뒷덜미를 강하게 낚아챘다.

"켁!"

소리와 함께 뒤로 당겨진 사하는 저를 방해한 이가 누구인지 바라보았다.

"아가씨가 싫다는데 뭐 하는 짓이냐?"

사하의 불온한 시도를 단박에 무산시킨 사람은 예고도 없이 나타난 백동운이었다.

"아니, 나는."

"사내자식이 변명은."

동운은 뒷덜미를 낚아챈 손에 힘을 싣더니 사하를 한 번에 들어 올려 어딘가로 휙! 집어 던졌다.

"으아아아!"

동운의 손에서 벗어난 사하는 커다란 비명을 내지르며 현서의 시야에서 아득히 멀어졌다.

"말도 안 돼……!"

높다란 포물선을 그리며 사라진 사하의 모습이 믿기지 않아 현서는 몹시 얼떨떨한 얼굴이 되었다.

"걱정 마십시오, 아가씨. 저렇게 던졌어도 어디 하나 상하지 않고 무사할 테니까요."

동운은 두 손을 탁탁 털더니 묵은 체증이 내려간 것처럼 속 시원하다는 표정을 지었다.

"정말요? 진짜로 괜찮을까요?"

"10층 건물에서 떨어져도 머리카락 하나 다치지 않고 멀쩡히 살아난 녀석이랍니다. 그러니 저 정도 높이는 아무것도 아니죠."

"세상에, 그게 어떻게 가능하죠?"

"사하는 여느 사람보다 뛰어난 운동신경을 타고났습니다. 하지만 아무리 좋은 재주도 그걸 사용치 않으면 녹이 스는 법. 그래서 이런 식으로 가끔 훈련을 하곤 합니다."

동운은 온후한 미소를 보이며 대수롭지 않은 일이란 듯 설명을 해주었다. 하지만 현서는 마음이 완전히 놓이지 않았다.

"그래도 만약에 실수를 하면, 그럼 어떡해요?"

"그 점에 대해선 걱정 안 하셔도 됩니다. 원숭이는 나무에서 떨어질 때가 있지만 저 녀석은 그런 평범한 원숭이가 아니거든요."

진지한 얼굴로 농담 같은 진담을 한 동운은 현서만 들으라는 듯 목소리를 낮추었다.

"아가씨한테 다른 엉뚱한 짓을 못 하게, 버릇을 잡으려는 의도도 있습지요."

현서는 조금 전 사하의 행동을 떠올렸다. 그러자 마냥 사하가 안됐다는 생각을 할 수 없었다. 그때 동운이 작은 스프레이 통을 현서에게 내밀었다.

"이건 레몬이 잔뜩 들어간 물 스프레이입니다. 제가 따끔하게 주의를 주긴 하겠지만 사하가 또 엉큼한 짓을 하려고 하면 그땐 이걸 뿌리도록 하세요. 물과 시큼한 걸 싫어하는 녀석이라 효과가 아주 탁월할 겁니다."

"아……! 생각해 주셔서 감사해요."

현서는 일단 동운이 준비해 온 스프레이 통을 받았다.

"그렇지만 꼭 뿌리지 않아도 되겠죠?"

"아가씬 아직 천 실장이 싫지 않으신 모양이군요."

"사하 오빠도 백 집사님도 절 도와주고 챙겨주시는 분들이잖아요. 그래서 아직은 고마운 마음이 더 커요."

그 말을 듣고 동운은 천천히 고개를 주억거렸다. 귀에 듣기 좋으라고 하는 빈말이 아니라 현서의 진심이 느껴지는 말이었기에 입가에 자연스레 미소가 떠올랐다.

"그런데 이 늦은 밤에 어떻게 나오신 겁니까? 천 실장이 아가씨를 꼬드긴 겁니까?"

"아니요. 갑자기 잠이 깨버려서 산책을 하려고 나온 거였어요. 그러다 아저씨를 뵀고요."

"류 이사장님을 만나셨습니까?"

"네. 그런데 제대로 인사를 못 드렸어요. 많이 피곤하고 바빠 보이셨거든요."

"저런, 그런 일이 있으셨군요. 이사장님이 피곤해 보이셨던 건 출장 기간이 많이 길어져서 그래서 그러셨을 겁니다."

"아, 그러셨구나. 모처럼 쉬고 계신 건데, 제가 눈치 없이 방해를 해서. 너무 죄송해요.”

"아닙니다, 아가씨. 아가씨가 일부러 그러신 것도 아니고, 이사장님도 크게 신경 쓰지 않으실 겁니다.”

"그럴까요?”

"예, 물론입니다.”

"그럼 다행이에요. 실은 사하 오빠도 신경 쓰지 말라고 얘길 해줬거든요. 그런데 집사님이 다시 얘기를 해주시니까 맘이 훨씬 편해졌어요.”

"아주 잘 생각하셨습니다. 전 이제 그만 들어갈 생각인데, 아가씨는 더 계실 겁니까?”

"아니요. 저도 이제 올라가려고요. 그런데 집사님.”

"예, 아가씨.”

"왜 항상 존댓말을 쓰세요? 전 한참 어린데, 그냥 말을 놓으시면 안 돼요?”

"제 말투가 불편하셨던 모양이군요.”

"네⋯⋯.”

"허허. 하지만 그건 어쩔 수 없습니다. 아가씬 이사장님의 귀중한 손님으로 와 계신 분이고, 전 이사장님의 명을 따라 일을 수행하는 집사니까요.”

두 사람은 호칭에 대한 얘기를 나누며 저택 쪽으로 천천히 걸어갔다.

"그래도 그냥 할아버지라고 부르면 안 될까요?”

"그건 제가 불편해서 안 됩니다. 지금처럼 집사님이라고 불러 주시는 게 전 더 편합니다."

현서가 그에 뭐라 말을 하려는데, 뒤쪽에서 사하가 외치는 소리가 들렸다.

"영감! 거기 안 서!"

현서가 돌아보려 하자 동운이 신경 쓰지 말라는 듯 현서의 손목을 가볍게 잡아끌었다.

"아가씨, 그냥 모르는 척하고 가십시오."

"하지만 어떻게 그래요."

"오늘 일은 제 말대로 하시는 게 좋습니다. 안 그럼 천 실장 버릇이 나빠져서 안 됩니다."

동운의 손에 끌려 마지못해 걸어가는데 씩씩거리며 나타난 사하가 둘 사이를 가르며 가운데 자리를 차지했다.

"인석이! 누구 앞에서 행패냐?"

"행패는 내가 아니라 영감님이 하셨거든?"

"방귀 뀐 놈이 성을 낸다더니, 네가 딱 그 짝이구나."

"뭐야?"

"오빠, 그만하세요."

"현서 양! 현서 양도 봤잖아! 영감님이 나한테 무슨 짓을 했는지. 그런데도 영감님 편을 드는 거야?"

"하지만 오빠가 짓궂게 군 것도 사실이잖아요."

"그건 현서 양이 예뻐서 장난친 거지. 현서 양을 괴롭히려고 그런 게 아니라고요."

사하는 헝클어진 머리칼을 정리해야 한다는 것도 잊은 채 못내 서운한 표정을 지었다.

보는 이의 마음을 흔드는 안쓰러운 표정에 현서가 어찌할 바를 몰라 하자 동운이 바로 "속으시면 안 됩니다"라며 현서를 다시 잡아끌었다.

"아니, 근데 이 영감님이 왜 자꾸 이러시지?"

"어설픈 감언이설로 아가씨를 힘들게 하고 있으니 하는 말이 아니냐?"

개와 고양이처럼 으르렁대는 두 사람 사이에서 난감한 표정을 짓던 현서는 어느 즈음 피식, 편안한 웃음을 짓는 자신을 보았다.

자상한 미소와 엉뚱한 장난기가 의외로 잘 어울리는 우아한 은발의 백동운 집사와 솔직하게 감정 표현을 하는 모습이 마냥 밉지 않은 도도한 미소년 같은 천사하 실장.

각기 다른 개성을 가진 남자들 사이에서 제대로 적응할 수 있을까, 걱정했던 것이 엊그제 같은데, 이들과 지내는 시간과 공간을 크게 버거워하지 않게 되었다.

그렇다고 해서 자신이 처해 있는 상황에 대한 불안감에서 완전히 벗어난 건 아니었다.

그럼에도 누군가와 대화다운 대화를 나누고 저가 느낀 감정을 솔직하게 말하며 교류할 수 있게 된 건, 섬에만 머물렀다면 배우기 힘들었을 기분 좋은 경험이었다.

✟ ✟ ✟

지하층의 개인 서재.

널찍한 책상에 걸터앉은 콴은 백 집사를 통해 받은 한 통의 편지를 읽고 있었다.

콴에게 편지를 보낸 사람은 바로 현서였다. '아저씨께'라고 시작된 편지의 내용은 그리 길지 않았다. 자신을 이곳에 머물게 해준 것에 대한 감사의 인사와 지난밤 일에 대해 죄송하다는 사과의 말, 앞으로 도움이 되고 싶다는 바람이 단정하고 귀여운 손글씨에 담겨 있었다.

콴은 편지를 읽은 후 그것을 봉투에 넣어 책상 한쪽에 내려놓았다.

서재를 나온 그는 언제나처럼 정원으로 향했다. 5월을 맞이한 정원엔 흰색 꽃망울을 일제히 터뜨린 아카시아의 꽃향기가 늦은 밤의 공기를 달콤하게 물들이고 있었다.

아카시아꽃이 피기 전엔 라일락이 그 역할을 했다면, 오는 6월엔 화려한 색의 장미들이 향기로운 그 자리를 대신할 것이었다.

콴은 저택 주변엔 향이 짙은 꽃나무를 많이 심었다. 여름엔 사람들의 피 냄새와 살 냄새가 한결 짙어졌기에, 그것을 미리 대비하기 위함이었다. 콴의 조처는 지난 시간 동안 꽤 만족할 만한 성과를 거두었다.

그러나 현서가 머물게 된 이후부터 그 효력이 제대로 발휘되지 않았다. 조금 전 편지지를 만졌을 때 미미하게 남아 있던 현서의 체향에도 심장이 반응하는 걸 보면서, 긴장의 끈을 놓을 수 없다는 걸 새삼 깨달았다.

현서가 머물렀던 장소와 손길이 닿은 물건들에 남아 있는 향취는 아스라한 형상으로 되살아나 콴이 제어하고 있는 흡혈의 욕구를 은근하게 자극했다.

콴은 불이 꺼진 2층 창가를 올려다보았다.

눈 깜짝할 사이에 사라진 그는 현서의 침실에 모습을 드러냈다.

침대 위에서 잠이 든 현서는 태아처럼 몸을 옹크리고 있었다. 콴은 침대 맡으로 걸어가 현서를 가만히 내려다보았다. 깊이 잠든 현서는 규칙적인 숨을 내쉬고 있었다.

현서의 얼굴은 처음 그녀를 발견했을 때와 사뭇 달랐다. 안쓰러울 만큼 야위었던 얼굴에 보드라운 살이 올라 한결 건강하고 사랑스러운 기운이 느껴졌다.

무방비로 잠이 든 현서에게선 따스한 온기와 달콤한 향기가 자연스레 흘러나왔다.

그 향기를 맡게 되자 희고 가는 목덜미와 건강하게 뛰는 맥박이 콴의 눈에 들어왔다.

미간을 좁히며 눈을 가늘게 뜬 콴은 미려한 손끝으로 제 입술을 서서히 문질렀다.

입술과 혀에 닿은 따스한 피부가 전하는 야릇한 관능.

펄떡거리는 혈관에 날카로운 송곳니를 박아 넣었을 때 느껴지는 짜릿한 쾌감.

입안 가득 퍼지는 붉은 피의 맛과 향기를 기억해 내자 어둡게 가라앉은 그의 눈에 뜨거운 욕망이 붉게 일렁였다.

그때 모로 누워 있던 현서가 몸을 뒤척이며 콴이 서 있는 반대 방향으로 돌아누웠다.

핏줄까지 선명하게 그려지는 목덜미에서 시선을 거둔 콴은 거칠어지려는 호흡을 애써 가다듬었다. 극강의 자제력을 발휘해 돌아서려는데 아주 자그마한 목소리가 그를 붙잡았다.

"······엄마."

현서의 무의식이 내뱉은 한마디에 콴의 미간이 바로 좁혀졌다.

콴은 다시 천천히 몸을 돌렸다. 그는 현서가 궁금해하는 질문의 답을 이미 알고 있었다.

언젠가 그 질문에 대한 답을 해야 한다는 것도 알고 있었다.

그러나 지금은 그때가 아니었다.

현서의 머릿속에 있는 기억을 모두 지운다면 굳이 시기를 고민할 필요가 없었다.

하지만 현서는 피로 맺어진 계약의 상대였다. 현서의 허락 없이 능력을 투영하게 되면 예상치 못한 부작용이 일어나 현서가 아주 위험해질 수 있었다.

역시 무리인 걸까? 널 가까이에 두는 것은?

비밀에 대한 죄책감과 유혹이 주는 부담감.

왠지 떨쳐 낼 수 없는 기묘한 감정 사이에서 콴의 눈빛은 더욱 어둡게 가라앉아 갔다.

9. 적응기

새벽부터 내린 보슬비에 이른 아침의 공기가 더없이 촉촉하고 신선했다.

우산을 쓰는 대신 후드점퍼의 모자를 쓴 현서는 자전거를 타고 대문으로 향했다.

우편함에 있는 신문과 우편물, 우유를 챙겨 저택으로 돌아오는 길, 비는 여전히 내리고 있었지만 머리 위 하늘이 어둑하지 않고 환했다. 여름이 코앞까지 온 6월 하순이라 해가 뜨는 시각이 그만큼 빨라진 것이었다.

"집사님, 우유 가져왔는데 냉장고에 넣을까요?"

"그래 주시면 고맙겠습니다, 아가씨."

앞치마를 두르고 아침 준비를 하던 동운은 옷이 젖은 현서를 보더니 걱정스러운 얼굴이 되어 말했다.

"저런. 우산을 쓰지 않고 다녀오신 겁니까?"

"네. 많이 오는 게 아니어서 그냥 다녀왔어요."

"그래도 옷이 다 젖었습니다. 얼른 올라가서 갈아입으시고 머리도 잘 말리세요."

"그렇게 많이 안 젖었어요. 그리고 저, 비 맞는 거 무지 좋아해요."

현서는 머리에 썼던 후드를 벗으며 해맑은 미소를 지었다. 하지만 동운은 심각하게 고개를 저었다.

"안 됩니다, 아가씨. 요즘 비는 흙먼지가 섞인 산성비예요. 수건으로 대충 닦지 마시고 깨끗한 물로 감아 제대로 잘 말리셔야 합니다."

"하지만 하나도 더럽지 않고 보기에도 무지 깨끗했어요."

"산성비란 것이 내리는 즉시 피부를 손상시키는 건 아닙니다. 하지만 하늘에서 신 김치가 떨어진다고 해도 지나치지 않을 만큼의 산도를 가지고 있으니 피하시는 게 좋지요."

"그 정도로 산도가 높다고요?"

"예. 그러니까 땅과 물이 산성화될 수밖에 없는 거라고 들었습니다. 물과 땅이 산성화되면 물에 사는 생물들은 당연히 피해를 입게 되고, 물을 흡수해서 살아가는 식물들은 물을 마시는데도 결국엔 목이 말라서 죽을 수밖에 없다고 했습니다."

동운은 평소 환경과 자연에 관심이 많아 그와 관련된 책과 방송들을 꼬박꼬박 챙겨보았다. 그래서 관련된 주제가 나오면 자신이 알고 있는 것을 적극적으로 알려주었다.

"산성비가 환경오염이 심각해지면서 생긴 폐해 중 하나라는 걸 아가씨도 아실 겁니다. 지금 당장 피해가 보이지 않는다고 해서 유야무야 넘어간다면 인류는 자연과 생태계를 망가뜨린 벌을 수천, 수만 배로 돌려받게 될 겁니다."

"집사님 말씀을 들으니까 마음이 무거워졌어요."

"마음이 무거워졌다는 건, 아가씨가 제 얘기에 그만큼 공감을 하셨다는 뜻입니다."

"집사님이 해주신 말씀을 전부 알아듣진 못했지만 지금 내리는 비가 제가 어렸을 때 보았던 비와 다르다는 건 확실히 알겠어요."

"그러셨군요. 그래도 그런 차이를 인식하셨다는 것 자체가 의미가 큰 거지요."

동운은 평소와 같은 자상한 미소를 짓는 것으로 이야기를 마무리 지었다.

"아침에 나누는 대화치곤 너무 딱딱한 거 아냐?"

느른한 목소리가 들려오자 현서와 동운이 동시에 고개를 돌렸다. 언제 내려왔는지 사하가 주방 입구에 서서 두 사람을 빤히 바라보고 있었다.

"천 실장이 웬일이신가? 비 내리는 아침에 이렇게 일찍 일어나시고?"

"모처럼 쉬는 날인데 잠만 자긴 아깝다는 생각이 들어서."

"오빠, 오늘 출근 안 하세요?"

현서가 묻자 사하가 싱긋 웃으며 두 사람이 있는 자리로 걸어왔다.

"어. 비도 오고 바쁜 일도 없고 해서 그냥 쉬려고."

"그럼 사무실이랑 매장 일은 어떡해요?"

"그건 성실한 직원들과 알바생들이 잘 알아서 할 거야."

사하는 콴이 소유하고 있는 건물들을 관리하고 그에 딸린 사람들을 고용하는 일을 전담하고 있었다. 사하가 출퇴근을 하는 곳은 무영시의 번화가에 있는 10층 규모의 건물이었다.

건물의 1층과 2층엔 오래된 레코드와 클래식 음반을 판매하는 음반매장과 서점이, 3층과 4층엔 예술작품을 전시할 수 있는 갤러리가 자리하고 있었다. 5층부터 6층까지는 스터디 모임이나 소규모 회의실의 용도로 사용할 수 있는 공간이 마련되어 있었는데, 사하는 나머지 공간을 민 변호사가 상주하는 청림재단의 사무실과 자신의 집무실로 이용했다.

"일 없이 땡땡이치는 거 아니니까 걱정 마. 매장에 급한 일 생기면 언제든 연락하라고 했으니까 문제될 거 없어."

"아, 그렇구나."

고개를 끄덕이는 현서를 보고 사하는 피식 웃음을 터뜨렸다.

"나 우유 마실 건데, 현서 양도 마실래?"

"저는 나중에 마실래요."

"그럼 올라가서 옷부터 갈아입어. 현서 양이 그러고 서 있으면 영감님이 아침 준비하다 말고 2층으로 올라갈지도 몰라."

"네. 그럼 저 먼저 올라갈게요."

현서는 두 사람에게 밝게 인사하고 주방을 나갔다.

"그래, 있다 봐."

현서를 향해 나긋나긋 손을 흔드는 사하를 보고 동운은 못 말리겠다는 듯 고개를 저었다. 하지만 커다란 눈망울을 반짝이며 무엇이든 열심히 하려는 현서를 보고 있으면 자신 또한 아빠 미소를 짓게 되는 것을 모르지 않았다. 다만 현서를 생각하는 사하의 마음이 자신과 다른 빛깔을 띠는 것이 적이 걱정이었다.

한 지붕 아래에서 한솥밥을 먹는 가족과 다름없는 사이이니 정이 드는 것이 어쩌면 당연했다. 하지만 현서에게 호감 이상의 감정을 품는 건 분명히 경계해야 할 일이었다.

그래서 요즘엔 현서를 챙기는 사하를 놀리는 일도 삼가고 있었다. 그런 행동이 사하가 현서를 더 신경 쓰이게 만드는 역할을 한다는 생각에서였다.

"영감님, 정말 늙긴 늙으셨나 봐. 현서 양한테 산성비니 환경오염이니 어찌나 잔소리를 늘어놓으시는지."

"내가 아무한테나 그런 말을 하든? 그게 다 아가씨가 들을 귀를 가지고 있으니까 하는 게지."

"그럼 얘기 방식을 좀 바꾸시던가. 현서 양이 환경을 오염시킨 주범도 아닌데, 왜 그런 식으로 얘길 하시냐는 거지."

"자연을 파괴하고 환경을 오염시킨 건 모두 인간들이다. 아가씨 또한 인간이니 그 책임에서 자유로울 순 없는 게야."

동운은 김치찌개를 만드는 중에도 사하의 말에 차분히 응수했다.

"그렇게 따지면 인간 행색을 한 나나 영감님도 그에 못지않은 잘못을 저지르고 있다고. 현서 양 데리고 서울에 갈 때도 그렇고, 가까운 시내에 나갈 때도 꼬박꼬박 차를 타잖아."

논리적으로 대꾸한 사하는 냉장고에서 우유를 꺼내 큼직한 유리잔에 따랐다.

"그 점에 대해선 변명의 여지가 없구나. 그래서 내가 할 수 있는 최선을 다해 오염을 줄이려고 노력하고 있어."

"노력만 하시는 게 아니라 지나치게 열심이시지."

"허허. 그게 못마땅해 비꼬는 거냐?"

"비꼬는 게 아니라 인정을 하는 거야. 누가 보든 보지 않든 한결같은 일관성에, 지칠 줄 모르는 순수한 열정에 경의를 표하는 거라고."

"네 녀석이 웬일이냐? 내가 하는 일에 인정을 다 하고."

"사람이 칭찬을 하면 그냥 고맙다, 그렇게 받아줍시다. 괜히 의심하면서 따지지 마시고."

사하는 유리잔 가득 따른 우유를 목이 마른 사람처럼 벌컥벌컥 들이켰다.

"천천히 마셔라. 급히 마시다 탈 날라."

"나 참, 이젠 우유 마시는 것까지 시비시네."

"걸릴 것 없이 마시는 물도 급히 마시면 체하는 법이야. 그러니 사람 마음은 오죽하겠냐?"

입술에 묻은 우유를 손등으로 훔치던 사하는 동운을 찌릿하게 노려보았다.

동운은 그걸 아는지 모르는지 김치찌개에 넣을 두부를 가지런하게 썰기만 했다.

"구구절절 옳은 말씀만 하니까 감히 딴지를 걸 수가 없네. 그런데 왜 이렇게 열이 나는 건지 이유를 모르겠어."

그 말에 동운이 눈을 들어 사하를 보았다.

"열이 나면 찬물에 세수를 해. 그럼 열도 식고 정신도 번쩍 날 거 아니냐?"

"예, 알겠습니다. 찌개 먹다 체하지 않으려면 영감님 조언대로 세수나 하고 와야겠네요."

사하는 빈 잔을 소리 나게 내려놓고 쌩하니 주방을 나갔다. 저를 이해해 주진 못할망정 속을 뒤집는 말만 하는 동운이 너무 얄밉고, 서운했다.

너구리 같은 영감탱이!

인간의 형상을 갖추었으되 인간이 아닌 처지. 둘에게 엄연히 존재하는 한계를 잊지 말라는 충고가 맞는 말임을 모르지 않았다. 그런데도 짜증이 솟는 걸 막을 길 없어 얼굴이 자꾸 찡그려졌다.

"현서 양, 잠깐 들어가도 돼?"

"네, 들어오세요."

현서의 허락이 떨어졌지만 사하는 방으로 곧장 들어가지 않았다. 닫혀 있던 방문을 열어 그 사이로 빼꼼히 고개만 디밀고 현서의 표정부터 살폈다. 현서는 화장대 앞에 앉아 수건으로 머리칼을 닦고 있었다. 백 집사의 말대로 머리도 감고 옷도 갈아입은 모양이었다.

"아까 올라와서 머리 감고 지금 말리는 중이에요."

"어, 그렇구나. 그냥 뭐 하나 궁금해서 올라와 봤어."

"오빠."

"응?"

"저한테 할 말이 있어서 온 거죠?"

"허억! 그렇게 티가 나?"

"네, 완전히 티 나요."

"이런."

평소와 달리 소심하게 반응하는 사하가 왠지 귀엽게 보여서 현서는 풋, 웃음을 터뜨렸다.

"뭐야. 지금 나 비웃은 거야?"

"아니에요. 오빠가 귀여워 보여서 웃은 거예요."

현서가 웃으며 말하자 사하는 안심하며 방으로 들어왔다.

"영감님 말 때문에 마음 쓰고 있으면 어쩌나 걱정돼서 왔더니, 감히 오빠를 놀린다 이거지?"

"와, 완전 억지다. 내가 언제 오빠를 놀렸다고."

그때 마침 열어놓은 창으로 빗방울 섞인 바람이 들어왔다. 축축한 습기를 느낀 사하는 푸에취! 바로 재채기를 했다. 사하가 코를 훌쩍이며 콧등과 얼굴을 쓱쓱 문지르자 현서가 얼른 창가로 가 창문을 닫았다.

"오빠, 감기 오는 거 아니에요?"

"감기는 아니야. 습기가 많으면 코가 간질거리면서 꼭 이렇게 재채기가 나와."

"그래서 비 오는 걸 싫어하는 거예요?"

"어. 비가 오면 몸도 꿉꿉하고 기분도 축축 처지고. 그러는 현서 양은 비가 정말 좋은가 봐?"

"네, 전 비도 좋고 눈도 좋아요."

"어으, 눈은 더 질색인데."

사하는 정말 어지간히 싫은 듯 콧잔등과 미간을 잔뜩 찡그렸다.

"음. 전 눈이 더 좋은데."

"비보다 눈이 더 좋다고?"

"네."

"아니, 그 차갑고 허여멀건 한 얼음알갱이가 뭐가 좋다는 거야?"

"비나 눈이 오면 하늘이랑 나랑 가까워지는 것 같아서, 그래서 좋은 건데."

현서의 설명에 사하가 "흐응. 그래?"라며 턱을 매만졌다.

"그런데 이젠 예전처럼 좋아하지 못할 것 같아요. 그래서 조금 속상해요."

"내가 이럴 줄 알았어. 현서 양이 그런 생각을 할까 봐 내가 이렇게 올라온 거야. 좀 전에 영감님이 하신 얘기, 너무 심각하게 받아들이지 마."

"어떻게 그래요. 없는 얘길 하신 것도 아니잖아요."

사하는 짧게 한숨을 짓더니 책상 앞에 있는 의자를 꺼내 등받이가 앞쪽으로 오게 해 앉았다.

"눈이랑 비가 좋다며? 그럼 계속 좋아해야지! 미안한 마음에 걔들을 덜 좋아하는 것보다 예전처럼 맘껏 좋아할 수 있는 세상을 만드는 게 더 나은 거 아니야?"

그 말에 현서의 눈이 동그랗게 커졌다.

"어떤 현상에 대해서 부정적인 면보다 긍정적인 면을 바라보는 게 세상을 살아가는 데 훨씬 도움이 된다더라. 그걸 긍정의 힘이라고 하던가? 암튼 말이든 생각이든 긍정적으로 하는 게 여러 가지로 좋은 거라고 하더라고."

현서는 고개를 끄덕이고는 들고 있던 수건을 화장대 위에 놓았다. 현서의 머리칼은 이제 귀밑까지 내려오는 단발머리로 자라 있었다.

이쯤에서 머리를 빗는 게 순서인데 말이지.

현서가 아무것도 하지 않고 의자에 앉은 채로 가만히 있자 사하가 손가락을 까딱이며 작게 한숨을 내쉬었다.

우리 아가씨가 또 생각의 바다에 빠지셨구만.

사하의 눈에 비친 현서는 말을 하는 것보다 듣는 것을 더 좋아하는 아이였다. 동운이 해준 말을 허투루 넘기지 않고 생각에 잠긴 것도 그런 성격이 영향을 준 듯했다.

동운은 현서의 그런 점을 몹시 마음에 들어 했다. 하지만 사하는 그 점이 안쓰럽고 안타까웠다. 현서가 또래 소녀들처럼 수다스럽지 않고 조용한 것이 평범하지 않은 삶을 살아온 일종의 부작용 같아서 마음이 많이 짠했다.

"머리를 감았으면 제대로 말려야지. 그러다 진짜 감기 걸리면 어쩌려고."

고개를 든 현서와 눈이 마주친 사하는 씩 웃으며 현서의 정수리를 쓱쓱 쓰다듬었다.

"빗질도 제대로 안 하고 이게 뭐야?"

손가락에 닿은 머리칼에서 촉촉한 물기가 느껴졌지만 축축해서 싫다는 생각이 하나도 들지 않았다. 현서에게만은 그간의 고유한 습성이나 성향이 예외가 되는 것이 스스로도 신기할 정도였다.

"현서 양은 생각이 너무 많아."

"제가 생각이 많아요?"

"응. 내가 보기엔 확실히 그래."

"생각이 많은 게 나쁜 걸까요?"

"생각이 아주 없는 것보다 낫긴 하겠지. 그래도 지나치게 많은 건 힘든 거라고 생각해. 아주 먼 옛날에 공자라는 어른께서 이런 말씀을 하셨어. 과유불급. 정도를 지나침은 미치지 못함과 같다. 나한테 공자님이 뭐 하시는 분이냐고 묻지 마. 중국에서 살다 돌아가신 위인이라는 것밖에 아는 게 없으니까."

딴엔 심각하게 이야기를 듣고 있던 현서는 공자에 대한 설명에 푸핫, 웃음이 터졌다.

"그것밖에 모른다고 하니까 웃겨?"

"아니요."

하지만 현서의 얼굴엔 여전히 웃음기가 남아 있었다.

"말은 아니라고 하면서 얼굴은 계속 웃고 있는데? 하지만 뭐, 나쁘진 않다. 현서 양이 심각하게 있는 것보다 이렇게 웃는 게 더 좋아, 나는."

"오빠랑 집사님은 아는 게 참 많으신데 전 모르는 게 너무 많은 것 같아요."

"에이, 그건 아니다. 영감님은 몰라도 난 그런 말 들을 사람이 절대 아니야."

"그건 오빠가 너무 겸손한 거 아니에요?"

"내가 현서 양한테 들려준 얘기의 대부분은 누군가한테 들었거나 어쩌다 넘겨 본 책에 나와 있는 게 전부야."

"그건 오빠가 다른 사람의 얘길 귀담아듣고 책도 많이 읽는다는 거잖아요."

"내가 진짜 이런 말까진 안 하고 싶은데, 내가 세상에서 두 번째로 싫어하는 일이 독서야."

"예에? 그럼 첫 번째로 싫어하는 건 뭐예요?"

"첫 번째는 아직 안 정했어."

"그건 왜요?"

"그게 뭐든 덜 싫어질 것 같아서."

이유를 듣고 난 현서는 두 눈이 다시금 커다래졌다. 처음엔 무슨 뜻인가 싶었는데, 생각할수록 공감이 가고 또 마음에 드는 설명이었다.

"아무튼 현서 양은 그러지 마. 이 오빠 몫까지 많이 읽고, 무슨 내용이 기억에 남았는지 가끔 알려줘."

"네, 그럴게요."

"진짜 다행이다. 현서 양은 책 읽는 걸 싫어하지 않아서."

"오빠 얘길 들으니까 진짜 다행인 것 같아요."

순하게 웃은 현서는 무언가 생각이 난 듯 사하를 보았다.

"오빠, 책 얘기가 나와서 그러는데요. 1층 서재에 있는 책들 제가 봐도 될까요?"

"그러라고 있는 서재니까 괜찮지 않을까? 그래도 우선은 이 사장님께 먼저 말씀을 드려봐. 혹시 건드리면 안 되는 귀한 책이 있는지도 모르니까."

사하는 윙크까지 하며 웃었지만 현서는 살짝 긴장하는 얼굴이 되었다.

"그렇죠. 아저씨께 먼저 말씀을 드려야겠죠?"

"서재는 이사장님이 주로 사용하시는 장소니까 아무래도 그러는 게 좋겠지. 근데 표정이 왜 그래?"

"그냥 좀 부담이 되어서요."

"부담이 된다고? 뭐가?"

"제 느낌인지 모르겠지만 아저씨는 저랑 얘기하는 걸 불편해하시는 것 같았어요. 물론 제가 오해한 걸 수도 있어요. 그래도 처음에 얘기를 나눌 땐 그런 느낌은 없었거든요."

현서가 불편함을 느끼고 있다는 사실에 사하는 마음 한켠이 뜨끔했다. 그렇다고 "현서 양이 느낀 게 맞아"라고 동조할 순 없었다.

"그건 아마, 어색해서 그러실 거야."

"어색해서요?"

사하는 현서의 눈을 슬쩍 피하며 그녀가 납득할 만한 이유를 재빨리 떠올렸다.

"이 집에서 현서 양처럼 오래 머문 사람은 아무도 없었거든. 게다가 현서 양은 우리랑 성별이 다르잖아. 그리고 나이도 아직 어리고."

"아아……."

현서는 수긍하며 천천히 고개를 끄덕였다. 동운에게서 비슷한 얘기를 들었던 것이 떠올랐기에 자연스레 그런 반응이 나왔다.

"이 일을 계기로 이사장님이랑 자주 얘기를 나눠봐. 그럼 서먹함도 사라지고 나나 영감님처럼 편안한 사이가 되지."

사하가 강조한 '편안한'이란 형용사에 현서의 눈동자가 잔잔히 흔들렸다. 류환 이사장과 친근한 사이가 될 수 있다는 생각을 한 번도 해본 적이 없었기 때문이다.

"천 일 동안, 제 편이 돼주시는 건가요? 정말로 확실한 편이 돼주시는 건가요?"

"······그래, 그동안은."

까맣게 잊고 있었던 그날의 대화가 떠오르자 부담감으로 조마조마했던 심장이 기대감을 안고 조심스레 두근거렸다.

"정히 부담스러우면 내가 대신 말씀을 드려주고."

"아니에요, 오빠. 제가 말씀드릴게요."

"정말로 할 수 있겠어?"

"네."

"그래, 잘 생각했어."

사하는 미소 띤 얼굴로 현서의 어깨를 툭툭 두드렸다. 그런데 왠지 모를 서운함이 마음 한쪽에서 고개를 들었다. 현서가 풀이 죽어 있는 것이 싫어서 동기 부여를 한 것인데, 어째서 이런 감정이 생기는 것인지 알다가도 모를 일이었다.

✛ ✛ ✛

"아가씨, 30분 후에 서재로 가시면 됩니다."

"네, 시간에 맞춰서 내려갈게요."

콴의 전언을 전한 동운이 물러가자 현서는 문을 닫으며 한숨을 지었다. 동운에게 류환 아저씨에게 드릴 말씀이 있으니 약속을 잡아달라고 부탁한 건 현서 본인이었다.

그런데 약속 시각이 정해지자 불안감이 고개를 들었다.

오빠 말을 들을 걸 그랬나?

서재를 이용해도 되느냐고 묻고 허락을 받는 것은 백 집사나 사하를 통해서도 얼마든지 가능한 일이었다. 그래서 잠시 후회를 했지만, 이왕 정해진 약속이니 하고 싶은 말과 궁금한 것들을 속 시원하게 털어놓자 생각했다. 현서는 책상 앞으로 가 노트와 연필을 꺼냈다.

저가 할 말을 정리해 적어가다가 시간이 가까워지자 방을 나섰다.

기분 탓인지 계단을 내려가는 발걸음이 평소보다 무거웠다. 어려운 시험을 코앞에 둔 학생처럼 마음이 초조해서 계단이 더욱 길게 느껴졌다.

계단을 내려온 현서는 언제나 닫혀 있던 서재의 문이 반쯤 열려 있는 것을 보았다.

현서에게 1층에 자리한 서재는 아주 낯선 장소는 아니었다. 동운이 저택을 안내해 줄 때 들렀던 적이 있었기 때문이다.

현서는 짧게 심호흡을 하고 안으로 향했다. 한낮에도 짙은 색 커튼이 드리워져 안이 어둑하다는 느낌을 주었던 서재는 오늘 사뭇 다른 분위기를 자아냈다. 창을 가리고 있던 커튼이 완전히 젖혀지고 창문들이 모두 열려 있어서 일단 답답하지 않았다.

푸르고 청량한 정원의 향기와 묵직한 책 내음이 자연스레 어우러져 편안함을 느끼게 하자 현서는 안으로 좀 더 걸어갔다.

천장이 높아 시야가 시원한 서재는 창가를 제외한 대부분의 공간이 목재로 만든 서가가 설치되어 있었다. 안쪽 벽에 복층으로 설치된 서가까지 빼곡하게 채워진 수많은 책들은 개인이 소유한 책이라고 하기엔 그 양과 종류가 무척이나 다양하고 방대했다.

가장 가까운 거리에 있는 서가로 다가간 현서는 가지런히 정돈되어 있는 책들의 제목을 일단 눈으로 훑었다. 거기엔 한글로 인쇄가 된 책만이 아니라 다양한 외국어로 인쇄가 된 책들도 많이 있었다. 다양한 모습과 크기를 가진 책들을 신기하게 바라보던 현서는 서가 끝에 자리한 동화책들 앞에서 걸음을 멈추었다.

'행복한 왕자'란 제목의 동화책을 발견하자 어린 시절의 추억이 당연한 것처럼 떠올랐다.

현서는 초등학교에 입학하기 전부터 아버지의 손을 잡고 도

서관과 서점을 자주 들렀다.

아버지는 어린 현서를 목말 태워 높은 서가에 꽂혀 있던 책들 중 마음에 드는 것을 직접 고를 수 있도록 해주었다.

그때 현서가 고른 것은 대부분 동화책이었다. 간혹 식물과 동물 그림이 커다랗게 실려 있는 도감이나 다양한 나라의 풍경이 담긴 사진집이 섞일 때도 있었다. 꼬맹이 현서와 아버지가 책을 읽을 때면 어머니는 항상 맛있는 간식을 만들어 함께 시간을 보냈다.

무성영화의 한 장면처럼 이어지는 추억 앞에서 콧날이 시큰해지고 목구멍이 따갑게 아파왔다. 현서는 눈가를 손으로 눌러 감정을 추슬렀다.

"후아."

심호흡을 한 후 서재 중앙에 있는 탁자로 눈길을 주었다. 모서리가 동그랗게 마무리된 널찍한 직사각형의 탁자 위엔 여러 권의 책과 노트가 놓여 있었다.

아저씨가 읽으시는 책인가 봐.

호기심이 피어난 현서는 탁자로 다가가 책등의 제목을 보았다. 영어와 한문, 일본어 등으로 제목이 인쇄된 책들은 "이건 네가 읽을 수 있는 책이 아니야"라고 거만하게 경고를 하는 듯했다.

그에 살짝 맥이 빠졌지만 어려운 책을 어렵지 않게 읽고 있을 아저씨의 모습이 떠오르자 금세 기분이 나아졌다. 신중하게 책장을 넘기고, 필요한 것들을 노트에 적는 모습이 마치 실제처럼 생생하게 그려졌다. 현서는 저가 만든 상상이 깨어질까 봐 숨소리까지 죽이고 조용히 그를 지켜보았다.

그때 다른 책을 펼쳐 보던 아저씨가 문득 고개를 들었다. 상상 속 존재와 눈이 마주친 것인데도 민망함에 얼른 눈길을 피했다. 슬그머니 돌린 시선 끝에 아무도 없는 탁자를 확인하고 작게 안도의 숨을 내쉬었다.

"거기서 뭘 하는 거냐?"

등 뒤에서 들려오는 소리에 현서는 흠칫 놀라 뒤를 돌아보았다. 콴이 짐작보다 가까운 거리에 서 있는 걸 알고 동그랗게 커진 눈이 더더욱 커다래졌다.

"어, 그게, 어떤 책을 읽으시는지 궁금해서. 그래서……."

말을 하고 나니 더욱 민망하고 쑥스러워서 새하얀 뺨이 붉게 상기되었다. 심장이 덩달아 빠르게 뛰면서 얼굴로 계속 열이 몰리자 곤혹스러움을 감추려 얼른 고개를 숙였다.

"그래서 궁금한 건 풀렸고?"

답을 묻는 질문이라 마지못해 다시 고개를 들었다. 한 발짝 떨어진 자리에서 굽어보는 검은 눈동자와 마주치자 저절로 어깨가 움츠러들었다. 워낙에 키가 큰 어른인 걸 알고 있었지만 오늘따라 유난히 더 크게 느껴져 그런 반응을 하게 됐다.

"내가 말을 할 때마다 깜짝깜짝 놀라는구나. 널 야단친 것도 아닌데 왜 그러는 거지?"

"그건, 아저씨 키가 너무 커서, 저도 모르게."

"놀란 거다?"

현서는 크게 한 번 고개를 끄덕이다 이어 "네"라고 작게 덧붙였다.

"흠……."

짧게 한숨을 지은 콴은 응접탁자가 있는 곳으로 걸음을 옮겼다. 소파에 앉은 그는 긴 다리를 외로 꼬고 멀뚱히 서 있는 현서를 쳐다보았다.

"놀란 토끼처럼 서 있지 말고 이리로 와서 앉아."

현서는 그 말에 따라 걸음을 옮겼고, 콴의 맞은편 자리에 무릎을 모아 앉았다.

뭐든 얘기해 보라는 상대방의 눈빛을 읽을 수 있었지만 이상하게 입이 떨어지지 않았다.

콴의 목소리는 그다지 쌀쌀하거나 차가운 느낌을 주지 않았다. 그러나 현서를 대하는 표정이 모래바람이 부는 사막처럼 메마르고 건조했다.

그로선 현서의 향기에 자극을 받고 싶지 않아 표정 관리를 한 것이지만 사정을 알 리 없는 현서는 그로 인해 거리감을 느끼는 중이었다.

"류현서."

"네."

"내게 할 말이 있다고 해서 여기 와 있다만."

"네. 아저씨께 드릴 말씀이 있었어요."

거기까지 말하고 나서 현서는 잠시 입을 다물었다. 도통 관심이 드러나지 않는 무표정한 얼굴을 정면으로 마주하자 하고 싶은 말과 듣고 싶은 이야기가 뒤죽박죽 뒤엉켰다.

"……아저씨가 제 편이 되어주신다고 했을 때, 정말 진심으로 감사했어요. 그리고 아주 많이 힘이 났었어요. 그런데 지금은."

"그렇지 않다는 뜻이로구나."

콴은 대화가 끊기지 않도록 빠르게 말을 받았다. 현서가 긴장을 하면서 그녀에게서 흘러나오는 향기의 농도가 한층 짙어졌기 때문이다.

"아니요. 지금도 여전히 감사하게 생각하고 있어요. 하지만 아저씨는 제가 여기 있는 걸 불편해하시는 것 같아서요."

콴의 눈빛이 날카롭게 달라졌지만 현서는 그 말을 정정하지 않았다. 서재를 이용해도 되느냐는 질문보다 궁금하고 중요한 것이었기에 에두르지 않고 물은 것이었다.

"제가 여기서 지내는 게 많이 불편하세요?"

"……"

"아저씨께서 어떤 마음이신지 솔직하게 말씀을 해주셨으면 좋겠어요."

딴엔 대범하게 말했지만 어떤 답이 나올지 몰라 심장이 쿵쾅거렸다. 곧바로 답을 않는 콴의 침묵이 저를 책망하는 것 같아서 덩달아 초조했다.

"쓸데없는 생각을 하는 걸 보니 이곳 생활에 적응이 다 된 모양이구나."

"네?"

"안 그래도 널 가르칠 가정교사를 들일 생각이었는데, 일정을 당겨도 무리가 없겠어."

생각지도 못한 얘기에 현서는 그저 두 눈만 깜빡였다.

"학교엔 가지 않겠지만 또래 아이들이 받는 교육은 그대로 받게 할 생각이다. 테니스나 수영처럼 취미로 할 수 있는 운동도 배우게 될 것이고, 외국어나 에티켓 수업도 듣게 될 거야. 너의 학습 능력과 선호도에 맞춰서 무리 없이 진행할 테니 진도에 대한 부담감은 크게 가질 필요 없어."

콴은 현서의 반응과 무관하게 자신이 계획한 바를 알려주었다.

"여기까지 이해되지 않는 말이 있니?"

"아니요. 거의 알아들었어요."

"그런데 네 표정은 이해가 안 된 것처럼 보이는구나."

"그건, 아저씨께 궁금한 것이 있어서 그런 것 같아요."

말을 하고 나서 현서는 코를 찡긋거렸다. 긴장이 풀리지 않은 탓에 말이 생각과 다르게 엉뚱하게 꼬여 있는 느낌이었다.

"또 뭐가 궁금한 거지?"

"그 생각을 언제부터 하신 건지 여쭤봐도 될까요?"

"네가 이곳에 머물기로 한 그날부터 생각한 일이다만."

현서는 동그란 눈을 하고 콴을 보았다. 그게 정말이냐고 묻는 눈길이라 이번엔 콴이 현서에게 질문을 던졌다.

"네가 여기 있는 게 불편하냐고 물었었지?"

"……네."

"솔직히 아주 편하다고는 못 하겠구나."

"그런데 왜 굳이 데리고 있으시려는 거죠? 할아버지와 약속 때문이라고 해도 반드시 지켜야 하는 의무는 아니잖아요."

"내가 원하지 않는다면 여기서 지내지 않겠다, 그런 뜻이냐?"

현서는 잠시 침묵을 했다가 결심한 듯 짧게 그렇다고 대답했다.

"만약 여길 나간다면 어떻게 할 생각이지?"

"그건 이제부터 알아보려고요."

조금 전까지 연약하게 흔들리던 현서의 눈동자는 순간 금강석처럼 단단한 빛을 발했다.

슬픔 혹은 절망으로 불안했던 눈동자가 강한 생기를 띠며 반짝이자 콴은 가늘게 현서를 바라보았다.

"그 고집은 확실히 네 할아버지를 닮았구나."

콴이 할아버지에 대한 말을 꺼내자 현서의 눈에 호기심이 더해졌다.

혈연의 이야기에 본능적으로 반응하는 현서를 보며 콴은 피식 입 끝을 올렸다. 본의 아니게 현서를 붙잡아야 하는 상황이 연출됐지만 그리 기분이 나쁜 건 아니었다.

"할아버지는 네가 세상을 살아갈 준비를 시켜주라고도 부탁하셨다. 하지만 네가 원치 않으면 억지로 끌고 갈 순 없겠지."

"……."

"그래, 현서 넌 어떻게 하고 싶으냐? 이곳에서 지낸 시간이 짧다고 할 수 없으니, 네가 진짜로 바라는 게 무엇인지 솔직하게 얘길 해봐."

"제가 원하면…… 여기 계속 있어도 되는 거예요? 제가 원하면 아저씨와 함께 있어도 괜찮은 거예요?"

현서는 조심스레 콴의 생각을 확인했다.

"널 돌보는 의무와 내가 널 어떻게 생각하는지는 별개의 일이야."

"아저씨가 절 불편하게 생각 안 하셨으면 좋겠어요. 백 집사님이나 사하 오빠처럼 절 편하게 대해주셨으면 좋겠어요. 네, 제가 바라는 건 그거예요."

그 말을 하고 현서는 속이 후련하다는 표정을 지었다. 정말 하고 싶었던 말을 해서인지 답답했던 속이 탁 트이는 듯했다.

현서에게 들려줄 대답을 생각하다 콴은 설핏 미간을 좁혔다. 진지하게 반짝이는 두 개의 눈동자와 발그레한 뺨을 보고 있자니 심장 한켠이 묘하게 서걱거렸다.

"난 네가 편하지 않아."

현서는 무릎 위에 올린 손을 꼭 쥐면서 이어질 말에 귀를 기울였다.

"하지만 그건 내 성격상의 문제이지 너에게 문제가 있어서가 아니야. 너와 나 사이에 있는 서먹함이나 불편함은 시간이 흐르면 차차 해결이 될 거야."

말을 끝낸 콴은 자리에서 일어났다. 그러자 현서도 그를 따라 일어났다.

"번거롭게 해드려서 죄송해요. 그리고 얘기 들어주셔서 고맙습니다."

현서가 꾸벅 고개를 숙이자 작고 예쁜 머리통과 부드러운 윤기를 담은 머리칼이 눈에 들어왔다. 그 머리를 쓰다듬어 주고 싶다는 생각이 듦과 동시에 콴의 손이 충동적으로 움직였다.

"네가 괜한 오해를 할까 봐 얘기하마. 편하지 않다는 게 싫다는 뜻은 아니야."

그 순간 현서의 눈망울이 멈칫 커졌다. 콴의 말과 정수리를 쓰다듬는 손길에 놀라서였다.

"그러니 쓸데없는 고민 마라. 알겠니?"

"……네."

대답을 듣고 손을 내렸던 콴은 쓱 눈썹을 올렸다. 현서의 목소리가 조금 전과 달랐기 때문이다.

"너, 우는 거냐?"

현서는 빠르게 고개를 저었다. 콴은 그 말을 믿지 않았다. 그래서 현서의 턱을 붙잡아 자신을 보게 만들었다.

현서의 눈엔 말간 눈물이 어려 있었고, 그늘이 진 기다란 속눈썹은 미세하게 떨리고 있었다. 갑자기 왜 우는 거냐고 굳이 물을 필요가 없었다. 현서가 느꼈던 두려움과 서글픔이 손끝으로 고스란히 전해졌기 때문이다.

"……죄송해요. 아저씨가 그렇게 얘기해 주시니까 너무 기뻐서."

저도 모르게 그렇게 되었다는 얘기를 하고 싶었지만 뒤엣말을 잇지 못했다. 콴의 두 팔이 그녀를 보듬어주었기 때문이다. 현서는 다시 놀라 그대로 몸이 굳었다.

콴은 움츠러든 현서를 안아 말없이 토닥여 주었다. 그의 품 안에 들어온 현서는 어린 새처럼 한없이 작고 약했다. 현서에겐 상투적이고 사무적인 만 마디의 말보다 따스한 위로가 담긴 손길이 더 필요했다. 자신의 상황과 처지에 함몰된 나머지 중요한 것을 간과한 것이 더없이 미안해서 현서를 더욱 보듬었다.

그런 마음이 전해진 까닭에 이젠 현서도 머리를 기대었다. 콴에게 구출되었던 그날처럼 따스하고 뭉클한 감정이 느껴져 금방이라도 눈물이 날 것 같았다.

봄볕처럼 따스한 아이의 체온과 열대과일처럼 달고 향긋한 체향이 맡아지자 흡혈의 욕망이 고개를 들었다. 콴은 그것을 침착하게 견뎌냈다. 현서와 거리를 둘 때엔 위험하게 느껴지던 자극이 현서를 안고 있는 지금 차분하게 제어가 되는 것이 어딘가 기이했다.

"……아저씨."

"왜?"

"조금 답답해요."

피식 웃은 콴은 현서를 안고 있던 팔을 풀었다.

"전 이만 올라갈게요."

현서는 콴과 제대로 눈을 맞추지 못하고 다시 꾸벅 인사를 했다. 민망함에 그런 것임을 모르지 않기에 콴은 바로 다른 화제를 꺼냈다.

"해가 지기 전까진 얼마든지 서재를 이용해."

현서는 두 눈이 동그래져 콴을 보았다.

"왜 말이 없지? 조건이 맘에 안 드는 거냐?"

"아니요. 아니에요."

현서는 얼른 고개를 저었다.

"그럼 저녁까진 여기 있는 책을 읽어도 된다는 거죠?"

"그래, 얼마든지."

"감사합니다, 아저씨! 책도 깨끗하게 보고, 시간도 꼭 엄수할게요!"

몇 번이나 감사하다고 말한 현서는 웃는 얼굴로 서재를 나갔다.

현서가 떠나자 콴은 창가로 걸어갔다. 평온한 어둠에 잠긴 정원으로 눈길을 준 채 조금 전 일을 떠올렸다. 흡혈의 욕구를 다스릴 수 있었던 이유가 몸이 인간화되고 있다는 또 다른 반증일지도 모른다는 데 생각이 미쳤다.

완전한 인간이 되면 내게 부여되었던 특별한 능력들도 소멸될 것이다. 하지만 그것이 아쉽거나 아깝지는 않았다. 지나친 능력은 자신이 진짜 신이 된 듯한 오만한 착각만 부추길 뿐이니까.

콴은 현서의 머리를 쓰다듬었던 손을 내려다보았다. 창을 통해 들어온 바람이 몸을 휘감자 이번엔 그 손을 위로 들어 올렸다. 손가락 사이를 간질이며 스쳐 가는 바람이 현서의 머리칼을 만졌을 때처럼 부드러운 느낌으로 다가오자 얼굴에 미소가 떠올랐다.

살아 숨 쉬는 생명이 주는 온기와 향기.

그것이 주는 포근한 느낌이 현서의 얼굴로 완성이 되자 반사작용처럼 심장이 뛰었다.

제 심장 위에 손을 올리고 콴은 심각하게 미간을 좁혔다. 이 울림이 현서와의 접촉 때문에 생긴 후유증인지, 몸이 인간화되어 간다는 것에 대한 들뜬 기대감인지 명확히 구분되지 않아서였다. 그러다 그것을 구분하는 것이 중요하지 않다고 결론지었다.

생명을 제거하는 일에도 담담하기만 했던 심장이 다른 감정에 반응을 보이기 시작했다.

지금은 이것만으로도 충분하다고 생각하며 눈을 감았다.

서늘하게 아름다운 콴의 얼굴 위에 은색 달빛을 닮은 미소가 은은히 번져 갔다.

10. 추적자 (1)

1년 후. 무영시.

중심부에 자리한 호수와 외곽을 감싸고 흐르는 강물로 인해 새벽부터 이른 아침까지 잦은 안개를 볼 수 있는 곳. 오늘따라 짙은 안개가 낀 외곽의 애산에 흙먼지를 잔뜩 묻힌 96년형 갤로퍼가 모습을 드러냈다.

잠시 후 운전석 문이 열리고 한 남자가 차에서 내렸다.

희끗희끗 흰머리가 있는 짧은 머리칼에 까무잡잡한 얼굴.

건장한 덩치와 키가 은퇴한 운동선수나 조폭을 연상케 하는 범상치 않은 인상.

7월을 코앞에 둔 날씨에도 카키색 야전점퍼를 걸친 남자의 외양이며 골똘한 생각에 잠긴 얼굴이며 영락없이 피로에 찌든 40대 중년이었다.

"어이구, 피곤타. 피곤해."

운전을 하느라 뻣뻣하게 굳은 몸을 푼 남자는 산 아래 시가지를 내려다보았다.

"여기도 안개가 잔뜩이구만."

시가지를 덮고 있는 안개를 가늘게 뜬 눈으로 바라본 그는 주머니에 있던 박하사탕을 꺼내 입에 물었다. 다시 차에 오른 그는 무영시의 번화가로 향했다.

주차장에 차를 세우고 나서 남자가 가장 먼저 들른 곳은 편의점이었다. 타르 함량이 낮은 담배를 두 갑 주문하고 나서 아르바이트생에게 궁금한 것을 추가로 물었다.

"이 근처에 커피가 맛있는 집이 있나?"

"커피가 맛있는 집이요?"

"밍숭한 보리차 같은 걸 커피라고 파는 데 말고, 제대로 맛이 나는 가게였음 하는데."

턱수염이 거뭇하게 올라온 남자의 얼굴은 커피보다 해장술이 더 필요해 보였다.

"나가셔서 오른쪽으로 쭉 직진을 하면 큰 사거리가 나오거든요. 거기 근방에 '가비다' 라는 카페가 있는데, 거기 커피가 맛있다고 다들 그러더라구요. 한옥처럼 생겨서 찾기 쉬우실 거예요."

일면식도 없는 사람이 대뜸 반말을 하는 것이 불쾌했지만 아르바이트생은 그래도 친절하게 설명을 마쳤다.

"어이구, 설명이 귀에 착착 붙네. 근데 학생."

"예."

"내가 반말 좀 했다고 기분 나빠 하지 마. 자네보다 스무 살이나 많은 어른이 말 좀 낮췄기로서니 그런 거에 기분 상하고 그럼 못쓰지. 안 그래?"

"아, 예. 뭐, 그렇죠."

아르바이트생은 두루뭉술하게 말을 얼버무렸다. 티를 내지 않았다고 생각했는데 은연중 표가 난 것인가 싶어 다른 말을 할 수 없었다.

그런 아르바이트생을 보고 남자는 씩 웃었다. 마치 네가 무슨 생각을 하고 있는지 알고 있다는 웃음. 그래서일까. 분명 웃는 얼굴인데 왠지 무섭다는 생각이 들었다.

"근데 이 시각에 영업을 하려나?"

"근처에 사무실이 많아서 다른 데보단 일찍 열더라구요."

"오, 아주 훌륭한 가게로구만."

남자는 그 말을 끝으로 편의점을 나갔다. 그가 나가자마자 아르바이트생은 후우, 한숨을 내쉬었다. 기분 탓인지 몰라도 남자에게서 느껴지는 기운에 속이 답답하게 눌렸다가 해방이 되는 듯했다.

아르바이트생이 알려준 방향으로 걸어가던 남자는 한 건물

앞에서 걸음을 멈추었다.

외벽이 진회색으로 되어 있는 10층 건물은 중세의 성이나 탑을 연상시키는 디자인에 벽면의 일부가 초록색 담쟁이로 뒤덮여 있었다. 아름다운 조각 장식이 돋보이는 문과 계단들로 인해 진중하면서도 몽환적인 느낌을 주는 건물의 외관은 안개가 낀 아침 풍경과 그림처럼 잘 어우러졌다. 보기엔 매우 아름답지만 선뜻 다가가기 힘든 거리감을 느끼게 만드는 분위기가 인상적인 청림재단의 건물이었다.

남자는 자신의 흥미를 묘하게 자극하는 건물을 한동안 바라보았다. 하지만 원래 가고자 했던 목적지로 발길을 돌렸다. 멀지 않은 거리에서 코끝을 간질이는 커피 향이 그를 이끌었기 때문이다.

기와를 얹은 외양과 격자무늬 창으로 내부를 장식한 모습이 세련되면서도 아늑한 느낌을 주는 카페는 '가비다(加比茶)'라고 쓰인 나무 간판이 붙어 있었다. 카페의 이름을 확인한 남자는 곧바로 안으로 들어갔다.

"어서 오세요, 가비다입니다."

단정한 유니폼을 입은 앳된 인상의 여직원이 인사를 건넸지만 인사를 받는 둥 마는 둥 하고 에스프레소를 주문했다. 이른 시간이라 그런지 카페 안엔 손님이 거의 없었다.

남자는 밖이 잘 보이는 창가에 자리를 잡고 앉아 점퍼 주머니에 있던 수첩과 펜을 꺼냈다. 차 안에 태블릿 컴퓨터가 있었지만 주로 자료를 검색하거나 취합한 정보를 저장하는 용도로 사용했다. 탐문을 하거나 잦은 이동을 할 때엔 지금처럼 휴대전화와 수첩을 활용하는 것이 훨씬 기동성이 높았다.

입안에 있던 박하사탕을 와그작 씹어 없앤 남자는 수첩 안에 빽빽하게 혹은 성기게 메모한 것들을 점검하듯 읽어 내렸다. 여직원이 에스프레소를 가져다주자 하던 일을 멈추고 수첩을 닫았다. 겉면이 가죽으로 되어 있는 수첩은 사용한 세월이 오래인 듯 때가 꼬질하게 묻어 있었다.

"난 에스프레소만 시켰는데?"

여직원이 스콘이 담긴 바구니를 추가로 내려놓았기에 남자는 당연히 그렇게 말했다.

"이건 오전 시간에 들르시는 손님께 드리는 저희 카페의 서비스예요."

"오오, 그래요? 여기 서비스가 아주 일품이시네. 이왕 주신 거 맛있게 잘 먹겠습니다."

남자는 눈가에 주름이 잡히도록 웃음을 짓고는 잔을 들어 에스프레소의 향을 음미했다. 이어 소주를 마시듯 한 번에 털어넣자 비어 있던 위장이 찌르르 신호를 보냈다. 그런 속을 달래듯 스콘을 뜯어 입안 가득 우물거렸다.

남자가 수첩에 적힌 메모들을 다시 훑어보는 사이 창밖의 안개가 거짓말처럼 사위었다.

말끔한 햇살이 창을 통해 쏟아져 들어오자 창밖으로 눈길을 주었다. 출근 시간에 맞춰 분주하게 움직이는 사람들이 그 앞을 획획 지나갔다.

그 사람들로부터 시선을 돌린 남자는 아무것도 적지 않은 새로운 장을 펼쳤다. 마치 일기를 쓰는 것처럼 날짜와 날씨, 장소 등을 적는 걸 시작으로 이곳 무영시에서 해야 할 일을 하나둘 채워갔다.

가비다의 창가 자리를 차지하고 앉아 작업을 하고 있는 남자의 이름은 남궁혁.

실제 나이가 오십대 초반인 그의 직업은 바로 사설탐정이었다.

배우자 혹은 애인이 바람을 피우는지 여부를 확인하는 채증 활동을 주로 하는 것이 여느 심부름센터와 다를 바가 없었지만 명함에도 함부로 사용할 수 없는 '사설탐정'이라는 직업에 유독 집착했다.

그에게 일을 의뢰하는 이들은 대개 일반인이라 벌이가 신통치 않을 때가 더 많았다. 그럴 땐 정치인과 기업인, 연예인 등이 연루된 스캔들 사진을 찍는 것으로 부족한 수입을 충당했다. 외부에 유출되면 사회적 파장이 큰 사진들이었기에 제법 큰 액수를 요구해도 웬만해선 거절당하는 법이 없었다.

그러나 혁은 그런 거래에 직접 나서지 않았다. 거래를 대행하는 중계업자에게 적잖은 수수료를 지불해야 했지만 그것을 피곤하다고 생각하지 않았다. 직거래를 할 때 생길 수도 있는 다양한 위험을 생각하면 그것이 외려 이득이라고 생각했다.

적게 먹고 적게 싸겠다는 원칙을 고수하며 살아가던 혁에게 어느 날 남자가 찾아왔다.

비싼 티가 팍팍 나는 고급 양복에 돈 냄새를 풀풀 풍기며 등장한 사십대 중반의 남자는 자신을 최영찬 변호사라고 소개했다.

"양 부장님 도움으로 찾아왔습니다. 실장님이 사진만 잘 찍으시는 게 아니라 아주 특별한 재주를 가지셨다고 하더군요. 경찰에서 해결하지 못하고 쩔쩔맸던 사건들도 종종 해결하셨다고 들었는데, 맞습니까?"

혁은 곧바로 답을 주지 않고 까끌한 턱을 매만졌다. 양 부장은 혁이 암암리에 거래를 해온 조직의 중간 보스였다. 입이 무거운 사내가 그런 정보를 주었다는 것은 최 변호사가 맡기려는 일이 그만큼 비밀스럽고 중요한 일이란 뜻이었기에 나름 고민이 되었다.

"양 부장이 그렇게 말하던가요?"

최영찬은 그렇다고 간단하게 대답했다.

"나한테 의뢰하려는 일이 뭡니까?"

"내가 뭘 의뢰하러 온 건지 알아보신다면 그 일을 맡길 생각입니다."

말장난 같은 최영찬의 말에 혁은 피식 웃음을 지었다. 그것이 일종의 테스트라는 걸 알고 있었지만 왠지 어이가 없어서 헛웃음이 나온 것이었다.

사실 사무실에 들어온 최영찬을 보았을 때부터 그가 어떤 일을 의뢰할 것인지 눈치를 채고 있었다. 하지만 혁은 두 손을 엇갈려 모으고 지그시 눈을 감았다. 이런 식으로 행동하면 상대방이 긴장을 해 그 상대의 머릿속에 든 생각을 읽어내기가 수월했다.

"……누군가를 애타게 찾고 계시군요."

혁은 신력이 강한 무속인처럼 말문을 연 후 감은 눈을 느릿하게 떴다.

"아직 스물이 안 된 어린 소녀를 찾고 있는데, 그게 쉽지가 않은 모양이에요. 그렇죠?"

최영찬은 짐짓 놀랐으나 호들갑스럽게 동요하는 모습을 보이진 않았다. 아마도 양 부장에게 들은 얘기가 있을 거라고 짐작하는 모양이었다.

"누군가에게 정보를 얻었다고 생각하나 봅니다만 그건 단단한 착각이올시다. 사무실 꼬락서니가 후줄근하긴 해도 바닥에 떨어진 부스러기를 핥을 만큼 궁색한 형편은 아니란 말씀이지."

혁이 빙그레 웃으며 속을 읽은 것 같은 말을 하자 최영찬이 헛기침을 한 후 안경을 고쳐 썼다.

"일을 하자고 결정이 나도 이것저것 조율할 게 얼마나 많은데. 일을 할지 말지가 고민이면 여긴 왜 오셨나?"

"일을 맡기려는 사람 입장에선 고민하는 게 당연한 거 아닙니까?"

"그러니까 그 고민을 왜 여기서 하냐는 거지. 난 급한 거 하나 없으니까 맘이 정해지면 그때 오슈."

찾아온 손님을 붙잡기는커녕 귀찮은 잡상인을 대하듯 내쫓으려 하자 최영찬의 표정에 변화가 생겼다. 그것까지 미루어 계산한 행동이건만 이미 혁에게 휘말린 최영찬은 무슨 성격이 그렇게 급하냐고 운을 뗐다.

"내가 뭉그적대면서 시간 끄는 걸 제일 싫어해요. 좋으면 좋고, 싫으면 싫고. 맺고 끊는 게 확실해서 옆에 버텨내는 사람이 별로 없어."

"사회생활을 하기에 좋은 성격은 아니로군요."

"그건 뭐 그렇수다. 그래도 이래저래 신경 쓸 일이 없으니 신간은 편하지 뭐. 최 선생 같은 사람이야 윗사람들 뒤치다꺼리하느라 골치가 아프겠지만 말이오."

"그런데, 제가 사람을 찾고 있다는 건 어떻게 안 겁니까?"

"그걸 어떻게 아는 건지 알면 뭘 하시게?"

"예?"

"내가 알려준다고 해도 곧이곧대로 믿지도 않을 거면서 뭐 하러 물어보냐 말씀이지. 그리고 그건 내 영업상의 비밀이기도 한데, 그걸 왜 알려줍니까? 안 그래요?"

혁은 또 싱글 웃었고, 대꾸할 말이 떠오르지 않은 최영찬은 애꿎은 안경만 매만졌다.

"뜸 너무 오래 들이지 마세요. 그러다 잘 지은 밥, 다 탑니다."

최영찬은 혁에게 결정을 내리기 앞서 자신과 같이 섬에 들를 수 있냐고 물었다.

"그 섬에 가서 이 일을 할 수 있을지 없을지 견적을 뽑아봐라, 그런 거요?"

"예, 그렇습니다."

그 말이 일리 있다고 생각한 혁은 며칠 후 최영찬과 함께 남해로 향했다. 기상 상태가 나빠 헬리콥터가 아닌 배를 타고 겨우 도착한 섬에서 혁은 몇 가지 기이한 상황을 목격했다. 그중 가장 이상한 것은 섬에 사는 사람들 모두가 사라진 소녀를 기억하지 못한다는 것이었다. 소녀가 섬을 빠져나가기 전 그곳에서 지낸 시간이 무려 3년이었다는데, 도무지 이해할 수 없는 현상이었다.

섬으로 가는 배 안에서 최영찬에게 그 얘기를 들었을 때, 누군가 소녀를 빼돌리고 말을 꾸며낸 것이라고 생각했었다. 누가 거짓말을 하고 있는지 밝혀만 낸다면 쉽게 해결될 일이었기에 부러 시간을 지체해 볼까, 우스운 생각까지 했던 참이었다. 여러 사람이 작당해 속이려 든다면 제아무리 머리가 좋은 변호사라고 해도 그걸 밝히기가 쉽지 않을 것이었다.

하지만 혁은 그들의 속임수를 간파할 수 있을 거라고 확신했었다. 그런 자신감을 가지는 건 자신에게 있는 능력 때문이었다. 혁은 상대의 체취를 통해 다양한 감정과 심리를 읽어낼 수 있었다. 그 능력은 상대가 무언가를 감추려고 할 때 특히나 큰 효과를 발휘했다.

그런데 섬사람들은 소녀에 대한 기억이 정말로! 하나도 없었다.

자신이 가진 능력이 아니었다면 단체로 거짓말을 하고 있다고 의심이 될 정도였다.

그들 가운데 강영복이란 사내가 유독 증세가 심각했다. 그의 머릿속엔 기억이라 할 수 있는 것이 거의 남아 있지 않았다. 외국에서 급히 귀국한 아내와 딸이 아니었다면, 사라진 소녀가 강영복의 집에서 더부살이를 하며 지냈다는 걸 증언할 사람이 하나도 없는 셈이었다.

"단체로 기억상실증에 걸리는 약을 먹은 것도 아니고. 어이가 없구만."

하도 어이가 없어서 그런 말이 저절로 튀어나왔다.

섬사람들에게 알아낼 수 있는 것이 하나도 없었기에 최영찬이 넘겨준 자료를 거듭 확인했다. 소녀가 머물렀다는 작고 허름한 방을 샅샅이 뒤지고 별장 인근에 설치된 CCTV의 녹화 화면을 반복해서 살펴보았다. 혹시라도 놓친 것이 있지 않을까 집중에 집중을 했지만 별다른 성과가 나타나지 않았다.

"혹시 모를 경우에 대비해서 잠수부까지 동원해 인근 바다를 수색했습니다. 그런데도 별로 알아낸 게 없었어요."

최영찬의 말에 혁은 고개를 가만히 주억거렸다. 윗선에서 시신이라도 찾아오라고 지시를 한 모양이구나, 생각은 했지만 굳이 알은체를 하지 않았다.

"말이 나왔으니 하는 얘긴데, 이 일 생각보다 골치가 아파요. 사례비를 후하게 쳐주겠다고 했을 때 잘 판단을 했어야 했는데."

"설마 마음이 바뀐 겁니까?"

"솔직히 아니라곤 못 하겠수다. 최 선생도 아시다시피 일이 워낙 이상해야 말이지. CCTV 화면은 안개에 가려서 보나 마나 하고, 토박이란 사람들이 외려 우리한테 궁금한 걸 묻고 있으니 그런 생각을 안 할 수 있나."

"창고나 아이 방에서 발견한 물건들도 도움이 안 됩니까?"

"일이 터지고 바로 왔다면 또 모르지. 뭐라도 냄새를 맡았을지. 그런데 이건 뭐, 반년이 넘어서 왔으니 뭔 일을 하고 싶어도 할 수가 있어야지."

"그래도 아이가 다른 사람의 도움을 받아서 탈출했다고 확신하고 있잖습니까?"

최영찬의 물음에 혁은 잠시 침묵을 지켰다.

강영복이 쓰러져 있었다는 창고에서 어떤 그림을 떠올리긴 했었다. 그가 누군가에 의해 던져져 벽에 처박히는 모습이 그려졌었는데, 지금 그 벽은 별문제 없이 아주 멀쩡했다.

혹시 복구를 한 거냐고 물었더니, 원래부터 이상이 없었다는 들으나 마나 한 대답만 들을 수 있었다.

혁은 어떤 물건을 만지면 그 물건을 접촉한 사람과 그 사람이 가지고 있는 기억과 감정의 일부를 읽어내는 능력도 함께 가지고 있었다. 하지만 그 능력은 거의 사용을 하지 않았다.

5, 6년 전 머리가 쪼개질 것 같은 두통을 겪고 정신을 잃었는데, 뇌혈관계가 부어 있으니 절대 안정을 취해야 한다는 의사의 진단을 받았다.

그 사고가 있은 후엔 그 능력을 아예 없는 것으로 치부하고 살았다. 머릿속 혈관이 터져 가면서까지 일을 하고 싶은 생각이 없어서였다. 그런데 이곳에 와서 그 능력을 사용했다.

어떻게든 실마리를 잡고 싶어서 딴엔 무리를 한 것이었다. 하지만 결과는 신통치 않았다.

능력을 사용하지 않은 지 오래인 데다 벌써 수개월이 지나 버린 일이라 읽어낼 수 있는 정보들에 한계가 있었다.

검은 옷을 입은 남자의 모습이 얼핏 나타나긴 했지만 얼굴 생김새나 목소리가 흐릿하고 희미해서 도무지 형상을 알아볼 수가 없었다.

"……확신은 무슨, 어린애 혼자 빠져나갈 수 있는 상황이 아니니까 짐작을 한 것뿐이지. 내 재주로도 할 수 있는 게 별로 없다. 그러니까 이쯤에서 손을 떼야 한다. 그게 내가 내린 결론이오."

혁의 말에 최영찬은 난감한 표정을 감추지 못했다.

"아이를 찾는 게 목적이면 경찰한테 의뢰를 해요. 언론이든 방송이든 그걸 이용하면 답이 금방 나올 텐데, 왜 굳이 일을 어렵게."

"그건 안 됩니다."

최영찬은 단호하게 고개를 저었다. 재벌가의 손녀가 섬에 갇혀 지내다가 실종까지 된 상황을 외부에 어찌 밝히겠느냐고 되레 반문했다.

"초대 회장님이 돌아가시고 나서 그룹의 내외부 상황이 좋지 않습니다. 그런 중에 이 문제까지 불거지면 여러모로 좋을 게 없어요."

괜한 억측과 오해를 막기 위한 조처라고 최영찬이 덧붙였지만 혁은 다른 꿍꿍이가 있다는 걸 어렵지 않게 눈치챘다. 그러나 이번에도 아는 체를 하지 않았다. 그들만의 사정을 알아봤자 자신의 골치만 아파질 게 뻔했다.

"실장님께서 아이를 찾아만 주시면 별도의 보상금이 현찰로 지급될 겁니다. 일하는 동안 들어가는 경비와 사례금을 제외하고, 무려 5억이란 돈을 현찰로 받을 수 있습니다."

최영찬은 액수를 강조하며 혁의 마음을 돌리려고 했다.

"그거야 아이를 찾아야 받을 수 있는 돈인 거고."

혁이 시큰둥한 반응을 보이자 최영찬이 조급함을 숨기지 않고 말을 이었다.

"만에 하나 찾지 못한다고 해도 1/5에 해당하는 금액을 받게 될 겁니다."

"아이를 못 찾아도 1억을 받게 해준다?"

"예, 맞습니다."

"그것참 이해가 안 되는 말이올시다. 아이를 못 찾아도 그 돈을 준다는 게, 최 선생은 이해가 되시오?"

"앞으로 3년 안에 찾지 못하면 아이는 사망자로 처리가 됩니다. 돌아가신 회장님께서 실종신고를 해놓아서 그렇게 된 것이지만. 어쨌든 아직 3년이란 시간이 남았으니까 충분히 해볼 만한 일인 거죠."

"사망자 처리니 뭐니는 내 알 바 아니고. 이해력이 부족해서 그런지 난 최 선생 말이 영 믿기지 않소이다."

"이왕 말이 나왔으니 솔직히 말씀드리죠. 저희 의뢰인은 일을 맡은 사람이 자주 바뀌는 걸 아주 싫어하십니다. 무슨 일이든 끝까지 책임질 줄 아는 사람을 선호하시는 편이죠. 게다가 실장님은 제가 봤던 어떤 사람보다 제대로 일 처리를 했습니다."

"그러니까 이 일을 맡아서 끝까지 책임을 져달라, 그거요?"

"아무리 못 해도 1억은 받을 수 있는 기회를 거절하실 건가요?"

그래도 거절한다면 다른 사람에게 기회가 갈 거란 최영찬의 말에 혁의 마음이 기울었다.

최영찬이 기회를 주고 싶어 한다는 느낌까지 강하게 전해지면서 마음이 확실하게 굳어졌다.

"일을 하는 동안은 비밀 누설 금지 조항을 반드시 지켜야 합니다. 일을 마친 후에도 당연히 지켜야 하고요. 그걸 어기면 보상금이 사라질 뿐 아니라 그동안 지불한 경비와 사례비를 세 배로 물게 될 겁니다."

"비밀 엄수는 이 바닥 사람들의 기본 덕목이외다."

"그런데 계속 혼자 하실 겁니까?"

"파트너라는 게 손발이 잘 맞을 때나 좋은 거지, 잘못해서 사이가 틀어지면 대수롭지 않은 일에도 골치가 아파지기 십상이라."

이번 일처럼 큰돈이 걸려 있으면 상대가 뒤통수를 칠 확률까지 계산에 넣어야 했기에 보통 피곤한 게 아니었다. 하지만 혁은 혹시 붙여놓고 싶은 사람이 있으면 붙여놓으라고 너그러이 대꾸를 해주었다.

"아닙니다. 실장님 의중은 충분히 알았으니 더는 개의치 않겠습니다."

최영찬은 일을 끝까지 맡기로 한 것은 잘한 결정이라면서 혁에게 악수를 청했다.

혁은 그가 내민 손을 붙잡고 힘주어 흔들었다. 새로운 조항이 추가된 최종 계약서에 서명을 마친 후에 본격적으로 수색에 들어갔다.

"에스프레소 한 잔 더 마십시다."

추가 주문을 한 혁은 수첩 한 면에 적어놓은 '이현서'란 이름을 뚫어져라 바라보았다.

현서가 사용한 물건들에 밴 냄새를 머릿속에 입력한 후 일에 뛰어든 것이 작년 가을.

작은 실마리라도 찾기 위해 문제의 섬과 이웃한 작은 섬부터 탐문한 것을 시작으로 어느덧 9개월이 흘러 있었다.

하늘로 솟은 건지 땅으로 꺼진 건지 답이 보이지 않는 나날이 계속됐지만 혁은 쉽게 포기하지 않았다. 현서를 찾게 되면 5억이란 돈을 현찰로 받을 수 있다! 세금 한 푼 떼지 않아도 아무런 문제가 없는 빳빳한 지폐들이 온전히 나의 것이 된다!

그 생각 하나로 고단하고 지루한 날들을 고군분투하며 버텨냈다.

그 열망이 하늘을 감동시켰는지 머리칼도 보이지 않게 꼭꼭 숨어 있던 이현서가 마침내 모습을 드러냈다. 아직 확실한 증거가 나온 것이 아니니 현서로 추정되는 소녀라고 해야겠지만, 아무튼 현서의 나잇대로 보이는 소녀가 이정민의 유골함이 있는 봉안당을 찾아온 것이었다.

현서가 나타날 만한 장소들을 항시 주시하고 있었지만 그동안은 별다른 소득이 없었다. 그러던 차에 나타나 주었으니 환호성이라도 지르고 싶은 심정이었다.

봉안당의 폐쇄회로 화면에 잡힌 소녀는 혼자가 아니었다. 곱상한 인상의 성인 여자와 함께였는데, 안에서 머문 시간이 그리 길진 않았다. 소녀는 봉안당을 나와 여자가 운전하는 차에 올랐고, 금방 그곳을 떠났다.

하지만 최영찬에겐 그 일에 대해 보고를 하지 않았다. 보다 확실한 증거를 잡을 때까지 신중을 기하기로 한 것이었다.

자동차 번호판을 판독하는 데 시간이 걸리긴 했지만 차량 소유주의 이름이 김윤경인 것과 그녀가 사는 곳의 주소지를 알아냈다. 혁은 바로 **동으로 움직였다.

다세대주택 골목 앞에 차를 세우고 몇 날 며칠을 기다렸지만 김윤경은 나타나지 않았다. 집 안의 불이 항시 꺼져 있고, 집을 드나드는 흔적도 보이지 않으니 혹 눈치를 챈 건 아닐까 의심과 걱정이 되었다.

혁은 택배원으로 위장해 김윤경의 이웃집 벨을 눌렀다. 잠시 후, 수더분한 인상의 중년 여자가 문을 열고 밖으로 나왔다. 그녀에게 오늘 중으로 배달해야 하는 물건이 있는데 옆집에 사는 김윤경 씨와 연락이 되지 않는다고 하소연을 해보았다.

여자는 김윤경이 무영인가 어디에서 일을 하느라 당분간 집에 없을 거라는 얘기를 별 의심 없이 들려주었다. 그리고 자신이 대신 짐을 맡아주겠다는 호의까지 베풀었다.

혁은 사무실에 확인을 해봐야겠다는 말을 둘러대고서 급하게 계단을 내려왔다. 안이 텅 비어 있는 택배 상자를 뒷좌석에 실은 즉시 무영으로 차를 몰아 오늘 아침에 당도한 참이었다.

이제 어디부터 시작을 한다?

효율성이 높은 방법들을 적어가며 생각을 정리한 혁은 수첩과 펜을 안주머니에 넣고 계산대로 향했다. 그새 석 잔으로 늘어난 에스프레소 값을 치르려고 지갑을 꺼내는데 카페 안으로 한 청년이 들어왔다.

"아, 어서 오세요. 가비다입니다."

거스름돈을 받아 챙기던 혁은 여직원의 얼굴에 꽃처럼 환한 미소가 피어난 걸 보고 슬쩍 고개를 돌렸다. 감청색 슈트를 맵시 있게 차려입은 키가 크고 잘생긴 청년의 얼굴을 보자 여직원이 그런 미소를 짓는 것이 바로 이해가 되었다.

"아메리카노 진하게 부탁합니다."

"오늘은 한 잔만 주문하시네요?"

"넵. 민 변호사님이 출장을 가셔서요."

두 사람이 편안하게 대화를 나누는 것이 단골이란 생각을 하며 그대로 카페를 나갔다.

커피도 마셨겠다, 빵도 먹었겠다, 입이 텁텁해진 혁은 새로 산 담뱃갑의 포장을 뜯었다.

담배 한 개비를 꺼내 입에 무는데 카페에서 본 꽃미남 청년이 밖으로 나왔다. 청년은 혁과 눈이 마주치자 먼저 가볍게 목례를 했다. 그래도 얼굴을 봤다고 알은체를 하는 것이 싫지 않아서 혁도 담배를 내리고 가벼이 눈인사를 해주었다.

청년이 지나가고 혁은 다시 담배를 입에 물었다. 그런데 이번엔 라이터가 말썽이었다.

"거 담배 한 대 피우기 힘드누만."

구시렁거리며 라이터를 몇 번 더 켜보았다. 영 답이 없어 보였기에 아쉬운 대로 앞에 가고 있는 청년을 쳐다보았다. 종이컵 대신 은색 텀블러를 들고 있는 청년이 라이터를 가지고 있을까 싶었지만 일단 물어나 보자고 걸음을 옮겼다.

그렇게 몇 걸음을 걸어가다가 흠칫 눈이 커졌다. 아예 걸음을 멈춘 혁은 사냥개처럼 킁킁 냄새를 맡기 시작했다. 청년이 걸어가는 방향에서 불어온 바람 속에 무언가 독특한 냄새를 발견했기 때문이다.

가만있자, 이게 무슨 냄새였더라?

불이 붙지 않은 담배를 입에 문 채 꽃미남 청년의 뒷모습을 미심쩍게 쳐다보았다.

커피 향에 마비되었던 후각이 깨어나면서 차곡차곡 정리돼 있던 냄새에 관한 기록들이 머릿속에서 빠르게 펼쳐졌다. 순간적으로 집중력을 발휘하자 오래지 않아 냄새의 답을 찾아냈다.

"……!"

뒤통수를 맞은 것 같은 결과 앞에서 혁은 심각하게 미간을 좁혔다.

아니야. 속단은 일러.

보다 정확하게 확인하기 위해 멈추었던 발길을 다시 움직였다. 청년을 쫓아가는 혁의 눈빛이 먹잇감을 노리는 맹수의 눈처럼 날카로운 이채를 띠었다.

11. 추적자 (2)

저택의 응접실.

두 눈이 동그래진 동운이 맞은편에 앉은 사하에게 확인하듯 질문을 던졌다.

"그러니까 오늘 아침에 아가씨를 찾는 사람을 만났다는 거냐?"

"그렇다니까. 어디서 구했는지 현서 양 사진까지 갖고 있었어."

"뭐? 사진까지?"

동운이 놀라 되묻자 사하가 대답처럼 고개를 끄덕였다.

"그자를 어디서 어떻게 만난 거냐? 자세히 얘길 해봐."

"출근길에 가비다에 들렀었는데, 거기서 처음 만났어."

"그때 수상한 낌새는 없었고?"

"그 사람은 계산을 마치고 나가는 길이었고, 난 커피를 주문하는 중이라서 낌새를 채고 말고 할 것도 없었어. 암튼 커피를 가지고 밖으로 나왔는데 그 사람이 담배를 꺼내서 물고 있더라고. 방금 전에 얼굴을 본 사람인데 모른 척하기가 뭐해서 눈인사만 하고 사무실 쪽으로 걸어갔지. 그런데 그 사람이 뒤를 쫓아와서는 급하게 날 부르는 거야. 자기 라이터가 고장이 나서 그러는데 혹시 라이터가 있느냐고 묻더라고. 난 담배를 안 피워서 없다고 했지. 그랬더니 여기서 오래 살았냐고 또 묻는 거야. 그래서 내가 왜 그러시냐고 이유를 물었어."

"그러니까 뭐라고 하던?"

"초행길이라 별로 아는 게 없다면서 괜찮은 모텔이나 호텔을 알고 있으면 추천해 달라는 거야. 며칠간 머물면서 해야 할 일이 있다나? 그때 좀 이상한 느낌을 받긴 했는데 처음 온 사람이면 물을 수 있는 질문이다 싶어서 대강 대답을 해줬어. 마침 엘리베이터가 도착해서 다행이다 싶었는데 마지막으로 한 가지만 더 물어보겠다면서 다시 날 붙잡더라고."

"그때 아가씨 사진을 보여준 거냐?"

"어. 주머니에서 사진을 꺼내더니 이렇게 생긴 여자애를 본 적이 있느냐고 바로 묻더라고. 실은 사진 속 애를 봤다는 제보를 듣고 여기까지 왔다면서. 내 눈을 어찌나 뚫어져라 쳐다보는지.”

“허허. 그것참. 그래서 넌 뭐라고 했고?”

“뭐라고 하긴 뭘 뭐라고 해? 당연히 모른다고 딱 잡아뗐지.”

“그랬더니 순순히 물러나던?”

“계속 붙잡고 늘어지면 어쩌나 걱정을 했는데, 이런 명함을
주면서 순순히 물러나더라고.”

사하는 혁에게서 받은 명함을 응접탁자 위에 내려놓았다. 평
범한 종이로 만든 흰색 명함엔 ‘**법률사무소 사무장 남수호’
란 글자와 연락처가 인쇄되어 있었다. 명함을 확인한 동운은 그
것을 상석에 앉아 있는 콴에게 전달했다.

“법률사무소 명함을 가진 거며, 아가씨 사진을 가진 것이며,
아무래도 찜찜합니다.”

콴은 동운과 사하가 나누는 얘기를 일단 잠자코 듣고 있었다.
동운이 전달한 명함을 손에 들고 눈을 감자 사하가 명함을 받았
을 때의 상황과 감정들이 눈앞에 그려졌다.

“……이자의 이름은 남수호가 아니야.”

눈을 뜬 콴이 가장 먼저 한 말에 사하와 동운의 눈이 일시에
커졌다.

“예? 그게 무슨 말씀이십니까?”

“남수호가 아니라니, 그럼 그자가 가짜 명함을 준 겁니까?”

동운과 사하는 거의 동시에 질문을 던졌다.

“천 실장에게 명함을 건넨 자의 진짜 이름은 남궁혁. 남수호

는 그가 만들어낸 가짜 이름이야."

설명을 들은 동운은 심각하게 미간을 모았다.

"아가씨 사진을 가진 데다 가짜 명함까지 만들어서 일하는 걸보니 그쪽 사람들의 의뢰를 받은 모양이군요."

콴은 짐작이 맞다는 듯 고개를 끄덕였다.

"그렇다면 큰일입니다. 그자들이 아가씨를 찾을 거란 짐작은했지만 무영시엔 어떻게 온 걸까요? 여긴 아가씨와 연고가 있는 곳이 아닌데 말입니다. 그리고 아가씨 사진도 문젭니다. 그걸 들고 경찰을 찾기라도 하면 일이 더 심각해지지 않겠습니까?"

"내 생각에 현서 양 사진은 문제가 아니라고 봐."

사하가 반론을 제기하자 동운이 이유를 물었다.

"아가씨 얼굴이 정면으로 나왔다면서 어째서 문제가 아니란거냐?"

"사진 속 현서 양은 지금이랑 분위기가 완전히 달라. 몇 년 전에 찍은 사진이라 그냥 어린애 같은 느낌이라고. 자세히 뜯어보면 닮았다고 볼 순 있어도 지금 현서 양이랑 바로 연결은 안 될거야."

"네가 그리 말하니까 그런가 보다 싶다만 아주 마음이 놓이는건 아니야."

"영감님이 뭘 걱정하는지 나도 알아. 하지만 만약 그렇다면남궁혁은 호텔이 아니라 경찰서 위치를 물었을 거야."

"하긴, 사진을 들고 아가씨를 찾을 거였으면 바로 경찰서로 갔겠구나."

동운은 그제야 천천히 고개를 주억거렸다. 그럼에도 풀리지 않은 의문이 하나 있었다.

"그런데 여기 아가씨가 있다는 걸 어떻게 안 걸까요? 섬에 있던 사람들은 아가씨에 대한 기억이 하나도 없을 텐데 말입니다."

동운이 콴에게 묻자 사하도 저도 그것이 궁금하다며 콴을 쳐다보았다.

"그 궁금증에 대한 답은 이제부터 알아봐야겠지."

나직하게 말문을 연 콴은 먼저 동운을 불렀다.

"백 집사."

"예."

"김윤경 선생에게 연락해서 해남에 더 머물라고 해."

"얼마나 더 머물라고 할까요?"

"우선은 2주일 정도. 이유는 자네가 알아서 적당히 얘기하고. 일이 진행되는 상황을 봐서 다시 연락을 하겠다고 해."

"예, 알겠습니다."

"남궁혁의 문제가 해결되기 전까지 현서는 이곳에 올라와선 안 돼. 현서와 개인적으로 연락을 할 때 그 점을 잊지 말도록. 그건 천 실장도 마찬가지야."

"예, 명심하겠습니다."

동운과 사하는 어느 때보다 진지하게 고개를 끄덕였다.

"그럼 저택으로 출근하는 사람들에게도 휴가를 주는 게 어떨까요? 2주간 휴가를 유급으로 처리한다고 하면 별다른 말은 없을 것 같습니다."

"그래. 그건 자네가 알아서 처리해."

동운과 이야기를 끝낸 콴은 이제 사하에게 필요한 지시를 내렸다.

"자넨 남궁혁이 어디에 머물고 있는지 위치를 파악해. 그자가 눈치채지 않도록 주의하고."

"예, 알겠습니다."

사하와 동운이 응접실을 나간 뒤 콴은 손에 있던 명함을 와락 구겼다. 남궁혁으로 인해 그간 유지되어 오던 평온한 일상이 깨어질 것이라는 불길한 예감이 들었다.

답답해진 콴은 응접실을 나와 정원으로 향했다. 고즈넉한 어둠이 내려앉은 탁 트인 공간, 넝쿨장미의 향기가 달큰하게 진동하는 숲길을 거니는데도 마음이 그리 평온하지 않았다.

콴은 결국 산책을 멈추고 저택으로 발길을 돌렸다. 저택은 한밤중임에도 불구하고 그리 어둡게 보이지 않았다. 건물 전체를 비추는 은은한 조명들과 응접실과 서재가 있는 1층 창가에서 새어 나오는 빛이 환한 등불 같은 역할을 하고 있어서였다.

콴은 2층을 올려다보았다. 그곳은 모든 불이 꺼진 채 까맣게 어두웠다. 그 공간을 사용하는 현서가 머물지 않기 때문이었다. 어두운 창가를 잠시 바라보던 그는 이내 사라졌고 곧 현서의 침실 한가운데에 서 있었다.

콴이 한 걸음을 떼자 방 안의 모든 조명이 환하게 켜졌다. 밝아진 시야에 가장 먼저 들어온 건 말끔하게 정돈된 침대와 인형과 쿠션들이 가지런히 열을 지어 늘어선 모습이었다.

콴은 걸음을 옮겨 책상 앞으로 다가갔다.

메모가 적힌 색색의 포스트잇이 붙어 있는 컴퓨터의 모니터와 특이한 캐릭터가 붙어 있는 다양한 필기구들, 장미 모양의 종이접기와 알록달록한 색 구슬이 예쁘게 채워져 있는 투명한 유리병들과 독서대 위에 놓여 있는 번역 소설까지.

현서의 손때가 묻은 다양한 물건들이 각자의 자리를 차지하고 있었다.

이제 그는 현서가 좋아하는 판타지 영화의 포스터가 붙어 있는 벽으로 눈길을 주었다. 그리고 현서가 찍은 폴라로이드 사진과 스냅사진들이 붙어 있는 보드 판을 발견했다.

사진들 속엔 사하와 얼굴을 맞대고 V 자를 그리며 웃는 현서와 요리에 열중하는 백 집사, 두 손을 모으고 쑥스러운 미소를 짓는 민호진 변호사, 가정교사인 김윤경 선생이 피아노를 연주하는 모습이 아기자기하게 담겨 있었다.

그 사진들 중엔 검은 셔츠를 입은 누군가의 뒷모습을 찍은 사진이 한 장 끼어 있었다.

급히 찍은 듯 초점이 흔들린 사진 속의 어깨와 등은 바로 콴의 것이었다.

'류환 아저씨'라 설명하는 메모가 없었다면 남들은 알아볼 수 없었을 사진.

그 사진을 보고 콴은 마음이 복잡해졌다.

펜으로 적은 글귀 옆, 자그마한 하트를 발견했기 때문이다.

필요 이상으로 가까워지지 않으려 거리를 두었음에도 현서는 자연스레 콴을 따랐다.

알에서 깨어난 새끼 오리가 특정한 결정적 시기에 조우하게 된 존재를 어미 오리로 각인하는 것처럼. 순수한 믿음과 선의가 가득한 눈으로 그를 바라보았다.

현서가 그리 반응하는 것은 이상한 일이 아니었다. 가장 힘든 시기에 저를 구원하고 돌봐준 어른이 콴이었으니 그를 의지하고 따르는 것이 당연했다.

하지만 콴은 그걸 받아들일 수 없었다. 순진무구하고 순수한 현서의 반응이 마음 깊은 곳에 자리한 죄책감을 상기시켰기 때문이다.

현서로 인해 가라앉아 있던 감정이 흔들리며 혼란함을 느끼는 것도 마음에 들지 않았다. 흡혈의 욕구가 충족되지 않아 생겨난 갈망을 현서에 대한 감정으로 착각하고 있다는 의구심을 떨칠 수 없어서였다. 현서의 혈향은 갈수록 달콤해져 콴이 느끼는 번민과 갈등을 그만큼 무겁게 만들었다.

그래서 현서를 멀리했다. 함께 있으면 인식할 수밖에 없는 혼란함과 피로감을 그렇게라도 덜어내고 싶었다. 하지만 차곡차곡 쌓여간 시간의 무게는 쉬이 덜어지지 않았다. 조용히 내려와 전체를 적시고 마는 가랑비처럼 콴의 일상과 공간의 일부를 차지하고 있었다.

그래서인지 몰라도 이제 현서를 대하게 되면 심장이 지끈해지는 아픔을 느끼게 되었다.

그것은 채워지지 않는 열망이 만들어낸 자극적인 통증과 전혀 다른 종류의 통각이었다.

한동안 느끼지 못했던 그 아픔은 현서가 보이지 않는 이 시간 불쑥 콴을 괴롭혔다.

현서의 향기와 흔적이 밴 공간에 있어서 그런 것이라 판단한 콴은 짧은 한숨을 지으며 방에서 사라졌다. 그가 떠나자 방 안을 밝히던 불빛도 처음처럼 조용히 어두워졌다.

정원에 다시 나타난 콴은 차고로 걸음을 옮겼다. 외출 시에 사용하는 검정색 세단 앞에서 잠시 멈춰 섰다가 차고 안에 세워져 있는 차들을 둘러보았다. 은색 포르쉐에 눈길이 머문 콴은 그리로 성큼 걸어가 운전석에 몸을 실었다.

"주인님! 잠시만 기다리십시오!"

콴이 탄 카레라GT가 차고를 막 빠져나왔을 때 동운과 사하가 허둥지둥 계단을 뛰어 내려왔다. 동운이 애타게 부르는 소리를 듣고 콴은 차를 세워 그들을 기다렸다.

"아니, 이 밤중에 어딜 가시는 겁니까?"

콴에게 묻는 동운의 얼굴엔 당혹스러움과 놀라움이 역력했다. 콴의 외출이 그만큼 의외였던 모양이다.

"그냥 좀 바람을 쏘일까 해서."

"이 시각에 말씀입니까?"

"이 시각이 아니면 언제 할 수 있겠어?"

콴이 미소를 띤 채 말했지만 동운의 얼굴에 깃든 당혹스러움은 더욱 짙어졌다.

"그, 그거야 물론 그렇습니다만."

"오래 걸리진 않을 거야. 혹시 늦더라도 기다리지 말고 쉬도록 해."

"그래도 얼마나 걸리실 건지."

"알겠습니다. 저희 걱정은 마시고 편안하게 다녀오십시오."

눈치 빠른 사하가 나서 상황을 정리하자 동운도 마지못해 조심히 다녀오라는 인사를 덧붙였다.

"허허. 이것 참."

밤의 정적을 가르며 멀어지는 차를 염려로 바라보던 동운은 침울하게 한숨을 내쉬었다.

"영감님, 갑자기 웬 한숨이야?"

"내 보기엔 별일이 있으신 게 확실한데, 그냥 바람을 쐬는 거라고 하시니까 걱정이 돼 그런다."

"주인님도 바람을 쐬고 싶을 때가 있으시겠지. 그리고 운전을 못 하는 분도 아닌데 뭐가 걱정이야?"

"그거야 그렇지만서도."

"주인님이 사고를 내실 분도 아니고 실수를 하실 분도 아니잖아."

"그렇지. 주인님께서 실수를 하실 분이 아니지."

"근데 이 영감님이 자꾸 같은 말을 하게 하시네. 영감님이나 나나 내일부터 해야 할 일이 있잖아. 그러니까 얼른 들어가서 쉬시라고!"

사하가 아예 손을 잡아끌었지만 동운은 미련이 남은 것처럼 자꾸 뒤를 돌아보았다.

"고만 좀 하시지. 주인님 말씀은 무조건 순종이라더니 오늘은 왜 이러실까?"

"그래도 신경이 쓰이는 걸 어쩌누."

"필요 이상으로 주인님 걱정하는 거, 그거 다 영감님이 나이가 들어서 그런 거야."

"이게 다 괜한 노파심이라 그거냐?"

"그래요, 노파심. 아주 잘 알고 계시네."

깔끔하게 결론지은 사하는 뭉그적거리는 동운을 끌다시피 해 앞을 향해 걸었다.

"살아온 세월만 따져도 주인님이 우리보다 까마득한 어른이시잖아. 그러니까 걱정은 그쯤 해둬."

사하는 동운을 방으로 데려가 그가 잠자리에 눕는 것까지 확인하고서야 방을 나섰다.

불이 꺼진 방의 문을 조용히 닫고 제 방으로 향하는 길, 문득 흘러나온 한숨에 사하는 우두커니 멈춰 섰다.

동운 앞에선 아무렇지 않은 척 굴었지만 사하도 콴의 외출이 무척이나 신경 쓰였다.

하지만 사하의 마음속엔 주인에 대한 걱정보다 현서에 대한 걱정이 더욱 컸다.

현서를 알기 전 사하의 마음속 주인은 단연코 콴이었다. 그는 사하를 죽음으로부터 건져 준 고마운 존재이자 짐승이 아닌 인간의 모습으로 살아가게 만들어준 은혜로운 존재였기 때문이다.

가히 절대적이라 할 수 있었던 사하의 마음은 현서를 가까이 돌보면서 서서히 달라졌다. 사실 초기만 해도 동운의 염려가 이해되지 않았었다. 현서에 대한 감정이 문제가 되지 않을 것이라 자신했기에 노인네의 잔소리가 과하다라고만 여겼다.

그러다 그 감정이 저가 어찌할 수 없는 크기가 되었음을 불현듯 깨달았다. 그렇다고 그 마음을 드러내 표현할 순 없었다. 현서는 사하를 좋은 오빠 이상으로 생각하고 있지 않았다. 만약 사하가 고백을 하면 현서는 지금처럼 편하게 그를 대하지 않을 것이다. 그건 막연한 짐작이 아니었다. 그간 현서를 지켜보며 얻어낸 객관적이고 확실한 결론이었다.

그래, 좋은 오빠로 곁에 있어주자. 그걸로 만족하자.

하지만 현서의 눈길이 누구에게로 향하고 있는지 알게 된 후엔 그 결심이 수시로 흔들렸다. 자신의 존재와 감정이 현서에게 큰 영향을 끼치지 못한다는 것이 너무나 괴로웠다.

사하의 괴로움이 시작된 시기는 지난해의 크리스마스이브였다.

그날엔 저택에 상주하는 식구들과 민 변호사가 모처럼 함께 모여 저녁을 먹었다.

식사를 마친 후엔 자리를 옮기지 않고 간단한 보드게임을 했다. 저녁 설거지 할 당번을 정하기 위해 '루미큐브'란 게임을 한 것이다.

게임 결과로 설거지 당번에 당첨된 민 변호사가 소임을 다하고 돌아오자 다시 게임이 이어졌다. 다소 머리를 써야 하는 '카탄'으로 종류가 바뀌었을 땐 디저트를 내놓은 동운도 합석을 했다.

보드게임엔 영 취미가 없던 저택의 남자들에게 보드게임을 전파한 사람은 김윤경 선생이었다. 현서의 가정교사인 윤경은 참여하는 사람의 수와 난이도에 따른 다양한 종류의 보드게임을 알고 있었다. 아이들과 잘 어울릴 수 있는 방법 중 하나로 보드게임을 애용한다는 말을 증명하듯 그녀의 사물함엔 보드게임 상자가 십여 가지나 들어 있었다.

"게임을 하면 그 사람의 성향이 은연중 드러나거든요. 그럼 상대에 대해서 알지 못했던 면들을 보게 되니까 게임하고 또 다른 재미가 있어요."

윤경의 말을 귀담아들은 사하는 게임에 참여한 현서의 표정과 반응을 유심히 관찰했다. 다양하게 바뀌는 표정과 몸의 움직임이 하나같이 예뻐서 게임에 집중하는 데 지장을 받을 정도였다.

카탄이 한 차례 마무리되었을 때 외출했던 콴이 돌아왔다. 그는 청림재단에서 후원하는 청소년 오케스트라의 자선연주회와 기념행사에 다녀오는 길이었다. 콴은 외부 행사에 거의 참석하지 않았지만 명분과 의미가 확실한 행사엔 짧게라도 얼굴을 비치곤 했다.

"이사장님, 컨디션이 괜찮으심 저희랑 함께하시죠."

민 변호사가 운을 떼자 윤경이 "그래요. 이사장님도 같이하세요"라고 호진의 말을 거들었다.

그때만 해도 사하는 콴이 절대로 참여하지 않을 것이라 생각했다. 한데 정말 의외의 일이 벌어졌다. 해야 할 일이나 피곤하다는 핑계를 대면서 거절할 줄 알았던 콴이 알았노라, 대답한 것이었다.

방에 들러 편안한 옷으로 갈아입고 나온 콴은 자연스럽게 현서의 맞은편 자리에 앉았다.

사하는 그 순간 현서의 얼굴에 피어나던 발그레한 홍조를 곁코 놓칠 수 없었다.

콴을 의식함으로써 생겨난 것이 분명한 그 홍조는 현서를 관찰하고 있던 사하의 마음을 못내 불안하게 만들었다. 자신의 직감이 부디 틀린 것이길 바라며 평소에 잘 마시지 않던 와인을 물처럼 들이켰다.

"현서는 그만 올라가야 할 것 같군요."

콴의 말에 윤경이 시각을 확인했다. 어느새 자정을 향해가는 시계를 보고 화들짝 놀란 윤경은 현서를 데리고 얼른 일어났다.

"너무 재미나게 노느라 시간이 가는 것도 몰랐어요. 저랑 현서는 먼저 올라가겠습니다. 그럼 다들 편안히 주무세요."

윤경이 인사를 하자 현서도 방긋 웃으며 안녕히 주무시라는 인사를 했다. 윤경과 현서가 나가자 사하도 슬슬 졸리다는 말을 하면서 두 사람을 따라 밖으로 나왔다.

"오빠, 술 많이 마셨나 봐요. 얼굴이 완전 빨개요."

현서의 말에 사하가 양손으로 얼굴을 감싸보았다. 손바닥이 화끈한 것이 술기운이 확실히 오른 듯했다.

"아까까진 멀쩡했었는데, 많이 빨개?"

현서가 뭐라 말을 하려는데 마침 윤경의 휴대전화가 울렸다. 액정에 뜬 이름을 확인한 윤경은 통화가 길어질 것 같다면서 현서에게 먼저 올라가라고 말했다. 윤경이 휴대전화를 들고 멀어지자 현서와 사하는 계단 쪽으로 천천히 걸음을 옮겼다.

"나 아직도 빨개?"

"음…… 아까보단 나아진 것 같기도 한데. 눈이 충혈돼서 엄청 피곤해 보여요."

"게임하면서 눈을 비벼서 그런가?"

"너무 집중을 해서 그런 걸 수 있어요. 그러니까 오빠, 얼른 들어가서 쉬어요."

"쉬는 건 현서 양 바래다주고 나서 해도 돼."

"먼 데 가는 것도 아닌데 바래다주고 할 게 어디 있어요."

현서는 웃으며 대꾸했지만 사하는 뜻 모를 서운함을 느꼈다.

"왜 날 거부하는 거야? 내가 바래다주는 게 그렇게 싫어?"

"싫은 게 아니라 오빠가 다칠까 봐 그러죠. 오빤 술도 약한데 계단 내려가다가 발이라도 헛디디면 어떡해요?"

"그러니까 내가 싫은 게 아니라, 내가 걱정이 돼서 안 된다는 거지? 그렇지?"

현서에게 되묻는데 숨소리가 다소 거칠어졌다. 현서에 대한 애정에 질투심이 뒤섞여 가뜩이나 복잡한 심사에 술기운이 더해졌다. 그러자 감정이 끓어오르며 순간 훅! 열기가 치솟았다.

"현서 양, 나 어떻게 생각해?"

사하가 갑자기 콱 손목을 움켜쥐자 현서가 놀라 그를 보았다.

"예? 갑자기 무슨?"

평소와 다른 사하의 모습이 부담스러워진 현서는 어색하게 웃으며 손목을 빼내려 했다.

"오빠, 오늘 많이 취했나 봐요."

사하는 현서의 손목을 쥔 손에 힘을 주며 강하게 고개를 저었다.

"아니야. 나 안 취했어. 그러니까 내 질문에 대답해 줘. 현서 양은 날 어떻게 생각해?"

잡은 손목을 끌어당기며 사하는 다짜고짜 대답을 요구했다. 기세에 놀란 현서가 뒤로 물러나려 하자 현서를 제 쪽으로 당기며 아예 끌어안으려 했다.

"그만해라, 천 실장."

등 뒤에서 들려온 콴의 목소리에 격하게 들썩이던 사하의 움직임이 그대로 멈춰졌다.

날카롭게 날아와 박히는 서늘한 시선이 온몸으로 감지되자 저를 흥분케 했던 열기가 감쪽같이 자취를 감추었다. 취기와 열기로 흐릿했던 정신이 맑게 깨이면서 현서의 어깨와 손목을 쥐고 있던 손에서 스르륵 힘이 빠졌다.

맙소사……! 내가 무슨 짓을 한 거지?

깨달음에 얼굴이 다시 붉어졌지만 감히 뒤를 돌아보지 못했다. 민망함과 두려움에 몸이 굳어 아무것도 할 수 없는 것이었다.

"현서 넌 그만 올라가."

"네."

대답한 현서가 얼른 뒤돌아서 총총히 걸어가는 걸 보면서도 좀처럼 입이 떨어지지 않았다. 그렇다고 계속 멍청하게 서 있을 순 없었다.

"……죄송합니다. 제가 큰 실수를 했습니다."

그 말을 하고서야 겨우 뒤돌아섰다. 하지만 주인은 그 자리에 없었다.

사하는 본능적으로 안도의 숨을 내쉬었다. 만약 주인이 계속 지켜보고 있었다면, 그대로 심장이 터져 죽었을지도 모른다는 생각이 들었다.

그 일 이후 사하는 몸을 사렸다.

콴이 별다른 책망을 하지 않았음에도 한동안 긴장을 풀지 못했다. 하지만 그런 중에도 주인을 향한 현서의 시선과 현서를 대하는 주인의 마음이 계속 신경 쓰였다.

지난 시간 동안 콴이 현서와 함께 있는 일은 매우 드물었다.

현서의 생일엔 아예 저택에 머물지도 않았다. 백 집사에게 현서가 필요로 하는 것을 챙겨주라고 지시를 내렸다고 했지만, 주인이 직접 나서서 행동을 한 적은 없었다.

그러나 크리스마스이브에 일어났던 잠깐의 사건으로 인해 주인이 현서에게 거리를 두는 진짜 이유가 무엇인지 짐작할 수 있게 됐다.

주인은 현서를 무시하거나 귀찮아한 것이 아니었다. 외려 현서를 의식하고 있었다.

조금만 깊이 생각해 보았다면 충분히 깨달을 수 있었던 사실을 제 감정에만 치우친 나머지 대수롭지 않게 지나친 것이었다.

콴은 현서에게 늘 관심을 가졌고, 현서의 필요에 가장 적합한 인물을 선별해 가까이 있게 만들었다. 지금 현서를 가르치고 있는 김윤경 선생을 선택한 과정만 해도 그랬다.

현서에게 좋은 가르침을 줄 수 있는 선생님이자 편안한 친구가 되어줄 수 있는 어른을 가려내기 위해 지원한 이들의 서류를 콴이 직접 면밀히 검토했다. 합격선에 오른 이들과 개별적인 면담을 하며 가장 부합한 사람을 가려낸 것도 물론 그였다.

금혈을 하게 된 후 사람들과 대면하는 걸 꺼려왔던 주인이 현서의 일에서 만큼은 예외의 모습을 보여준 것이었다. 하지만 현서는 그런 과정에 대해 전혀 알지 못했다.

"아저씨는 저에 대해 관심이 없으신 것 같아요. 천 일이 얼른 지나서 여길 하루라도 빨리 나가 주길 바라시나 봐요."

현서가 푸념하는 말을 들었을 때 사하는 이사장님이 바빠서 그런 것이니 이해해야 한다면서 그녀를 다독였다. 현서가 자세한 사정을 알게 되면 콴을 향한 마음이 더욱 단단해질 것이기에 그런 말을 해줄 수 없었다. 부족하기만 한 현서의 관심이 그나마도 사라지게 되면 정말이지 견디지 못할 것 같았다.

그런 중에 남궁혁이란 인물이 나타났으니 사하의 불안감은 커질 수밖에 없었다.

이 일로 인해 현서가 주인의 진심을 알게 되면 어쩌나 정말로 걱정이 됐다.

콴이 차를 몰고 나가 현서를 만나지 않을까, 하는 추측까지 하게 되자 잡념을 떨치듯 고개를 저었다. 그러나 질투심이 불러 낸 조바심은 쉽게 가시지 않았다.

12. 비밀과 거짓말 (1)

이판암과 사암이 켜켜이 쌓인 해식절벽이 길게 이어지는 해 안 길.

그 길을 현서와 윤경이 나란히 걸어가고 있었다.

"여기 퇴적암층 말이야, 규모면으로는 세계 최고래. 여기 검 은색을 띠는 게 이판암이고, 요기 푸른색이랑 흰색이 도는 게 사암인데, 이 층들이 수평으로 잘 형성된 이유가 호수 속에서 퇴적이 이뤄지고 이후에도 커다란 지각변동을 겪지 않아서래."

설명을 듣는 동안 현서는 간간이 고개를 끄덕였다. 불과 십여 분 전, 박물관 외곽에 전시된 실물 크기의 공룡 모형을 보고 어 린아이처럼 즐거워하며 재잘거렸던 것과 사뭇 대조적인 모습이었다.

"현서야."

"네?"

"피곤하면 그만 집으로 갈까?"

윤경의 말에 현서가 걸음을 멈추고 물었다.

"어떤 집이요?"

"어떤 집이냐니? 그게 무슨 말이야?"

윤경이 되묻자 현서가 힘없이 웃고는 가까이 다가와 팔짱을 끼었다.

"당연히 선생님 집이죠. 아침부터 계속 돌아다녀서 그런지 다리도 아프고 배도 고프고. 할머니가 지어주신 고구마밥이 먹고 싶어졌어요."

"그럼 우리 엄니한테 바로 전화드려야겠네. 현서 좋아하는 고구마 듬뿍 넣어서 밥 지어달라고?"

그 말에 현서가 쿡, 소리를 내어 웃었다. 현서의 눈매가 반달처럼 휘어지는 걸 보곤 윤경도 현서를 보며 풋, 소리 나게 웃었다.

"아까 제가 본 공룡 발자국이요. 그 단단한 바위에 어떻게 그런 발자국이 남았을까요?"

주차장으로 걸어가는 길목에서 현서가 윤경에게 질문을 던졌다.

"그때는 지금처럼 단단한 바위가 아니라 부드러운 뻘이라서 남은 걸 거야. 공룡 발자국이 남아 있는 지역은 호수나 바다의 가장자리였던 곳이 대부분이라고 들었어. 흙이 부드럽고 폭신한 자리를 엄청나게 묵직한 녀석들이 밟고 지나가니까 발자국이 깊게 남은 거지."

"아아."

"그 자리 위로 부드럽고 단단한 퇴적층이 쌓이고, 또 다른 퇴적층이 다시 그 위를 덮고. 그렇게 시간이 지나면서 아주 단단한 바위가 된 걸 우리가 보게 된 거래."

"공룡이 남긴 순간의 발자국이 아주 오랜 시간을 버텨온 거네요."

"그렇지. 꽤 오랜 세월을 견뎌온 셈이지."

윤경은 부드럽게 웃으며 운전석의 문을 열었다. 보조석에 앉은 현서가 안전벨트를 매자 윤경이 천천히 차를 출발시켰다.

"그 흔적이 아니었으면 공룡이 이곳에 살았다 죽었다는 걸 알 수 없었겠죠?"

"발자국만큼이나 확실한 뼈들이 남아 있으니까 모르는 척하고 싶어도 그럴 수가 없었을 거야. 절대로 무시할 수 없는 부피를 가졌던 녀석들이니까 그 흔적도 어마어마한 거고."

"공룡이 멸종한 이유 중 가장 유력한 설이 혜성충돌설이라고 하셨잖아요."

"그랬지."

"공룡들 말이에요, 무서웠을까요? 아니면 아무렇지도 않았을까요?"

윤경은 주차장을 빠져나오느라 현서가 던진 질문의 의도를 바로 이해하지 못했다.

"현서야, 그 질문 다시 해주라. 운전하느라 제대로 집중을 못했어."

"태양이 빛을 잃고 하늘이 어두워졌을 때 말이에요, 엄청 따뜻했던 날씨가 공룡을 얼어 죽게 만들 만큼 차가워졌을 때 공룡들은 어떤 기분을 느꼈을까. 그게 궁금해서요."

"글쎄, 난 별다른 감정을 느끼지 못했을 것 같은데? 공룡은 거대한 파충류였으니까 사람처럼 세세한 감정을 느끼진 않았을 거야."

"그랬을까요? 정말 아무런 느낌이 없었을까요?"

"현서 네 생각은 어떤데?"

"제가 그때 그 공룡이었다면 무지 슬프고, 무지 무서웠을 것 같아요. 하늘이 빛을 잃고 까만 것도 무서운데 죽을 것 같은 추위가 계속되니까 진짜로 많이 힘들었을 것 같아요. 그때 공룡들은 먹을 게 없어서 죽은 게 아니라 감당할 수 없는 두려움과 무서움에 질려서 죽어버린 걸지도 몰라요."

윤경이 놀란 얼굴로 현서를 바라보았을 때 현서의 시선은 차창 밖을 향하고 있었다.

차창 밖으로 펼쳐진 해남의 풍경은 야트막한 언덕과 잔잔한 호수와 같은 평야가 크고 복잡한 대도시가 줄 수 없는 호젓한 여유와 아늑함을 지니고 있었다.

그런데 그 풍경을 바라보는 현서의 옆얼굴엔 서글픈 그림자가 어려 있었다. 운전 중이라 오래 지켜볼 수 없었지만 윤경은 어린 제자의 그늘이 적이 신경 쓰였다.

"현서야, 이따 선생님이랑 술 한잔할까?"

뜻밖의 제안에 현서의 시선이 바로 윤경에게로 향했다.

"울 엄니가 감자전이랑 배추전도 끝내주게 부치시거든. 따끈한 전에 시원한 막걸리를 쭈욱 들이켜잖아? 그 맛이 아주 기가 막히다."

"선생님."

"응?"

"저 아직 미성년자거든요."

"그래서 안 마시려고?"

윤경의 물음에 현서는 가타부타 답을 하지 않았다.

"술은 니들끼리 몰래 마시는 게 아니라 어른들한테 정식으로 배워서 마시는 거야. 그렇게 제대로 잘 마셔야 하는 거라서 주도(酒道)란 말이 생긴 거고. 술이라는 게 지나치지 않게 적당하게 잘 마시면 적잖은 위로와 즐거움을 주는 거거든."

"술을 마시면 슬픈 마음이 위로가 돼요?"

"그런 면이 없잖아 있지. 그런데 가끔은 말이다, 슬픔을 더 크게 느끼게도 해."

"……그럼 전 안 마실래요."

"응? 정말 안 마실 거야?"

"네."

윤경은 담박하게 거절 의사를 밝힌 현서를 밉지 않게 흘겨보았다.

"그래, 그렇게 나온다 이거지. 나중에 한 모금만 주세요, 이럼서 부탁하기 없기다?"

"네, 절대로 안 그럴게요."

다부지게 대꾸하는 현서가 마냥 귀여워서 "으이그" 소리를 내며 현서의 정수리를 가벼이 헝클어뜨렸다.

윤경은 면접을 보러 갔을 때만 해도 현서의 가정교사로 채택되리라고 생각지 않았다. 입구부터 사람을 주눅 들게 만드는 저택의 분위기와 그녀보다 뛰어난 학력과 경력을 가진 후보자들의 면면이 합격에 대한 기대를 버리게 만들었다.

집사라는 호칭이 저절로 떠오르게 만드는 동운의 안내에 따라 서재로 들어섰을 때, 자신을 맞이하던 류환 이사장의 비현실적인 외모를 보고 사십대 중반이란 나이에 걸맞지 않게 심장이 두근거렸다. 그러다 그의 목소리를 듣고 긴장감과 두려움이 확연히 줄어드는 경험을 하게 되었다.

류환 이사장은 자신의 먼 친척인 현서가 몸이 약해 학교에 가지 못했고, 그로 인해 제대로 된 교육을 받지 못했다는 설명을 해주었다. 그래서 적어도 1년 이상은 머물 수 있는 재택교사를 찾고 있다고 말했다.

그때 윤경은 남편과 이혼한 후 3년이란 시간을 홀로 보내고 있었다. 위자료로 받은 약간의 돈은 지방에 계신 어머님께 보낸 터라 재택근무를 해야 한다는 조건이 오히려 맘에 들었다. 그녀는 류 이사장에게 자신의 처지를 허심탄회하게 털어놓았다.

조용히 고개를 끄덕인 류환 이사장은 어떤 방식으로 아이를 가르칠 것인가에 대해 물었다. 윤경은 준비해 간 자료를 토대로 그가 던지는 다양한 질문들에 성심성의껏 답을 하였다. 합격 여부와 상관없이 아이에 대해 남다른 관심과 애정을 가진 보호자의 모습에 무척이나 좋은 인상을 받았다.

그리고 그로부터 며칠 후, 현서의 선생님이 되어달라는 연락을 받았다. 그렇게 시작하게 된 가정교사의 일은 학원 선생과 과외 선생으로 아이를 가르치던 때와 또 다른 보람을 안겨주었다.

호칭만 선생님일 뿐 원장과 학부모들의 눈치를 봐야 하는 경직된 분위기.

아이들의 점수가 향상되지 않으면 잘릴 수밖에 없다는 불안함에 스트레스를 받아야 했던 윤경에게 어떤 평가도 요구하지 않는 자유로운 분위기는 그녀로 하여금 현서에 대한 책임감과 애정을 더욱 가지게 만들었다.

물론 그 바탕엔 현서의 성실한 태도와 탁월한 학습 효과도 큰 몫을 차지했다. 단순한 지식의 전달이 아니라 가르치고 배우는 일에 대해 깊이 생각하고 고민하는 과정을 통해 오랫동안 잊고 있었던 선생님으로서의 기쁨과 보람을 맛볼 수 있었다.

현서는 또래 아이들이 하는 수업 외에도 피아노 레슨과 그림, 서예와 외국어 등의 특별과외를 따로 받았다. 모든 수업은 담당 선생 격인 윤경의 의견과 현서의 의견이 반영되어 진행되었다.

그렇게 현서와 지내는 동안 자신이 한 아이의 선생님으로 완전한 신뢰를 받고 있다는 걸 깨달을 수 있었다.

누군가에게 믿을 만한 존재로 인정을 받는다는 것. 그것은 너 따위에게 내 아들과 손자를 맡길 수 없다며 끝내 이혼을 하게 만든 시어머니의 모진 말과 행동에 크나큰 상처를 입은 윤경의 마음을 따스하게 회복시켜 주었다.

"선생님, 피아노 레슨이요. 선생님이랑 같이 받으면 더 재밌고 신이 날 것 같아요."

늘 배우고 싶었지만 사정이 여의치 않아 번번이 실패했던 피아노 레슨.

바이엘 악보를 보며 서툴게 연주하는 현서를 아련하게 바라보던 윤경은 현서의 제안을 당연히 거절했다. 하지만 현서는 포기하지 않았다. 끈질기게 윤경을 설득해 그녀가 함께 피아노를 배우도록 만들었다.

획일적인 울타리에서 주입식의 교육을 받지 않아서인지 몰라도 현서는 가끔 윤경이 예상치 못한 질문이나 의견을 내놓곤 했다. 그것이 당황스러울 때도 있었지만 그동안 당연하다고 여기고 있던 답에 대해서 근본적인 고민을 하게 만들었다.

어리석을 만큼 고집스럽거나 나이에 걸맞지 않게 되바라진 아이.

이기심과 탐욕으로 가득한 어른의 모습을 축소판으로 보여주는 아이.

타인에 대한 배려심이 결여된 무례한 아이들을 수없이 봐왔던 윤경에게 현서는 어린아이의 순수함이 살아 있는 드맑고 사랑스러운 아이였다.

어머니의 칠순 생신을 앞두고 휴가에 대한 양해를 구할 때, 현서를 데려가도 되는지 류환 이사장에게 물었다. 백 집사나 사하와 함께 외출하는 것이 전부인 현서에게 시골다운 정겨움이 있는 친정집을 보여주고 어머니가 만들어주신 음식을 맛보게 해주고픈 마음이 있어서였다.

"김 선생님과 함께 가는 거면 현서도 무척 좋아할 겁니다. 저역시 안심이고요."

류환 이사장은 윤경의 제안을 흔쾌히 받아들였다. 모처럼의 휴가인데 현서를 데리고 가는 것이 불편하지 않겠냐며 거기까지 마음을 써준 것이 오히려 고맙다고 말했다.

"정말요? 선생님 집에 같이 가는 거예요?"

무영시에서 멀리 떨어진 지방으로 떠나 무려 일주일간이나 머물 수 있다는 말에 현서는 몹시 신나하며 아주 활짝 웃었다. 두 사람은 그 길로 빡빡한 여행 일정을 세웠다.

해남 집에 머무는 동안 우항리에 있는 공룡박물관에 가기로 했다. 진도와 완도에도 들러 푸른 바다를 실컷 구경하고 멋진 풍경 사진도 잔뜩 찍어보자고 했다. 이삼 일은 어머니의 생신 준비를 해야 하니 일주일이란 시간이 부족할 것 같아서 내심 걱정이 되었다.

그런데 그때 휴가 기간을 더 길고 넉넉하게 가지라는 백 집사의 전화를 받았다.

그거 잘되었다 생각하고 현서에게 바로 그 얘길 전했다. 그런데 현서의 표정이 어두워졌다. 여행에 대한 기대로 반짝이던 얼굴이 갑작스레 빛을 잃었기에 당연히 이유가 궁금했다. 그래서 같이 술을 마시자는 촌스러운 제안을 했던 것이었다.

"나 너한테 서운하려고 해."

막걸리 그릇을 비운 윤경이 그 얘길 하자 현서가 우물거리던 감자전을 꿀꺽 삼켰다.

"왜요? 제가 선생님이랑 술 마시기 싫다고 해서요?"

"그래."

"정말로 그것 때문에 서운하신 거예요? 진짜로?"

"그렇다. 어쩔래?"

"와아. 선생님 완전 유치하세요."

말은 그렇게 하면서도 현서는 컵에 남은 물을 모두 마시고 윤경 앞에 빈 잔을 놓았다.

"어허, 막걸리는 여기다 마셔야 제맛이 나는 거야."

주전자에 담긴 막걸리를 대접에 반쯤 채운 윤경은 그것을 새끼손가락으로 휘휘 저은 후 현서에게 내밀었다.

"자아, 눈 딱 감고 쭈욱 들이켜 봐."

"선생님이 주셨으니까 마시긴 할 건데요, 이거 마시고 지금보다 더 우울해지면 어떡해요?"

현서가 진지하게 걱정을 하자 장난기가 설핏 떠올랐던 윤경의 표정이 자못 심각해졌다.

"이거 마시면 확실히 우울해질 것 같니?"

"네."

현서는 솔직하게 고개를 끄덕였다. 윤경은 현서가 들고 있던 대접을 거둬 다시 상 위에 내렸다.

"현서 너, 어제까지만 해도 휴가 기간이 좀 더 길었으면 좋겠다고 했었잖아. 그래서 무영에 올라가는 길에 고창에 있는 청보리밭도 구경하고, 보성에 들러서 녹차아이스크림도 먹어보자 그랬었잖아. 그래 놓고 오늘 갑자기 우울해진 이유가 뭐니?"

"저도 어제까진 정말 그러고 싶었어요."

현서는 그 말을 하고 난 후 막걸리 대접을 입으로 가져갔다. 하지만 몇 모금을 마시지 못하고 대접을 바로 내려놓았다.

"으으, 써라."

생경한 막걸리 맛에 미간을 찌푸린 현서는 동근 감자전을 한 점 뜯어 얼른 입에 넣었다.

"막걸리보다 감자전이 훨씬 더 맛있어요."

현서를 보고 윤경은 피식 웃음을 지었다. 술이 써서 어쩔 줄 몰라 하는 모습이 영락없이 애긴 애구나 싶었다.

"계속 입이 쓰면 배추전을 먹어. 여긴 배추가 달아서 입에 넣으면 아주 살살 녹아."

윤경은 노릇하게 잘 구워진 배추전을 젓가락으로 먹기 좋게 찢었다.

"선생님, 솔직히 말씀해 주세요."

"그래, 뭘 솔직하게 말해줄까?"

"선생님도 제가 귀찮으세요?"

"그런 말 하는 걸 보니까 넌 내가 귀찮은 모양이다?"

"아이 참, 장난으로 대답하지 마시고 진지하게 대답해 주세요."

윤경은 작게 찢은 배추전을 현서의 입에 담뿍 넣어주곤 발그레해진 현서의 한쪽 뺨을 아프지 않게 쥐고 흔들었다.

"그래, 네가 좀 귀찮은 학생이긴 해. 생각지도 못한 질문을 해서 사람 당황하게 하지, 이해가 안 되면 이해가 될 때까지 끈덕지게 물고 늘어져서 피곤하게 하지."

귀찮은 학생이란 말에 두 눈이 동그래졌던 현서는 이어지는 설명을 듣고 입안에 있던 전을 꼭꼭 씹었다. 배추전은 정말 고소하면서도 달짝지근한 맛이 났지만 목구멍으로 넘어갈 땐 이상하게 목이 메었다.

"그래서, 제가 싫으세요?"

몇 초간 벙한 표정이 되었던 윤경은 갑자기 푸핫! 웃음을 터뜨렸다.

"아, 미안미안. 네가 너무 황당한 말을 하니까 나도 모르게 웃음이 나잖아."

"제 말이 황당하셨어요?"

"얘. 내가 니가 귀찮고 싫었으면 널더러 같이 여행을 가자, 술을 마시자, 소리를 했겠니?"

"그건 아저씨가 부탁을 해서, 어쩔 수 없이 그러신 거잖아요."

윤경은 분홍색이 되어버린 현서의 뺨을 아프게 잡았다 놓으며 "뗵!"이라고 야단을 쳤다.

"현서야, 선생님은 말이야, 싫은 건 억만금을 준다고 해도 못하는 사람이야. 그래서 손해 보고 사는 일이 오만 가지도 넘는, 까다롭고 피곤한 사람이라고."

"……"

"선생님은 현서 니가 참 좋아. 얼마나 좋아하느냐면, 네가 내 뒤통수를 치고 발등을 찍는 배신을 때린다고 해도 아마 그럴 만한 이유가 있었겠지. 그러면서 널 이해할 정도로 좋아해. 그러니까 선생님이 널 어떻게 생각할까, 그런 쓸데없는 걱정은 그냥 붙들어매."

"잘 허는 짓이다. 지가 갈키는 학생 앞에서 술주정이나 해싸코."

다른 접시를 들고 방으로 들어온 어머니가 한마디를 하자 윤경이 젓가락을 쥔 채 얼른 자리에서 일어났다.

"하이고, 엄니. 뭘 이렇게 자꾸 해오신대요? 그러지 말고 엄니도 들어오셔라."

"맞아요. 할머니도 여기 같이 앉으세요."

현서까지 거들며 나서자 흰머리가 성성한 윤경의 어머니가 못 이기는 척 자리에 앉았다.

"근데 이쁜 애기 얼굴이 왜 이렇게 뻘겋다냐? 윤갱이 너, 애기한티 이거 마시게 했냐?"

"예에, 지가 할 말이 쪼까 있어서 마시게 했어라."

완벽한 표준말을 구사했던 윤경이 어머니와 대화를 할 땐 구수한 사투리를 사용하는 것이 마냥 신기해서 현서는 두 모녀를 번갈아 바라보았다.

"그려도 벌써 술을 마시게 하믄 못쓰지이."

"술은 어른헌티 배우는 거라고 갈쳐 주셔놓고 어째 이러신데?"

"이이? 내가 그런 말을 다 혔어?"

"암만요. 지한테 술 가르쳐 주신 거 벌써 잊으셨어라?"

"글씨, 니 말을 들으니께 그런 것도 같고오."

이야기를 나누며 다정하게 잔을 주고받는 모녀를 미소로 바라보다 현서는 울컥 눈시울이 뜨거워졌다. 아직도 생사를 알 수 없는 엄마를 생각하자 저만 편안하게 지내는 것이 너무나 죄송스러워졌다. 하지만 손을 꼭 쥐고서 눈물을 꾹 참았다.

그때 윤경의 어머니가 구성진 가락을 읊기 시작했다.

"이 풍진세상(風塵世上)을 만났으니 너의 희망이 무엇이냐. 부귀와 영화를 누렸으면 희망이 족할까. 푸른 하늘 밝은 달 아래 곰곰이 생각하니 세상만사가 춘몽 중에 또다시 꾸움 같다."

현서는 손뼉으로 장단을 맞추며 어른의 흥을 돋워 드리는 데 집중했다.

"선생님, 선생님. 옷 갈아입고 주무세요."

"으어, 괘안아⋯⋯."

만취한 윤경은 불분명하게 말을 흐리더니 팔을 괴고 누운 자세 그대로 코를 곯았다.

현서는 윤경의 머리맡에 베개를 괴어주고 닫혀 있던 영창을 활짝 열었다. 술 냄새와 음식 냄새로 달궈졌던 공기가 물러나면서 개울물이 흘러가는 소리와 풀벌레 우는 소리가 시원한 바람을 타고 밀려들었다.

영창 가까이로 가 자리를 잡은 현서는 명치 아래에 오는 나무 창틀에 팔을 올리고 편안하게 턱을 괴었다. 익숙해진 마당의 정경과 검은 하늘을 총총하게 수놓은 많은 별을 보며 자연이 들려주는 소리들에 가만히 귀를 기울였다.

잠시 좋은 시간을 보내고 있는데, 코를 골던 윤경의 입에서 "으……" 앓는 소리가 흘러나왔다. 얼른 고개를 돌리자 윤경이 몸을 움츠리며 돌아눕는 게 보였다.

곧장 일어난 현서는 얇게 누빈 차렵이불을 꺼내 윤경의 몸에 덮어주었다. 더는 바람이 들어오지 않도록 영창을 닫아걸고 벽에 걸린 시계를 쳐다보았다. 그새 밤 11시가 지난 걸 확인하고 두 사람이 누울 이부자리를 바닥에 펼쳤다.

"선생님, 겉옷이라도 벗으세요."

실신한 것처럼 늘어져 있는 윤경을 겨우 움직여 점퍼를 벗겨낸 후 가까스로 요 위에 눕혔다. 힘을 쓰느라 가빠진 숨을 돌리고 나서 구겨진 점퍼를 챙겨 일어났다.

똑바로 펼쳐 옷걸이에 걸고 돌아서다가 바닥에 떨어져 있는 휴대전화를 발견했다.

윤경의 것임을 알고 바로 다가가 챙겨 들었다. 충전을 해야 하나, 생각하며 액정화면에 눈길을 주었다 전화부 앱을 보며 빠르게 두 눈을 깜빡였다.

깊게 잠든 윤경의 얼굴과 전화부 앱을 번갈아 바라보던 현서는 망설임 끝에 휴대전화를 들고 마루로 나왔다. 슬리퍼를 신고

마당을 가로지르는데 작게 한숨이 흘러나왔다. 전화부에 있는 이름을 확인하겠다고 선생님의 휴대전화를 몰래 들고 나왔으니 맘이 편치 않았다.

그냥 전화번호만 보려는 거잖아. 그러니까 괜찮을 거야.

불편한 맘을 애써 타이르며 마당 한쪽에 있는 널평상에 걸터앉았다. 전화부 목록의 낯선 이름들 속에서 친숙한 이름을 발견하자 반가움에 눈이 반짝 뜨였다.

류환 이사장님, 백 집사님, 사하 씨.

가장 눈길이 가는 글자를 클릭하자 숫자로 표기된 연락처가 나타났다. 그것을 물끄러미 바라보고 있으니 오후 내내 저를 심란하게 만들었던 감정이 슬그머니 얼굴을 드러냈다.

휴가 기간이 길어질 거라는 얘기를 들었을 때만 해도 기분이 정말 좋았었는데, 무려 2주간으로 기간이 늘어났다는 말에 이상하게 서운한 감정이 생겼다.

무슨 공사를 한다고 2주나 걸리는 걸까? 그 정도로 시간이 걸리는 공사였다면 해남으로 떠나기 전에 미리 알려주실 수도 있었을 텐데.

이곳에 와서 선생님과 즐거운 시간을 보내놓고 무영으로 돌아갈 날짜가 늦춰진 것에 불안감을 느끼는 자신이 조금은 못마땅했다.

그래도 서운한 건 서운했다. 지난 시간 동안 아저씨와 제대로 된 대화를 나누었던 기억이 드물어지면서 아저씨는 아직도 내가 불편하고, 그래서 되도록 늦게 돌아오길 바라시는구나, 하는 결론에 이르렀기 때문이다.

그렇다고 주변에 대화를 나눌 상대가 없었던 건 아니었다. 또래 아이들과 사귀진 못했지만 백 집사님과 사하 오빠, 민 변호사님과 김윤경 선생님까지. 말이 통하는 어른들이 늘 가까이에 있었다. 그런데도 류환 아저씨에게만 왜 유독 섭섭한 감정을 가지는 것인지 알다가도 모를 일이었다.

고마운 마음만 가져도 모자란 분인데.

"……난 왜 그런 걸까?"

맥없이 중얼거리며 길게 한숨을 내쉬었다. 그러다 휴대전화를 든 손에 저도 모르게 힘이 들어갔다. 생각지 않은 소리에 움찔해서 휴대전화를 바라보니 아저씨의 번호로 신호가 가고 있었다.

"으앗!"

벌떡 일어나 정지버튼을 눌렀지만 얼굴이 바로 사색이 되었다. 그런데 잠시 후에 벨소리가 울렸다. 아저씨가 전화를 걸었다는 걸 알고 황급히 정지버튼을 눌러 버렸다.

"어떡해! 이제 어떡하지?"

초조함에 서성이다가 다시 전화가 오지 않도록 아예 배터리를 빼버렸다. 그러자 갑자기 몸에 힘이 쭉 빠지면서 널평상 위에 털썩 주저앉고 말았다.

"하아, 나도 모르겠다."

현서는 어깨가 축 처져서 앉아 있다가 평상 위에 등을 대고 누워버렸다. 생각이란 걸 하는 게 겁이 나서 밤하늘에 떠 있는 별들을 하나둘 세기 시작했다. 무거워진 눈꺼풀을 느릿하게 깜빡이다가 어느 즈음 눈을 감았다. 조금 전 행동들이 콴에게 어떤 감정을 주었는지 자각하지도 못한 채 그대로 까무룩 잠이 들었다.

서늘한 밤바람에 한기가 느껴지자 현서가 동글게 몸을 웅크렸다. 그런데 뭔가 포근한 기운이 들더니 몸이 갑자기 위로 붕 떠올랐다. 편안히 누워 있던 바닥에서 떨어지는 느낌이 들자 본능적으로 몸이 움츠러들었다.

괜찮아. 걱정 마.

마치 말을 건네는 것처럼 에워싸는 기운 속에서 현서는 다시금 평온히 잠에 취했다.

⚜ ⚜ ⚜

현서가 윤경의 집에서 막걸리를 마시고 있을 때 콴은 고속도로를 질주하고 있었다.

그의 머릿속엔 남궁혁을 어떻게 처리할 것인가에 대한 생각이 가득 차 있었다.

남궁혁은 태양 아래서조차 자유로운 인간이었지만 콴의 몸은 여전히 부자유했다.

1년여의 기간을 훌륭하게 견딘 결과 먹구름이 잔뜩 낀 하늘을 잠시나마 바라볼 수 있는 상태가 되었다. 그러나 콴이 가진 특별한 능력—사물을 통해 과거를 읽어내는 능력과 일기(日氣)를 조절하는 능력, 상처를 고치는 치유력 등—의 일부가 조금씩 약화되고 있었다.

때문에 남궁혁을 상대하는 일에 신중을 기해야 했다. 혼자 움직이는 것처럼 보이는 남궁혁의 뒤엔 현서를 기꺼워하지 않는 이들이 존재하고 있었다.

능력이 약화되었다고는 하나 콴의 힘은 여느 사람과는 비교조차 안 될 만큼 강했다.

그 힘을 이용해 남궁혁을 처리할 것이지만 또 다른 문제가 생기지 않도록 주의를 기울일 필요가 있었다. 현서를 보호하려고 행한 일이 자칫 현서를 곤란하게 만들 수도 있었기 때문이다.

"아저씨! 같이 가요!"

고속도로 휴게소의 주유소로 향하던 콴은 급히 브레이크를 밟았다.

끼이이익—!

요란한 파찰음에 사람들의 시선이 콴에게 향했지만 그의 눈길은 목소리의 주인공에게 닿아 있었다.

현서와 닮은 목소리를 가진 여자는 나이 차가 꽤 많아 보이는 남자를 향해 뛰어가고 있었다. 콴의 강렬한 시선을 느끼고 걸음을 늦췄던 그녀는 고개를 돌렸다가 눈이 몹시 휘둥그레졌다. 은색 포르쉐의 운전석에 앉은 지독히도 잘생긴 남자가 저를 뚫어져라 보고 있으니 그런 반응이 나온 것이었다.

"이봐. 앞에 아저씨! 빨랑 좀 비키지? 뒤에 기다리고 있는 거 안 보이나?"

불만 가득한 목소리로 투덜대던 남자가 클랙슨까지 눌러대자 콴이 소리 나는 방향으로 고개를 돌렸다. 힘깨나 쓰는 폭력배처럼 인상이 험악한 남자는 콴과 눈이 마주치자 움찔 눈썹을 올렸다. 아무 말도 하지 않은 것처럼 시선을 피한 그는 슬그머니 차를 후진시켰다.

사실 콴은 남자를 바라보기만 했을 뿐 아무런 행동을 취하지 않았다. 하지만 남자는 천적을 만난 초식동물처럼 식은땀을 흘리고 있었다. 이제껏 다른 남자와의 기싸움이나 몸싸움에서 밀려본 적이 없었던 터라 피가 얼어버릴 것처럼 오싹한 한기와 공포를 느끼게 된 것에 굉장한 충격을 받은 참이었다.

남자가 덜덜 떨고 있거나 말거나 상관없이 콴은 정면으로 시선을 돌렸다. 아저씨를 외친 여자가 현서와 다른 인물인 것을 확인하고 나자 더는 그곳에 머물 이유가 없었다.

묘하게 허탈한 기분이 되어 차를 출발시키는데, 어디선가 휴대전화 벨소리가 들렸다.

그 소리가 차 안에서 들려오고 있다는 걸 인식하고 주차장 어귀에 차를 세웠다. 운전대에 한 손을 올려놓았던 콴은 큰 소리로 울고 있는 휴대전화를 낯선 물건인 양 바라보았다.

휴대전화— 개인이 가지고 다니면서 어디에서나 통화할 수 있는 소형 무선 전화기.

대한민국 사람들 대부분이 소유하고 있는 이 디지털 기기에 대해 콴은 그다지 필요성을 느끼지 못했다. 그러나 현서의 가정교사를 들이기로 한 후엔 자신의 명의로 된 휴대전화를 장만했다. 그럼에도 휴대전화를 사용하거나 외출 시에 챙겨가는 것이 좀처럼 적응되지 않았다.

만약 동운이 떠맡기다시피 맡기지 않았다면 아마 오늘도 챙기지 못했을 터였다.

"이사장님께 급히 연락드려야 할 일이 생길 수 있잖습니까? 해남에 내려간 김 선생이나 현서 아가씨에게 전화가 올 수도 있고 하니, 꼭 가져가십시오."

이틀째 드라이브를 나서는 콴이 걱정됐는지 동운이 당부를 하며 휴대전화를 내밀었다.

그 말이 틀리지 않다는 생각이 들어 콴도 말없이 그것을 받아 들었다.

윤경이 현서와 여행을 가기 전 콴은 자신의 휴대전화 번호를 알려주었다. 혹시라도 일이 생기면 언제든 연락을 달라는 의미였지만 전화가 올 일이 없길 바랐다. 윤경에게 연락이 온다는 건 현서에게 어떤 식으로든 문제가 생겼다는 걸 의미했기 때문이다.

그런데 지금 전화를 걸어온 사람이 바로 김윤경 선생이었다. 전화를 걸어온 시각도 무려 밤 11시가 넘은 늦은 시각. 그런데 통화버튼을 누르기도 전에 전화가 뚝 끊어졌다.

콴은 당연히 윤경에게 연락을 취했다. 하지만 그녀는 전화를 받지 않았다.

무슨 사정인지 알 수 없었기에 한 번 더 통화버튼을 눌렀다. 그런데 이번엔 전원이 꺼져 있다는 소리가 들렸다.

전화기를 내리며 콴은 심각하게 인상을 썼다. 무슨 일로 연락을 한 것인지 짐작이 되지 않으니 당연히 신경이 쓰였다. 단순한 안부 전화라고 하기엔 시각이 꽤 늦었다는 것도, 전화기의 전원이 꺼져 있다는 것도 마음에 걸렸다.

설마 문제가 생긴 건가?

부지불식간 남궁혁을 떠올렸지만 곧 지나친 생각이란 판단을 내렸다. 남궁혁이 아무리 뛰어난 재주를 가졌다고 해도 고작 하루 사이에 현서의 행방을 알아낼 순 없을 터였다.

굳이 남궁혁이 아니라고 해도 좋지 않은 사고가 생겼을 가능성은 없지 않았다. 갑작스러운 교통사고를 당했다거나 질이 나쁜 불량배를 만나 곤란한 상황에 처했다거나.

좋지 않은 상황을 예상하자마자 심장의 박동이 빨라지기 시작했다. 평정심을 잃지 않으려 심호흡을 해보았지만 머리와 가습이 활화산이 폭발한 것처럼 뜨겁게 끓어올랐다.

　　최종 목적지를 해남으로 수정하고 곧바로 고속도로로 접어들었다. 액셀러레이터를 밟아 속력을 최대치로 높이자 도로 위의 다른 차들이 콴의 등 뒤로 재빨리 멀어졌다.

13. 비밀과 거짓말 (2)

은색 포르쉐가 **리에 들어섰을 때 하늘은 여전한 어둠에 잠겨 있었다.

마을 어귀에 차를 세운 콴은 차에서 내려 아름드리 정자나무가 있는 자리로 걸어갔다.

현서의 흔적을 찾기 위해 나무 기둥에 손을 대고 눈을 감았다. 콴에게서 흘러나온 기운이 잔잔한 바람을 일으키자 그의 머리칼과 옷자락이 바람을 따라 부드럽게 흔들렸다.

싱그러운 풀 향기와 풋풋한 흙냄새가 녹아 있는 공기 속에서 현서가 가진 고유한 향기가 선명히 감지되었다. 콴은 두 손을 나무에 올린 채 더욱 정신을 집중했다.

겸손하게 고개를 숙여 부탁하는 콴에게 땅은 자신이 품고 있던 기억을 들려주었고, 나무와 꽃들은 자신들이 본 것을 아스라이 그려주었다.

그들이 전한 모든 것을 간직한 콴은 천천히 감은 눈을 떴다.

현서가 머물고 있던 집을 향해 신속히 움직이는 그의 표정은 어딘가 모르게 굳어 있었다.

조금 전 그녀가 무탈하다는 걸 보았음에도 왜인지 마음이 놓이지 않았다. 현서의 상태를 제 눈으로 직접 확인해야만 무영으로 돌아가는 발걸음이 가벼워질 것 같았다.

돌담이 얕아 가옥이 훤히 들여다보이는 기와집 마당에 들어서기 전 콴은 시간을 잠시 정지시켰다. 가까운 이웃에 살고 있는 누렁개가 짖기라도 한다면 잠귀가 밝은 사람들이 깨어날 것이기 때문이었다.

널평상에 누운 채 잠들어 있는 현서를 발견한 콴은 그리로 성큼 다가갔다.

이곳에 도착하기 전까지 그의 심장은 걱정과 불안, 착잡함이 한데 엉겨 무겁고 불편했다. 출구가 보이지 않는 터널에 갇힌 것 같은 막막함이 더해져 불투명하고 시끄러웠던 감정들은 현서를 들여다본 순간 어이없을 만큼 홀가분하게 가벼워졌다.

"……현서. 이현서."

은은한 달빛과 괴괴한 침묵이 공존하는 공간에서 나직한 목소리가 공기를 울렸다.

콴은 웅크린 현서를 안아 들었다. 서늘한 온도 때문인지, 자리가 달라진 것에 대한 반응인지 현서가 꼼지락 몸을 움직였다. 작고 가붓한 몸이 품으로 파고들자 그가 주춤 멈추어 섰다. 현서를 바짝 안게 되자 그를 이곳으로 이끈 전화가 실수에 의한 것임을 알게 되었다.

그러나 원망스러운 마음이 한 움큼도 들지 않았다. 별문제가 아닌 걸 확인했으니 오히려 다행이라 안심하며 그녀를 누일 방으로 향했다.

콴은 현서가 펴놓은 이부자리에 현서를 눕혔다. 현서의 머리맡에 베개를 괴이고 이불을 덮어주는 그의 손길은 능숙하면서도 다정했다.

현서가 무탈한 것을 알았으니 그는 이제 떠나야 했다. 머잖아 해가 뜰 시각이라 시간의 여유가 별로 없었다. 햇빛을 피할 어두운 공간을 찾으려면 지금 움직여도 시간이 빠듯했다.

그런데 현서의 옆에 자리를 잡고 앉아버렸다. 그가 와 있다는 걸 전혀 모르고 있는 현서에게 눈길을 고정한 채 붙박이처럼 머물러 있었다.

콴에게 현서는 멀리해야만 하는 대상이었다. 현서에게 이끌리는 감정의 바탕엔 향기로운 피를 탐하고픈 욕망이 깔려 있다고 판단했기 때문이다. 뱀파이어에게 흡혈에 대한 갈망은 빛을 따르는 그림자처럼 분리하여 떼어낼 수 없는 것이었다. 자신의 감정 속에 순수한 애정이 들어 있다고 해도 그것을 선뜻 인정하고 싶지 않았다.

그가 알고 있는 사랑은 한없이 순수하고 그저 아름답기만 한 낭만이 아니었다.

사랑이란 감정의 이면엔 자신과 상대를 죽음에까지 이르게 하는 극렬한 광기가 포함되어 있었다. 누군가는 사랑이라 말하는 끔찍한 집착으로 인해 콴은 상실의 아픔과 처참한 죽음을 겪었다.

잊으려야 잊을 수 없는 지독한 경험들은 콴에게 남녀 간의 사랑에 대한 근원적인 거부감을 가지게 만들었다. 한 사람의 이성을 마비시켜 극단적으로 만드는 감정보다 논리와 원칙, 신중함과 절제 같은 미덕을 추구하며 살아가도록 만들었다.

하지만…….

무시하려고 해도 무시가 되지 않는 이끌림과 정답을 알 수 없는 질문들이 되풀이되었다.

콴은 저를 혼란케 만드는 존재인 현서에게로 손을 뻗었다.

서늘한 손끝에 뺨의 온기가 닿자 심장에 찌르르 전율이 일었다.

두 눈을 가늘게 뜬 콴은 그 손을 현서의 목으로 가져갔다. 맥박이 뛰는 핏줄, 규칙적인 맥동을 손끝으로 느끼고 있는데도 왜인지 피를 탐하고 싶은 욕심이 생기지 않았다.

쉽게 믿겨지지 않는 상황이라 그의 표정이 자못 심각해졌다.

콴은 다시 현서의 얼굴을 바라보았다. 온전한 생명이 깃들어

붉게 반짝이는 입술, 어둠 속에서도 생기를 잃지 않는 작고 하얀 얼굴이 그의 시선을 완전히 사로잡았다.

느릿하게 눈을 깜빡인 콴은 현서에게로 고개를 숙였다.

희고 동근 이마 위에 입을 맞췄을 때 그의 심장이 쿵! 소리를 내며 무겁게 떨어졌다.

고개를 든 콴은 조용히 일어났다. 더는 시간을 지체할 수 없었기에 그대로 방을 나가 검푸른 공기를 가르며 걷기 시작했다. 혼란함과 의구심이 만든 무거운 번민에서 풀려난 콴의 표정은 구름을 벗어난 달처럼 더없이 명징하고 차분했다.

✤　✤　✤

〈아무 말씀도 없이 외박을 하셔서 걱정하던 참이었습니다. 마침 전화를 주시니 마음이 놓입니다.〉

"내가 괜한 걱정을 하게 만들었군. 생각보다 멀리 와버려서 돌아가는 시간이 걸리는 것뿐이야. 그러니 너무 걱정 마시게."

콴은 편안한 목소리로 동운을 안심시켰다.

〈그러셨군요. 시간이 시간이니만큼 해가 진 다음에나 출발하시겠지요?〉

"아무래도 그렇겠지."

〈이사장님, 지금 계신 곳이 어디신지 여쭤봐도 되겠습니까?〉

"바닷가 근처 호텔에 머물고 있어. 내가 붉은 과즙은 챙겨 마신 건지 그게 궁금한 모양이로군."

〈예.〉

"그 또한 빼먹지 않았으니 안심하도록 해."

〈아, 그러셨군요. 잘하셨습니다. 정말 다행입니다.〉

마음이 놓이는 표정을 짓는 동운의 얼굴이 눈에 선하자 콴은 옅은 미소를 지었다. 동운의 말투며 표정이 영락없이 손자를 걱정하는 할아버지 같아서였다.

"백 집사."

〈예, 이사장님.〉

"밤사이 다른 일은 없었나?"

〈아직까진 별다른 일이 없었습니다. 여기 일은 저와 사하가 최선을 다하고 있으니 아무 염려 마시고 우선 편히 휴식을 취하세요.〉

"그래, 자네 말대로 하지."

콴은 출발 전에 연락을 하겠다고 하고 전화를 끊었다. 운전석에 등을 기댄 채 눈을 감는 콴의 얼굴에 한 줄기 미소가 어렸다. 인간보다 더 인간적인 면모를 가진 동운과 사하의 따스한 충성심이 오늘따라 새삼 든든하고 고맙게 다가왔다.

동운에겐 호텔에 있다고 했지만 콴이 실제로 머물고 있는 곳은 그의 차 안이었다. 순식간에 하늘을 밝히는 태양을 피해 숨어든 곳이 어느 허름한 건물의 지하주차장이었기 때문이다.

"여긴 햇빛이 쨍쨍한 날에 봐야 되는데."

뽀얀 물안개에 감싸인 다원(茶園)을 내려다보는 윤경의 얼굴에 아쉬움이 가득했다.

"전 나쁘지 않은데요?"

"나쁘지 않다고?"

"안개 속에 있으니까 녹차 잎이 더 촉촉하고 말랑말랑해 보여요."

우아한 곡선을 그리는 초록의 띠와 안개의 조화가 싱그러우면서도 신비로운 느낌을 준다고 덧붙이자 윤경이 수긍하듯 고개를 끄덕였다.

"감수성이 예민한 소녀는 달라도 뭐가 다르구나. 난 비가 내리거나 안개가 끼면 바로 운전이 걱정이거든."

윤경의 말에 이번엔 현서가 크게 고개를 끄덕였다. 그런 현서가 귀여워 피식 웃은 윤경은 현서의 손을 잡고 걸음을 옮겼다.

"안개를 봐서 그런가? 무영시에 계신 신사분들이 저절로 생각나네. 사하 씨랑 백 집사님이랑 다들 어찌 지내시려나? 따로 연락이 없는 걸 보면 잘들 계신 거겠지?"

"네, 그럴 거예요."

"내가 전에 얘기 했었나?"

"무슨 얘기요?"

"무영으로 면접 보러 갔을 때 얘기. 거기가 한국이 아니라 유럽 귀족이 사는 저택인 줄 알았다고. 건물도 건물이지만 정원도 어마어마하게 넓고. 현서 너도 알다시피 거기 사는 남자분들이 다들 한 인물 하시잖니. 사하 씨도 그렇고 백 집사님도 그렇고, 류 이사장님은 말할 것도 없고."

"네. 저도 처음엔 그런 느낌을 받았어요."

"아! 그나저나 걱정이네."

윤경이 갑자기 걱정스런 얼굴이 되자 현서가 무슨 일인가 궁금한 눈으로 윤경을 보았다.

"선생님이 이사장님한테 전화한 거 말이야. 술이 너무 취해서 실수한 거라고 해명은 했는데, 이사장님이 그걸 어떻게 받아들였을지 계속 신경이 쓰이네."

의기소침한 얼굴로 한숨짓는 윤경을 보고 현서는 쿡 양심이 찔렸다.

실수로 통화버튼을 눌렀다가 나중엔 까무룩 잠이 들었던 다음 날 아침.

휴대전화를 들고 갸웃하던 윤경을 보았을 때 심장이 쿵쾅쿵쾅 뛰었다. 허락 없이 휴대전화를 만진 것이 죄송해서 무슨 말부터 해야 하나 걱정을 하며 다가갔다.

그런데 윤경이 뭔가 실수를 한 것 같다면서 휴대전화를 들고 밖으로 나갔다. 조금 뒤 통화를 마치고 돌아온 그녀는 술에 취해 엉뚱한 전화를 했다면서 멋쩍게 웃었다. 상황이 그렇게 흐르게 되자 저가 한 실수란 말을 도저히 꺼낼 수 없었다.

"내가 보호자 노릇을 제대로 못 한다고 생각하시면 어쩌니?"

"아저씨랑 통화하셨을 때 아저씨가 괜찮다고, 신경 쓰지 말라고 하셨다면서요."

"그렇지. 말은 물론 그렇게 하셨지."

"아저씨가 그렇게 얘기하셨으면 신경 안 쓰셔도 돼요. 아저씨는 저랑 관련된 일에 별로 관심이 없으시거든요."

"이사장님이 네 일에 관심이 없으시다니, 그게 무슨 말이야?"

"일이 워낙 바쁘시잖아요. 그래서 신경 쓸 여유가 없으실 거란 뜻이에요."

"그래? 선생님 생각은 좀 다른데."

"어떤 점이요?"

"일이 바쁜 중에도 현서 네 일엔 항상 신경을 쓰시는 것 같았거든."

"아, 네."

현서는 짧게 답을 하고 형식적으로 고개를 끄덕였다.

"현서 너, 반응이 좀 그렇다? 왜? 이사장님한테 무슨 야단이라도 맞았니?"

"아니요. 그런 거 아니에요."

"선생님 눈엔 그렇게 안 보이는데?"

"제 표정이 어떤데요?"

"무슨 안 좋은 얘기라도 들은 것처럼 서운한 표정을 하고 있어.”

현서는 그렇지 않다고 고개를 저었다. 그러나 윤경은 현서의 말을 믿지 않는 눈치였다. 그예 하는 수 없이 제 기분이 그런 것뿐이라고 해명했다.

“무슨 특별한 일이 있어서 아니라 그냥 제 느낌이, 제 기분이 서운해서 그런 거예요. 별거 아니니까 신경 쓰지 마세요, 선생님.”

“아무 일도 없는데 그런 기분이 될 수가 있나?”

윤경은 아예 걸음을 멈추고 현서의 얼굴을 들여다보았다.

“현서야, 그러지 말고 그런 마음이 언제부터 생긴 건지, 한번 차근하게 얘기를 해봐. 아주 대단하게 인상적인 일이 아니어도 돼. 대수롭지 않게 지나칠 수도 있었던 아주 사소한 거, 그런 것도 상관없어. 원래 사람이 사소한 걸로 감동도 받고 서운하기도 하고 그런 거거든.”

알아듣기 쉬운 설명이라 현서는 바로 얘기를 시작하려 했다. 그런데 입을 떼는 것이 쉽지 않았다. 제 얘기가 정말 별것이 아니란 생각이 들기도 했고, 대수롭지 않은 일로 맘이나 상하는 속이 좁은 아이라는 평을 받게 되는 것이 두렵기도 했다. 하지만 다정하게 살펴보는 윤경을 보고 있으니 솔직하게 얘기하는 것이 이런 마음을 훌훌 털어버릴 수 있는 방법이 아닐까 흔들리기도 했다.

“아저씨가 너 앞에서만 말을 험하게 하거나 못되게 하거나 그러시니?"

"아니요."

"그럼 혹시 네가 불편해하는 행동 같은 걸 한다거나……"

윤경이 말하는 불편한 행동이 어떤 의미인지 느껴지자 현서는 강하게 고개를 저었다.

"아니에요, 선생님. 그런 적은 한 번도 없으세요."

"흠. 그럼 뭐가 문젤까?"

"아저씨는 그냥…… 얘길 잘 안 하세요."

"얘기를 잘 안 하신다고?"

"네. 선생님은 저한테 뭐든 얘길 해주시잖아요? 제가 잘하는 게 있으면 칭찬해 주시고, 잘못한 게 있으면 따끔하게 혼도 내주시고."

윤경은 계속 해보라는 듯 현서의 눈을 보며 고개를 끄덕였다.

"그런데 아저씨는 그런 게 하나도 없으세요. 아저씨 집에서 지낸 시간이 벌써 1년이거든요. 하지만 아저씨랑 얘길 나눈 건 손에 꼽힐 정도로 드물어요."

꾹꾹 참아왔던 속마음을 털어놓는 현서의 얼굴엔 서운함과 섭섭함이 아련하게 어른거렸다. 윤경은 이제야 이해된다는 듯 현서의 손을 두어 번 토닥였다.

"그래, 선생님이 네 입장이었어도 섭섭한 마음이 들었을 거야. 그런데 현서야, 이사장님이 말이 없으신 건 워낙에 과묵하고 조용한 성격이라서 그런 게 아닐까? 선생님도 거기서 8개월을 지냈지만 이사장님이랑 얘길 나눈 건 많지 않았거든."

"선생님도요?"

"응. 하지만 너랑 이사장님 사이에 원활한 대화가 없다는 건 조금 개선이 될 필요가 있겠어. 그 집에 계신 남자분들이 한 사람이라도 결혼을 했으면 널 대하는 방식이 조금은 달랐을 텐데. 다들 하나같이 미혼이시니 널 대하는 거나 얘길 하는 데 한계가 있을 거야."

나름의 진단을 내린 윤경은 현서의 이해를 돕기 위해 설명을 덧붙였다.

"결혼을 하고 자녀가 생기면 예전엔 보이지 않던 것들이 보이는 법이거든. 그런데 백 집사님도 미혼이시고 사하 씨나 류 이사장님도 미혼이니까 여자들이 뭐에 서운해하고, 뭐에 감동을 받는지 감이 안 오는 걸 거야."

확실히 이해가 되는 설명이라 현서는 가만히 고개를 끄덕거렸다.

"그나저나 이사장님은 왜 아직 미혼이시지? 결혼 상대자로 어디 하나 빠지는 게 없어 보이시는데? 결혼은 싫고 연애만 하자는 주의인가? 집에 데려오는 사람이 없는 걸 보면 특별히 만나는 사람이 있는 것 같진 않은데."

윤경으로선 당연한 의문이었으나 현서는 생각지 못한 감정을 느꼈다.

결혼이란 단어는 결코 생소하지 않은 단어였다. 그러나 류환 이사장과 결혼을 연결 지어 이야기를 듣는 것이 처음이라 저도 모르게 놀라움을 느꼈다. 그런데 불편하고 기껍지 않은 감정을 함께 느낀다는 건 솔직히 이해가 가지 않았다.

"에구머니, 내가 또 괜한 말을. 현서야, 좀 전에 선생님이 한 말 귀담아듣지 마. 네 고민을 들어준다 그러고선 샛길로 빠지는 거 보면 내가 확실히 아줌마지 싶어."

멈췄던 걸음을 옮기며 두런두런 이야기를 나눈 두 사람은 어느덧 삼나무가 즐비한 산책로 입구로 접어들었다. 하늘을 향해 쭉쭉 뻗은 키가 큰 삼나무들과 여전히 자욱한 안개가 어우러진 산책길은 판타지 영화의 한 장면처럼 몽환적이었다.

여느 때라면 감탄을 터뜨렸을 그 길을 걸으며 현서는 아무런 말도 하지 않았다.

촉촉한 물기 속에 스며든 삼나무 향기를 맡았을 때, 마음 어딘가가 우르르 무너져 내리는 것 같았기 때문이다. 싱그럽고 청쾌한 그 향기는 류환 이사장이 현서를 보듬어주었을 때 맡아지던 향기와 매우 흡사했다. 그것은 불안해하는 현서를 안심시키고 위로해 주었던 좋은 추억을 가진 향기였다. 그런데 지금 이 순간만큼은 저의 맘을 서글프게 만드는 나쁜 것이 되어 있었다.

"계속 걸었더니 배가 슬슬 고프네. 현서야, 아침 먹으러 안 갈래?"

"전 아직 생각이 없는데. 전 좀 더 걷다 갈게요. 선생님 먼저 식사하세요."

"밥을 뭐 생각으로 먹니? 때가 되니까 먹는 거지. 그리고 난 혼자 밥 먹는 거 싫다. 내가 제일 싫어하는 게 혼자 밥 먹는 거야."

현서는 별수 없이 발길을 되돌렸다. 그러나 곧 마음을 바꾸었다. 아저씨를 떠올리게 만드는 산책로를 걸으며 우울해하는 것보다 선생님과 아침을 먹는 것이 훨씬 나을 것 같았다.

"다른 건 몰라도 현서 밥은 제때에 잘 챙겨주라고 이사장님이 당부에 당부를 하셨어. 그러니까 선생님은 널 굶기지 않아야 하는 의무가 있는 거지."

윤경이 장난기 어린 미소를 지으며 말하자 현서가 확인하듯 물었다.

"아저씨가 그런 말씀을 하셨다고요? 사하 오빠나 백 집사님이 하신 게 아니고요?"

"그렇다니까. 현서 네가 먹고 싶어 하는 거, 하고 싶어 하는 거 부담 없이 챙겨주라고 휴가비도 넉넉하게 챙겨주셨어. 그런데 엊그제 통화하고 나서도 경비를 또 보내셨어. 전에 받은 것도 아직 남았다고 했는데도 부담 갖지 말고 편히 쓰라면서."

"아저씬 정말 이상하세요."

"응? 그건 또 무슨 말이야?"

"아저씬 그런 얘길 왜 선생님한테만 하실까요? 다른 사람한 텐 절 생각하는 것처럼 행동하시면서, 정작 저랑은 얘기도 잘 안 하시고."

"그거야 선생님이 너랑 같이 있으니까 그렇지."

"맞아요. 아저씬 저랑 같이 있는 게 싫으신 거예요. 그래서 절 선생님한테 맡기고 뒤로 물러나 계신 거예요."

"현서야, 그건 아니지. 그건 네가 진짜 오해하는 거야."

"아니에요. 그건 제 생각이 맞아요. 아저씬 제가 부담스럽고 싫은 거예요. 그래서⋯⋯!"

절 보려고 하지 않고, 우리 엄마에 대한 얘기도 알려주시지 않는 거예요!

현서는 속엣말을 하는 대신 울음을 터뜨리고 말았다. 윤경은 현서가 부모님이 계시지 않는 고아이기에 보호자가 되어준 친척 아저씨의 집에 머무는 것으로 알고 있었다. 그러니 자신의 서운함이 어디서부터 기인한 것인지, 그 진짜 이유를 차마 말할 수 없었다.

"⋯⋯현서야."

상처 입은 사람처럼 아프게 우는 현서 앞에서 윤경은 당혹스러움을 느꼈다.

여태 큰 소리 한 번 낸 적 없던 현서가 엉엉! 소리까지 내며 크게 울자 놀랄 수밖에 없었다. 그래서 어찌할 바를 몰랐지만 곧 두 팔을 들어 현서를 안아주었다. 두 손으로 얼굴을 가린 채 울고 있는 현서를 토닥이고 있으니 무엇이 그리 힘든 것인지 알 것 같았다.

현서는 지금 혼자였다. 엄청난 부를 가진 친척 아저씨의 집에서 부족한 것이 하나 없는 풍요로운 생활을 하고 있었지만 부모님이 모두 부재하시니 혈혈단신과 마찬가지였다.

류환 이사장은 윤경에게 현서의 부모님이 불의의 사고로 모두 돌아가셨다는 말을 해주면서 다른 사람들 앞에선 그 얘기를 일절 삼가달라는 부탁을 했었다. 저택에서 일을 하는 사람들은 현서의 아버지가 사업상 먼 타국에 있고, 현서는 건강상의 이유로 이곳에 와 있는 것으로 알고 있기 때문이었다.

윤경은 흐느끼는 현서의 등을 가만가만 쓸어주었다. 그간 별다른 말이 없어서 큰 문제가 없을 거라고 생각했는데, 현서의 마음 깊은 곳에 어떤 것으로도 채워지지 않는 어두운 공간이 자리하고 있구나, 하는 안타깝고 안쓰러운 마음이 들었다.

현서가 우는 것을 보고 있으니 엄마가 저를 버리고 떠난 것으로만 알고 있는 제 자식이 떠올라서 윤경의 눈에도 어느덧 눈물이 글썽해졌다. 그러나 윤경은 울지 않았다. 이 상황에선 현서와 함께 우는 것보다 현서를 보듬고 위로하는 것이 우선이라고 판단해 눈물을 참았다.

현서는 차츰 울음소리가 잦아들었고, 어느 즈음 완전히 울음을 멈추었다. 그리고 눈물이 번진 눈가를 두 손으로 훔치며 몹시 민망해했다.

"죄송해요, 선생님. 많이 놀라셨죠?"

"안 놀랐다고 하면 거짓말이고, 그래도 뭐 엄청난 충격까진 아니었어."

윤경의 너스레에 현서가 눈가와 코끝이 빨개진 채 푸시시 웃었다.

"이게 다 아침을 안 먹어서 그런 거야. 사람이 속이 허하면 감정이 그런 식으로 표출되는 법이지. 그래도 실컷 울었으니까 속은 시원하겠다, 그치?"

"······네."

대답을 듣고 미소 지은 윤경은 눈물로 얼룩진 현서의 얼굴을 손수건으로 닦아주었다.

"네 입장에선 그런 서운함이 있을 수 있어. 아저씨랑 너랑 친척이라고 해도 친부모님이랑은 먼 느낌일 테니까. 그런데 아저씨가 널 싫어한다는 건 진짜 오해야."

윤경은 이사장님이란 호칭 대신 아저씨란 말을 의식적으로 사용했다. 현서가 느끼는 거리감을 그렇게라도 줄여주고 싶은 마음이 반영되었기 때문이다.

"아까 말했었지? 선생님도 너희 아저씨랑 얘길 나눈 적이 많지 않다고."

"네."

"그런데 아저씨와 얘기를 할 때 그 주제는 항상 너였어."

"그건 선생님이 제 가정교사라서 그런 게 아닐까요?"

"그거야 그렇지. 하지만 그건 네가 말한 것과 부딪치는 말이 아닐까? 아저씨가 선생님한테 모든 걸 맡기고 뒤로 물러나 있는 거라면, 현서 네가 뭘 좋아하고 뭘 싫어하는지 그걸 궁금해하셨을까? 너한테 필요한 게 있으면 비용은 신경 쓰지 말고 무엇이든 진행하라고 하셨을까?"

현서는 아니라는 반박을 할 수 없었다.

"해남에 널 데려가고 싶다고 했을 때 아저씨가 그러시더라. 자기 사정이 여의치 않아서 현서를 데리고 외출한 적이 한 번도 없었다고. 그러니까 선생님이 현서에게 많은 걸 보여주셨으면 좋겠다고. 아주 정중하게 부탁하셨어."

듣기 좋으라고 꾸며낸 말이 아니라는 걸 깨달은 순간 현서의 눈빛이 잔잔하게 흔들렸다.

"남자들은 여자랑 대화하는 법을 확실히 모르는 것 같아. 남자는 말보다 행동을 해야 한다고 생각해서 그런 건지 모르겠지만, 여자들이 죄다 독심술이 있는 것도 아니고, 말하지 않는 속을 어찌 알겠느냐고. 안 그래?"

"선생님."

"응?"

"그러니까 선생님 말씀은 아저씨가 절 싫어하지 않는다, 그런 뜻인 거죠?"

"그럼, 당연하지. 그런데 그 얘기, 어디서 많이 들어본 것 같다? 전에 나한테도 그런 말 하지 않았니?"

"네, 그랬어요."

"현서 너, 네가 귀찮은 짐 같은 존재라는 생각을 아직도 갖고 있는 거니? 그래?"

정곡을 찌르는 질문이라 현서는 뜨끔한 얼굴이 되었다. 하지만 솔직하게 그렇다고 시인했다.

"왜 자꾸 그런 생각을 해? 넌 충분히 사랑받을 만한 아이고, 또 충분히 사랑받고 있는 아이야."

"정말로 그렇게 생각하세요?"

"당연하지."

윤경의 말을 듣고 현서는 뭉클한 얼굴이 되었다. 자신을 바라보는 그녀의 눈길에서 동정이 아닌 애정이 넘쳐 나는 걸 느꼈기 때문이다.

"이 세상엔 귀하지 않은 게 하나도 없어. 우리 눈엔 보잘것없어 보이는 돌멩이도 거기 자리하도록 만들어졌기 때문에 존재하는 거야. 그냥 어쩌다 보니 거기에 존재하는 게 아니야. 하물며 우린 그런 돌멩이보다 훨씬 복잡한 생명체잖니. 조물주께서 가장 공들여 만들었다는 귀하디귀한 창조물을 왜 쓸모없는 짐짝이랑 비교해?"

윤경은 현서의 손을 힘주어 잡으며 확신에 찬 미소를 지었다. 현서가 이따금 지었던 그늘진 표정과 조금 전의 애처로운 눈물이 다시 반복되지 않길 바라는 간절함을 담았다.

"무영에 올라가면 오늘 네가 선생님한테 했던 얘기를 아저씨한테도 솔직하게 말씀드려 봐. 알았지?"

"네, 그럴게요."

식당에 도착한 현서와 윤경은 따스한 밥과 국, 정갈한 찬이 있는 한식으로 아침을 먹었다. 아침을 먹고 난 다음엔 녹차아이스크림을 후식으로 먹자며 가까운 카페로 향했다.

"선생님, 여기서 무영까지 얼마나 걸려요?"

"글쎄, 차로 서너 시간 걸리려나?"

"차로 서너 시간이나요?"

"아마 그럴 거야. 그런데 그건 왜?"

"그냥 얼마나 걸릴까 궁금해서요."

"그럼 아이스크림 먹고 잠깐 들렀다 올까?"

윤경의 제안에 현서의 밤색 눈동자가 쟁반만큼 커다래졌다.

"정말요? 정말 그래도 돼요?"

"아주 올라가는 것도 아니고 잠깐만 들렀다 오는 건데 뭐. 그 정도는 괜찮지 않을까?"

기대감으로 두 눈을 반짝였던 현서는 곧 시무룩하게 고개를 저었다.

"왜?"

"공사 때문에 휴가도 길게 주신 건데, 그럼 안 될 것 같아서요. 백 집사님이 시간 꽉 채우고 올라오라고 전화까지 주신 거잖아요."

"그런가?"

그때 주문한 녹차아이스크림과 커피가 나왔다. 현서가 쟁반에 있던 아이스크림과 커피를 탁자에 내려놓았을 때 윤경이 마저 말을 이었다.

"난 네가 아저씨를 엄청 보고 싶어 하는 줄 알았는데, 그게 아니었어?"

"제가 아저씨를요?"

"아저씨한테 서운함이 크다는 것 자체가 아저씨에 대한 기대치가 높다는 뜻이잖아. 뭔가 기대하는 게 없으면 실망하거나 서운할 필요도 없는 거니까."

"그건 그렇지만, 그게 아저씨를 보고 싶어 하는 거랑 연결되는 건 조금 이상해요."

"좋아. 그럼 복잡하지 않게 간단하게 물을게. 현서 넌 아저씨가 보고 싶지 않아?"

덜컥 놀란 현서는 얼른 고개를 저었다.

"아, 아니요. 별로 안 보고 싶어요."

"너무 강한 부정은 강한 긍정이라던데?"

"아니요. 진짜로 아니에요."

윤경이 그래도 믿지 않는 눈치이자 현서는 황망함에 엉뚱한 변명을 했다.

"제가 보고 싶어 하는 사람은 아저씨가 아니라 다른 사람이에요."

"다른 사람? 누구? 혹시, 사하 오빠?"

"그러니까 그게…… 네, 맞아요."

현서는 윤경의 추측을 사실로 인정했다. 하지만 그걸 인정한 순간 쓸데없는 짓을 했다는 후회가 밀려들었다. 아저씨는 친척이니까 보고 싶다는 말을 해도 전혀 이상할 게 없었다. 그런데 굳이 아니라고 부정하며 다른 이름을 말하다니.

이현서, 넌 진짜 바보야!

"세상에. 정말이었네?"

현서의 얼굴이 곤혹스럽게 붉어지자 윤경은 신기해하며 현서를 빤히 보았다.

"선생님, 너무 그렇게 보지 마세요."

"아! 미안해, 현서야. 네 말이 완전 반전이라 놀라서 그랬어. 난 사하 씨만 널 좋아하는 줄 알았거든."

"예? 그게 무슨?"

"몰랐니? 사하 씨가 너 좋아하는 거?"

"오빠는 절, 여동생처럼 귀여워해 주는 걸 거예요."

"그래? 내가 보기엔 꼭 그것만은 아닌 것 같던데?"

"아니에요. 그건 아닐 거예요. 오빠가 그럴 리가 없어요."

현서는 어색하게 웃으며 고개를 저었다.

"네 말을 들으니까 아닌 것도 같고, 갑자기 헷갈리네. 그런데 정말 괜찮겠니? 사하 씨 얼굴을 몇 주 동안 못 보는 건데."

"……네, 저는 괜찮아요."

그 말을 하다가 현서는 문득 깨달았다.

저가 진심으로 보고 싶어 하는 사람이 누구인지 알게 된 것이다.

나는 아저씨가 보고 싶었던 거구나. 아저씨와 만나게 될 시간이 늦춰지게 되니까 그게 서운하고, 섭섭하고, 슬퍼지고…….

"그러지 말고 잠깐 다녀오자. 사하 씨가 어디 먼 타국에 있는 것도 아니고 누가 그 길을 막고 있는 것도 아니잖아. 만나고 싶은 사람이 있을 땐 자주 만나야 해. 안 그럼 보고 싶어도 못 볼 일이 생길 수 있어."

윤경은 말을 하던 끝에 눈시울을 붉혔다. 만나고 싶어도 마음대로 만날 수 없는 자신의 아이가 생각나 그만 눈물이 차오른 것이었다.

"선생님……."

윤경이 이혼을 하고, 그로 인해 아이를 만나지 못하고 있다는 것도 현서는 알고 있었다. 상세한 내막까지 들은 건 아니었지만 윤경의 눈가가 젖어든 것만으로도 덩달아 눈물이 글썽여졌다.

"어유, 민망해라. 아이스크림 먹고 취한 것도 아닌데 웬 추태라니?"

윤경은 바로 얼굴을 쓸어내리고는 멋쩍게 웃었다.

"암튼 만나고 싶은 사람이 있으면 보러 가야 한다. 그게 선생님 지론이야."

"정말 그래도 될까요? 그쪽 마음은 그게 아닌데 괜히 일을 만드는 거면 어떡하죠?"

"그러니까 더 얘길 해봐야지. 얼굴을 보고 얘길 해도 오해가 생기는 건데, 말하지 않고 생각만 하면 그 마음을 어떻게 알겠어?"

"그러다 사이가 멀어지면요? 예전보다 서먹하고 불편한 사이가 될 수도 있잖아요."

"그래. 오빠 동생처럼 친했던 사이가 그 일로 어색하게 달라질 수도 있을 거야. 그것 때문에 속도 상하고 눈물도 나고 아프기도 하겠지만 그건 충분히 견딜 수 있는 아픔이라고 생각해. 그러니까 현서야, 너무 겁먹지 마."

윤경은 현서의 손을 잡고 독려하는 미소를 지었다. 그에 답하듯 현서도 옅은 미소를 지어 보였다. 하지만 속마음까지 미소를 짓진 못했다. 아저씨의 마음이 어떠한지는 알지 못하기 때문이었다. 제 마음을 밝힘으로 인해 이전보다 불편하고 서먹한 사이가 된다면 어쩌면 그 집을 나와야 할 수도 있었다.

만약 그래야 한다면 떠나리라. 아저씨로 인해 힘든 마음을 안고 지내는 것보다 아저씨가 보이지 않는 곳에서 마음 편히 지내는 것이 훨씬 나을 것이다. 거기까지 생각이 이르자 무영시에 가야겠다는 결심이 더욱 단단해졌다.

14. 비밀과 거짓말 (3)

"남궁혁이 모습을 감췄다니? 그게 무슨 말이야?"

"그게, 주인님께서 외박을 하셨던 그날부터 행방이 묘연합니다."

사하의 말을 들은 콴은 그대로 미간을 찌푸렸다.

"모텔 주인 말로는 한 달 치 방세를 선불로 치렀다고 했습니다. 장기투숙을 했다는 건 여기 오래 있을 거란 말이어서 잠시 경계를 늦춘 건데, 죄송합니다."

"오늘부터 모텔 주변의 상황은 천 실장과 내가 교대로 살핀다. 내가 자리를 비우는 밤엔 백 집사를 도와 저택 주변을 면밀히 관리하도록 해. 남궁혁을 잡을 때까지 한시도 경계를 늦추지 않는다. 알았나?"

"예, 이사장님."

사하가 신속히 방을 나서자 콴도 자리에서 일어나 작업실로 향하려 했다.

그때 휴대전화가 울기 시작했다. 콴은 발길을 돌려 책상 위에 있던 휴대전화를 들었다. 밝아진 액정에 낯선 번호가 표기되자 눈빛이 사나운 맹금류처럼 날카롭게 번득였다.

통화버튼을 누른 그는 입을 일자로 다문 채 상대방이 먼저 얘기하길 기다렸다. 그런데 수화기 너머에선 아무런 소리도 들리지 않았다. 전화가 끊긴 것이 아닌데도 무거운 정적이 흐를 뿐이었다. 콴은 짧은 한숨을 짓고 휴대전화를 내렸다. 잘못 걸려온 전화라 여기고 그대로 통화를 마치려 했다.

〈저예요, 아저씨.〉

귀에 익은 목소리에 콴이 흠칫 눈썹을 올렸다. 그를 아저씨라 부를 수 있는 사람은 오직 한 사람밖에 없었다.

〈모르는 번호라 놀라셨죠? 선생님께서 휴대전화를 장만해 주셨는데, 아저씨한테 제일 먼저 알려 드려야 할 것 같아서 연락을 드렸어요.〉

현서의 설명을 듣고 자못 심각했던 그의 표정이 잠시 부드럽게 풀렸다. 그러나 곧 무표정한 표정을 되찾았다. 상황이 상황이니만큼 경계를 늦추지 않아야 한다는 생각이 들어서였다.

〈아저씨? 듣고 계세요?〉

"그래."

〈아, 전 아저씨가 전화를 끊으신 줄 알았어요.〉

"그걸 알려주려고 연락을 한 거냐?"

〈네.〉

"알았다. 네 번호로 입력해 놓으마."

〈네.〉

짧은 대화가 그치자 어색한 침묵이 감돌았다.

"다른 용건이 없는 거면."

〈퇴근 시간에 맞춰서 전화드린 건데.〉

거의 동시에 말이 흘러나와서 콴은 말을 멈추었다.

"얘기해."

〈아저씨, 지금 많이 바쁘세요?〉

"무슨 일 때문에 그러지?"

〈아저씨한테 드릴 말씀이 있어서요. 제가 듣고 싶은 얘기도 있고요.〉

"지금 들어야 하는 거냐?"

〈네, 되도록 들어주셨으면 좋겠어요.〉

"그래. 그럼 어서 해봐."

〈전화로는 좀 곤란한 얘기라서 아저씨를 뵙고 천천히 말씀드리고 싶은데. 그렇다고 시간이 많이 걸리는 건 아니에요. 한 시간, 아니, 삼십 분 정도만 내주시면 돼요.〉

"네 말이 이해가 잘 안 되는구나. 네가 올라오는 건 열흘은 더 지나야 할 텐데. 그때 얘기할 시간을 미리 빼달라는 거냐?"

⟨아니에요, 아저씨. 제가 먼저 말씀드렸어야 했는데, 저 지금 무영에 있어요.⟩

"뭐?"

⟨저 혼자 온 건 아니에요. 선생님이랑 같이 올라왔어요. 그래서.⟩

"당장 김 선생부터 바꿔라."

콴은 현서의 말이 끝나기도 전에 윤경을 찾았다.

⟨선생님은 지금 안 계세요. 제가 부탁을 드려서 자리를 피해주셨거든요. 영화를 볼 거라고 하셔서 아마 연락이 안 되실 거예요.⟩

"이현서."

콴은 기가 막힌 나머지 현서의 이름을 류현서가 아닌 이현서로 말했다.

⟨제가 있는 곳은 터미널 근처에 있는 서점이에요. 여기서 책을 사서 카페로 가려고요. 로고스라는 카페인데, 사람들이 많지 않아서 책 읽기가 좋대요.⟩

"내가 하는 말 잘 들어. 지금 당장 김 선생과 돌아가."

⟨아저씨?⟩

"시키는 대로 하지 않으면 김윤경 선생은 사직서를 쓰게 될 거다."

콴의 목소리는 착 가라앉다 못해 나직하게 으르렁거리는 듯했다. 현서가 겁먹을 것임을 알고 있음에도 어쩔 수가 없었다.

"알아들은 걸로 알고 끊으마."

〈제가 어려운 부탁을 드린 게 아니잖아요. 그냥 잠시만 얘기를 나누자는 건데, 그만한 시간도 내주실 수 없으세요?〉

"지금은 네 투정을 들어줄 여유가 없어. 그러니 어서 돌아가."

〈아저씨, 잠시만 제 얘기를.〉

현서의 말이 이어졌지만 콴은 그대로 전화를 끊었다.

"돌아버리겠군."

남궁혁의 일로 신경이 곤두선 상태에서 현서가 무영시에 와 있다는 연락을 받으니 침착함을 유지하기가 쉽지 않았다. 거칠게 머리를 쓸어 올린 콴은 윤경에게 연락을 취했다. 그러나 그녀의 전화기는 정말 꺼져 있었다.

"빌어먹을……!"

콴은 곧바로 손목시계를 확인했다. 시간은 저녁 6시를 넘어가고 있었지만 아직은 밖으로 나갈 수 없었다. 한여름의 저녁 하늘은 여전히 환해서 그의 외출을 삼엄히 가로막고 있었다.

✤ ✤ ✤

―아저씨가 오실 때까지 기다릴 거예요. 야단을 치셔도 좋으니까 절 보고 해주세요. 사하 오빠나 백 집사님을 대신 보내지 마세요. 제가 만나고 싶은 사람은 아저씨예요. ㅜ ㅜ

현서는 고민 끝에 완성한 문자를 전송했다. 다시 전화를 해도 아저씨가 받지 않을 것이 분명했기에 그렇게라도 문자를 보낸 것이었다.

무얼 그렇게 잘못했다고 선생님의 사직서까지 얘기하시는 걸까.

아저씨의 입장에서 생각을 해보려고 했지만 그것이 쉽지 않았다. 짧게나마 통화를 하고 문자를 보냈음에도 마음은 계속 무겁고 답답했다. 전화기를 쥔 채 한숨을 쉰 현서는 또 다른 문자를 보내려고 하다가 결국 그만두었다.

"내가 하는 말 잘 들어. 지금 당장 김 선생과 돌아가."
"지금은 네 투정을 들어줄 여유가 없어. 그러니 어서 돌아가."

사무적이다 못해 냉랭했던 목소리를 떠올리자 저도 모르게 눈물이 그렁해졌다. 하지만 손으로 꾹 눈가를 누르고 고집스레 울음을 참았다.

아직은 안 울 거야, 아직은.

서점을 나온 현서는 거기서 한참 떨어진 한 건물로 향했다.

2층에 위치한 카페 '로고스'로 들어가 조용한 창가 자리에 앉은 다음 달고 시원한 밀크티를 시켰다. 현서가 서점에서 구입한 책들은 애거서 크리스티의 소설 '그리고 아무도 없었다'와 자신이 좋아하는 국내외 작가들의 새로운 만화책이었다. 추리소설은 집중을 해서 봐야 하는 것이기에 기분 전환을 해줄 수 있는 만화책을 먼저 펼쳐 들었다.

"어이, 학생. 그 만화책 재밌어?"

책장을 몇 장 넘기지 않았는데 낯선 목소리가 알은체를 해왔다.

현서는 만화책을 덮고 고개를 들었다. 자신의 자리 맞은편에 카키색 점퍼를 입은 중년의 남자가 현서를 향해 씩 웃고 있었다. 막대사탕을 입에 물고 손까지 흔드는 모습이 안면이 있는 것처럼 친근한 태도였지만, 모르는 얼굴이라 고개를 갸웃거렸다. 그래도 나이가 많은 어른이었기에 우선은 공손하게 대답을 해주었다.

"아직은 잘 몰라요. 이제 보기 시작했거든요."

"오오. 그래?"

"네."

"그런데 왜 혼자 만화책을 보고 있어? 누굴 기다리는 거야?"

"아, 네."

"오오. 그렇구만."

남자는 과장되게 고개를 끄덕이더니 계속해서 말을 걸었다.

"그런데 학생, 진짜 예쁘게 생겼네. 얼굴은 그렇게 작은데 눈이 어쩜 그렇게 커?"

칭찬을 듣고 현서는 어색한 웃음을 지었다.

"고맙습니다."

인사를 한 후엔 만화책으로 다시 시선을 주었다. 더는 얘기를 나누고 싶지 않다는 표현이었으나 남자는 떠날 생각을 하지 않고 자리를 지켰다.

현서가 주문한 음료를 종업원이 가져다주었을 때엔 너무나 자연스럽게 맞은편 소파로 와 엉덩이를 걸터앉았다. 남자의 거침없는 행동에 현서는 본능적인 경계심을 느꼈다.

"아저씨, 정말 죄송한데요. 조금 있으면 사람이 올 거예요. 그러니까 비켜주셨으면 좋겠어요."

분명하고 정중하게 부탁을 했는데도 남자는 마치 자신의 자리인 양 일어날 생각을 하지 않았다.

"학생, 내가 관상을 좀 볼 줄 알거든. 내가 여기 앉은 건, 학생 인상이 하도 좋아서 관심 차원에서 잠시 앉은 거야. 그러니까 너무 걱정하지 마. 학생이 만나기로 한 사람이 오면 바로 일어날 거야."

웃음 띤 얼굴로 대꾸하는 남자에게서 현서는 뭐라 말할 수 없는 찜찜함을 느꼈다. 혹시나 하는 마음에 김윤경 선생의 전화번호를 눌러보았다. 그러나 전원이 꺼져 있다는 안내멘트가 흘러나올 뿐이었다. 여기 계속 있어선 안 될 것 같아서 보고 있던 만화책과 소설책을 쇼핑백 안에 도로 넣었다.

"응? 가방은 왜 싸는 거야? 누가 오기로 했다더니 약속이 틀어졌나?"

"네."

괜스레 말을 섞으면 안 될 것 같아 최대한 짧게 대답을 했다.

"저런. 거 속상해서 어쩨? 아니, 그렇다고 벌써 일어나? 음료수도 잔뜩 남았는데 이건 마시고 가야지?"

현서는 그 말엔 아예 대꾸도 하지 않고 곧장 자리에서 일어났다.

계산을 마친 현서가 서둘러 카페를 나가는 걸 보고 남자는 씩 입귀를 올렸다.

현서가 불편함을 느끼고 카페 밖으로 나가게 만든 건, 순전히 그가 의도한 바였다.

보는 눈들이 많은 장소에서 현서를 유인하는 것보다 혼자 있을 때 유인하는 것이 훨씬 쉽기 때문이었다. 눈앞에 밀크티를 한 모금 마신 남자는 느긋하게 일어나 카페를 나섰다.

좁은 계단을 총총히 내려가는 현서의 뒷모습을 응시하며 입안에 있던 사탕을 와드득 씹은 남자는 다름 아닌 남궁혁이었다.

쓸모없어진 막대사탕을 계단 아무 곳에나 휙 뱉은 그는 현서를 쫓아 가볍게 계단을 내려갔다.

가비다를 나와 사하를 따라갔던 혁은 사하와 대화를 나누는 동안 그가 순수한 인간이 아니라는 걸 알아챘다. 직감이 발동했다. 그의 본능적인 직감이 인간인 척 행세하는 아리따운 짐승 녀석에게 접근하라고 명령을 내렸다.

확인 차원에서 들이민 현서의 사진 앞에서 녀석의 눈동자는 일순 흔들렸다. 그러나 전혀 모르는 아이라고 시치미를 떼었다. 예쁘장한 얼굴엔 느긋한 미소가 어려 있었지만, 녀석에게서 흘러나온 냄새 속엔 초조함이 잔뜩 묻어 있었다.

그때 머릿속에 번뜩 떠오르는 것이 있었다. 남해의 섬에서 벌어졌던 기이한 상황과 인간 행세를 하는 이 짐승 녀석이 어떤 식으로든 관련이 있을 거라는 감이 떠올랐다.

후일을 위해 일단 물러가 준 혁은 주변의 숙박 시설을 찾아 어슬렁거렸다. 사하가 출입하는 청림재단 건물이 가장 잘 보이는 위치에 있는 모텔에 장기투숙을 하겠노라 예약을 하고 두어 달 치의 돈을 지불했다.

사하와 청림재단에 대해 알아보는 동안엔 정해진 시간에 방을 비웠다. 그사이 도둑고양이처럼 들렀다 사라진 사하의 흔적과 냄새를 맡고 속으로 쾌재를 외쳤다. 사하와 이현서가 어떤 식으로든 연결점이 있을 거라 짐작했지만, 단지 심증만으로 일을 밀어붙일 순 없었다.

그런 차에 사하 쪽에서 먼저 확실한 물증을 보여준 셈이니 정체되었던 일에 속도가 다시 붙겠구나 싶었다. 그런데 생각만큼 속도가 나오지 않았다.

무영시의 사람들은 청림재단이나 천사하 실장에 대해 상당한 호의를 가지고 있었다. 그래서 그들의 뒤를 캐고 다니는 혁을 상당히 곱지 않게 바라보았다.

김윤경을 만나면 답이 보일 것 같았지만 그마저도 뜻대로 되지 않았다. 어찌어찌하여 천사하 실장이 살고 있는 저택에서 집안일을 거들고 있다는 사람과 연락이 닿았지만, 보수공사인지 뭔지로 당분간 출근을 하지 않으며, 김윤경 또한 먼 지방으로 휴가를 떠났다는 얘기를 들었을 뿐이었다.

결국 그 도둑고양이를 잡아야겠구만.

사하와 대면하기로 결정을 내린 혁은 만반의 준비를 철저히 갖춘 후 무영으로 돌아왔다.

그렇게 돌아온 첫날, 마치 천우신조처럼 현서와 마주친 것이었다.

현서는 사진으로 보았을 때와 실제의 모습이 확연하게 달랐다. 청아하고 고귀한 분위기가 CCTV에서 보았던 모습과 너무도 다른 느낌이라 현서라는 확신을 갖기 어려웠다.

그러나 머릿속에 입력되어 있던 미미한 체향과 서점에서 발견한 소녀의 체향이 상당히 일치하면서 곧장 소녀를 납치할 계획을 세운 것이다.

꿩 대신 닭이라더니. 꿩 대신 봉황을 잡게 되었네그려.

뜻밖의 수확 앞에서 기분이 좋아진 혁은 실실 터져 나오는 웃음을 참으며 현서를 쫓았다.

일정한 간격을 두고 따르며 기회를 엿보고 있는데 현서가 걸음을 멈추더니 갑자기 뒤를 휙 돌아보았다.

"왜 자꾸 따라오시는 거예요?"

"아이고오! 놀라라."

혁은 눈썹을 휘익 올리며 몹시 놀란 듯 가슴을 크게 쓸어내렸다. 실제론 그다지 놀라지 않았지만 분위기를 전환하기 위해 호들갑을 떤 것이다.

"저한테 할 말이 있으신 거예요? 아님 다른 이유가 있으신 거예요?"

또박또박 따지는 현서를 향해 결백을 주장하듯 양손을 들어 보였다.

"저런! 학생이 뭔가 오해를 한 모양인데, 나 학생 따라가는 거 아니야."

"절 따라오는 게 아니라고요?"

"그렇다니까. 난 학생을 따라가는 게 아니라 청림재단에 볼일이 있어서 가는 길이야. 내 차가 저쪽 주차장에 세워져 있어서 그리로 가는 거라고."

혁의 입에서 '청림재단'이란 말이 나오자 현서의 눈이 동그랗게 커졌다. 거긴 무슨 일로 가는 거냐고 물으려던 현서는 바로 입을 다물었다.

"그럼 학생이 오해하지 않게 나 먼저 갈게."

혁은 그 말을 하고서 현서의 곁을 스쳐 지나갔다.

현서는 혁이 걸어가는 뒷모습을 지켜보다가 저가 걸어온 길을 다시 되돌렸다. 무언가 꺼림칙한 기운을 풍기는 남자가 재단을 찾아간다는 것이 아무래도 개운치가 않았다.

사람들이 오가는 복잡한 보도를 벗어난 현서는 상가건물이 있는 한가한 골목 앞에서 일단 걸음을 멈추었다. 휴대전화에 입력되어 있는 전화번호 중 하나를 찾아 연락을 취하려는데, 현서 쪽으로 누군가 불쑥 얼굴을 디밀었다.

"엄마야!"

현서는 화들짝 놀라 들고 있던 휴대전화를 놓쳐 버렸다. 갑작스레 나타난 사람의 얼굴이 저만치까지 멀어져 있던 혁이었으니 놀라움의 정도가 그만큼 큰 것이었다.

"어이쿠! 새 것 같은데, 아까워서 어쩌나?"

혁은 몹시 안타까워하며 바닥에 떨어진 현서의 휴대전화와 배터리를 주워 들었다.

몸을 일으킨 혁이 주워 든 것을 건네려 했지만 현서는 선뜻 손을 내밀지 못했다. 그런 현서를 보고 피식 웃은 혁은 현서의 손을 붙잡아 분리된 휴대전화와 배터리를 돌려주었다.

"학생, 아까 내가 관상을 본다는 얘길 했던가?"

“……네.”

마지못해 대답을 하고 잡힌 손목을 빼내려는데 혁이 잡은 손에 힘을 주며 말을 이었다.

“처음엔 학생이 하도 예뻐서 봤는데 말이야, 학생을 계속 보니까 누구 얼굴이 떠오르더란 말이지.”

혁은 현서의 표정을 주시하며 남은 말을 천천히 덧붙였다.

“학생, 혹시 이정민이란 어른을 아나?”

여차하면 소리를 지르겠다고 마음을 먹고 있던 현서는 멈칫 두 눈이 커졌다. 낯선 남자의 입에서 돌아가신 아버지의 이름이 나올 것이라곤 전혀 예상치 못해서였다.

“내가 이정민이란 어르신을 좀 알고 있는데.”

“아저씨가 그분을 아신다고요?”

“그러엄. 아주 자알 알지.”

“저희 아빠를 어떻게 아시는 거죠?”

너무 놀란 나머지 그렇게 되물었던 현서는 순간 아차! 후회하는 얼굴이 되었다. 눈앞의 남자가 누구인지 확인하기도 전에 제 얘기를 한 것이나 마찬가지기 때문이었다.

“가만있자, 그럼 학생이 이현서겠네? 그렇지?”

이제 와 아니라고 할 수도 없어서 마지못해 고개를 끄덕였다.

“오오, 그거 잘됐구만! 내가 안 그래도 학생을 찾고 있었거든. 그런데 어떻게 이렇게 만나지? 이거 정말 하늘이 도우셨네, 하늘이 도우셨어!"

"그런데 절 왜 찾으신 거죠? 그리고 어떻게 찾으신 거죠?"

"그거야 학생 어머니 소식을 알려줘야 하니까 찾은 거였지. 청림재단으로 가려던 이유가 그것 때문이었거든."

그때까지도 경계를 늦추지 않았던 현서는 어머니의 얘기에 크게 마음이 흔들렸다.

"정말요? 우리 엄마 소식을 진짜로 알고 계세요?"

"그렇다니까. 어머니 존함이 박, 희 자, 연 자를 쓰시는 거 맞지?"

"네! 맞아요!"

기회는 이때다 싶은 혁은 그 기회를 놓치지 않기 위해 현서를 사로잡을 만한 이야기를 재빨리 풀어냈다.

"실은 청림재단의 천사하 실장을 만나서 자세한 얘기를 하려던 길이었어. 아까 내 차가 저쪽에 있다고 했었지? 어차피 재단으로 갈 거였으니까 나랑 같이 가는 건 어때? 학생이랑 같이 가면 건물 찾느라 헤맬 일도 없을 것 같은데."

혁이 사하의 이름까지 거론하자 현서는 혁에게 완벽히 넘어갔다.

"그런데 사하 오빠 왜 아무 말이 없었을까요?"

"나한테 들은 정보가 틀림없다는 걸 확인한 다음에 얘길 하려고 했겠지. 확인도 하지 않고 미리 얘기했다가 문제가 생기면, 현서 학생 실망이 이만저만 아닐 텐데. 안 그래?"

"아, 듣고 보니 그러네요."

현서는 고개를 끄덕이곤 자연스레 혁을 따라갔다.

자신의 아버지와 어머니, 그리고 사하 오빠까지 두루두루 잘 알고 있는 어른을 만났으니 그가 거짓말을 하고 있다는 의심을 추호도 가질 수 없었다. 처음 그에게 받았던 꺼림칙한 인상이 떠오르기도 했지만 더는 생각을 말자고 고개를 저었다. 첫인상이 나빴다고 해서 계속 좋지 않은 편견을 가지는 건 상대에 대한 예의가 아니라고 생각했다.

"저, 출발하기 전에 저희 선생님한테 전화 한 통화만 하고 갈게요."

"선생님? 아까 선생님을 기다리는 거였어?"

"네."

정확하겐 류환 이사장을 기다리는 것이었지만 윤경에게도 연락을 취해야 했기에 그렇다고 대답을 했다.

"그래도 일단 차에 타. 통화는 차 안에서 하는 게 더 편할 거야."

혁은 운전석에 오르며 그 말을 꺼냈다. 현서는 혁이 둘러댄 말을 곧이곧대로 믿었기에 별 의심 없이 보조석에 올랐다. 그때 저만치서 다급하게 달려오는 사하의 모습이 사이드미러에 비쳤다. 움찔 눈썹을 올린 혁은 얼른 안전벨트를 맸다.

"현서 학생, 안전벨트."

"네."

현서는 안전벨트를 매고 휴대전화의 전원을 켰다. 현서가 액정화면을 들여다보고 있을 때 혁은 점퍼 주머니 안쪽에 두었던 손수건을 꺼냈다. 그것은 사하에게 사용할 예정으로 준비해 두었던 마취약이 묻은 손수건이었다.

✤ ✤ ✤

허겁지겁 카페 안으로 들어간 사하는 자리에 앉은 사람들을 다급히 살폈다. 하지만 현서가 보이지 않자 카페 주인을 붙잡고 현서의 인상착의를 설명했다.

"여기 예쁘장하게 생긴 여학생이 온 적 없습니까? 키는 이 정도 되고, 머리카락 길이가 어깨 정도까지 내려오거든요."

"아, 그 여학생이요?"

다행히 현서를 기억한 주인은 방금 전에 카페를 나갔다는 말을 들려주었다.

"아, 감사합니다."

사하는 고맙다는 인사를 하고 다시 빠르게 카페를 빠져나갔다.

뛰다시피 계단을 내려가 몹시 초조한 얼굴로 사방을 휘휘 둘러보았다.

현서의 냄새가 느껴지는 방향을 찾아 고개를 돌리던 사하의 눈이 갑자기 획 가늘어졌다.

저만치로 멀어지는 갤로퍼, 그 차의 운전석에 앉아 있는 혁을 발견했기 때문이다.

보조석에 고개를 푹 숙이고 앉아 있는 사람이 현서라는 확신이 들자 붉은 신호등이 켜진 건널목을 바로 건너갔다. 차들이 도로 위를 휙휙 지나가고 있었지만 사하는 아랑곳하지 않고 신속하게 몸을 움직였다.

달리는 차들의 보닛과 지붕을 징검다리 삼아 대로를 건너는 사하의 움직임은 평범한 사람의 것이라곤 볼 수 없게 날래고 가벼웠다. 신호 대기 중이던 사람들과 차 안에 있던 사람들이 하나같이 놀란 눈으로 그를 보았지만, 사하는 그것을 신경 쓸 겨를이 없었다.

"사하 오빠는 역시 둔한 인간이 아니었어. 안 그래, 현서 학생?"

룸미러로 사하의 움직임을 관찰한 혁은 입술 한쪽을 비긋하게 말아 올렸다.

하지만 현서는 어떤 대꾸도 할 수 없었다. 짐승에게 사용하는 강력한 마취제를 다량으로 흡입한 상태라 정신을 잃은 채 힘없이 고개를 떨어뜨리고만 있었다.

혁은 속도를 한껏 높이며 앞서 가다가 사하가 처진다 싶으면 슬며시 속도를 줄였다.

제 힘이 빠지게 만드는 계략인 걸 모르고 사하는 죽어라 차의 뒤를 쫓았다.

시가지를 벗어난 혁의 차가 인적이 없는 후미진 산길을 돌았을 때 진홍색 노을이 깔려 있던 하늘이 짙푸르게 어두워지고 있었다.

15. 비밀과 거짓말 (4)

담배를 비스듬히 문 혁은 새로 장만한 지포라이터를 이용해 담뱃불을 붙였다. 들이마셨던 담배 연기를 하얗게 내뿜으며 머리 위 하늘을 올려다보았다.

"곧 어두워지겠어."

혼잣말을 중얼거리고 나서 다시 연기를 깊게 빨아들였다. 빨갛게 타들어가는 담배 끝 너머 나무 기둥에 기대앉은 채 신음을 흘리는 있는 사하가 보였다. 매끈하게 잘생긴 사하의 얼굴엔 구타를 당한 흔적이 적나라했고, 터진 입술에선 붉은 핏방울이 맺혀 있었다.

두 손가락 사이로 담배를 옮겨 쥔 혁은 사하가 앉아 있는 곳으로 향했다. 배가 부른 야수처럼 어슬렁대며 걸어오는 그의 표정엔 사악한 미소와 천연덕스러운 공포가 공존했다.

"예상보다 싱거운 게임이었어."

상체를 숙여 빈정댄 혁은 사하의 얼굴을 향해 훅, 담배 연기를 내뿜었다. 메케한 연기가 기도로 파고들자 사하는 쿨럭쿨럭 기침을 해댔다.

"저런, 안타까워서 어쩐다?"

피식 웃으며 기침이 멎기를 기다렸던 혁은 사하의 기침이 잦아들자 옆구리 깊이 박혀 있던 보위나이프를 슬쩍 비틀어 뽑아냈다. 살이 찢기는 고통과 함께 붉은 피가 위로 솟구쳐 올랐다.

"으윽!"

사하는 미간을 찡그린 채 상처 입은 옆구리를 두 손으로 압박했다. 그러나 이미 힘이 빠진 탓에 효과가 그리 크지 않았다. 깊은 자상을 입은 상처에서 새어 나온 붉은 피가 빠른 속도로 옷자락을 적셔가자 사하의 입에서 힘없는 한숨이 흘러나왔다.

싸움에서 패한 사하의 얼굴과 옷자락에는 붉은 핏자국이 선명했다. 그러나 맞은편에 쪼그려 앉아 사하를 지켜보는 혁은 외관상으로 별다른 이상이 없어 보였다. 항상 입고 다니는 점퍼에 발자국의 흔적이 있긴 했지만 그다지 신경 쓸 정도는 아니었다.

사하의 몸에서 흘러내리는 피가 짙은 피비린내를 풍기자 혁은 코를 찡그리며 몸을 일으켰다. 주머니에서 부드러운 천을 꺼낸 그는 칼날에 묻은 피를 닦기 시작했다.

어른의 손바닥만 한 길이의 칼날이 깊은 바다처럼 검푸른빛이 감도는 보위나이프는 주인을 닮아 예사롭지 않은 기운을 풍겼다. 보위나이프의 칼자루엔 '아웃 빅토리아 아웃 모르스(aut victoria aut mors:승리가 아니면 죽음)'라는 글자가 우아한 넝쿨 문양을 그리며 섬세하게 조각되어 있었다.

검푸른 칼날의 서슬을 보며 사하는 어쩔 수 없는 두려움을 느꼈다. 그것이 제 몸을 파고들던 감촉과 아픔이 생생히 느껴졌기에 흠칫 몸이 떨렸다.

사하가 느끼는 공포와 두려움을 감지한 혁은 피식 웃음을 터뜨렸다. 보위나이프에 묻은 핏자국을 깨끗이 닦아낸 그는 허리춤에 차고 있던 칼집에 그것을 꽂았다.

"운이 좋으면 목숨은 건지게 될 거야. 정확한 급소는 피했거든."

"……그래서 고마운 인사라도, 하란 거야?"

"당연히 그래야지."

"잘난 체하지 마, 남궁혁. 주인님이 오시면, 넌 죽은 목숨이야."

"이런. 내 이름은 또 어찌 아셨나? 보기보다 재주가 많은 짐승이네그려."

"재주 많은, 짐승……?"

혹 착각이 아닌가 싶어 저도 모르게 되물었다.

"인간의 형상을 하고 있으니까 진짜 인간이 된 줄로 착각을 하나 본데. 자네, 사람이 아니잖아?"

"내가, 사람이 아니라고?"

"사막에 사는 고양이 카라칼이잖아. 아니야?"

혁의 말에 사하의 황갈색 눈동자가 커다랗게 흔들렸다. 그가 자신의 정체를 명확하게 알고 있는 사실이 크나큰 충격이 되어 저절로 몸이 굳었다.

"고양이가 모시는 주인님은 과연 어떤 인간이신가? 그 주인도 자네처럼 인간의 탈을 쓴 짐승인가?"

저가 모시는 주인을 짐승으로 폄하하는 말이 분에 겨워 사하는 부들부들 몸을 떨었다.

혁은 한 팔로 배를 움켜쥐더니 억지로 웃음을 참는 것처럼 끅끅, 소리를 냈다. 그러다 도저히 안 되겠다며 곧 큰 소리로 마음껏 웃어대기 시작했다.

"이거, 이거! 웃음이 참아지지 않아서 말이지! 세상은 요지경이라더니, 그 노랫말이 이렇게 딱 맞을 줄 누가 알았겠어? 어?"

혁은 과하게 웃느라 물고 있던 담배를 떨어뜨리기까지 했다. 바닥에 떨어진 담배를 보고 손뼉까지 쳐가며 웃는 혁의 모습에 사하는 불쾌한 모욕감과 욕지기를 느꼈다.

"그래, 실컷 비웃어라. 네놈이 그렇게 웃을 날도, 얼마 남지 않았으니까……!"

"이봐, 고양이. 쓸데없는 말은 줄이는 게 좋아. 몸에 피가 얼마 남지 않았는데, 그거라도 아껴야 목숨이 붙어 있을 거 아닌

가. 안 그래?"

그 말이 끝나기도 전에 사하의 입에서 울컥 선혈이 쏟아져 내렸다. 사하가 입고 있던 하얀 셔츠의 앞섶이 붉은 피로 흥건해지자 혁은 쯧쯧, 혀를 찼다.

"자네 주인은 언제쯤 오시려나? 자네가 레테를 건넌 후에야 짠, 하고 나타날 건가?"

혁이 가엾다는 표정을 지으며 말을 걸었지만 사하는 아무런 대꾸도 하지 못했다.

계속되는 출혈로 인해 두 눈은 흐릿하게 빛을 잃었고, 늘어진 몸은 간헐적으로 크게 떨렸다. 그 떨림의 간격이 차츰 늦춰지자 혁은 가망이 없다는 듯 한숨을 내쉬었다.

"자네 주인, 영영 안 오려나 보군. 자네가 이 지경이 될 때까지 코빼기도 안 비추는 걸 보면 말이야."

"……내가 인간이 아닌 건, 어떻게 알았어?"

"죽어가는 마당에 그런 게 궁금하다니. 역시 고양이다운 호기심이야. 그전에 자네가 인간의 형상을 하고 있는 것부터 설명을 해봐. 그게 순서에 맞는 것 같으니 말이야."

"쿨럭!"

사하가 대꾸를 하려는데 붉은 피가 다시 입 밖으로 쏟아졌다.

"저런! 상황이 여의치 않은 것 같으니 내 얘기를 먼저 해줌세."

혁은 제법 안타까운 표정을 짓고는 자신의 얘기를 들려주기 시작했다.

"난 아주 대단한 후각을 가지고 있지. 한 번 맡은 냄새는 끝까지 기억하는 건 물론이고, 그 냄새를 통해 상대방이 느끼는 감정은 물론 그 상대의 건강 상태까지 헤아릴 수가 있지. 겉으론 웃고 있지만 속으론 날 비웃는 것도, 간이나 위장이 심각하게 상해서 죽을 날이 멀지 않다는 것도 알아맞힐 수 있을 정도로 말이야. 이 비범한 재주 덕분에 자네가 고양잇과 동물이란 것도, 옆구리가 가장 취약하다는 것도 알 수 있었지."

분명 놀라운 얘기였지만 이미 기운이 빠져나간 사하는 그저 느릿하게 두 눈을 깜빡이기만 했다.

"뭐, 그렇게 감탄할 필욘 없어. 먹고살기 위해 노력하다 보니 점점 발달이 된 거니까."

설명을 마친 혁은 사하를 향해 기묘한 미소를 지었다. 그 미소를 보며 사하는 온몸의 털이 뾰족하게 곤두서는 것 같은 공포를 느꼈다. 얼핏 천진해 보이는 혁의 미소는 생명을 죽이는 것에 죄책감을 느끼지 않는 살인마처럼 섬뜩한 구석이 있었다.

"얘길 하다 보니 궁금해지는군. 자네가 죽게 되면, 난 고양이를 죽게 한 걸까? 사람을 죽게 한 걸까?"

사하가 남은 힘을 그러모아 마른 입술을 달싹였을 때 울림이 깊은 나직한 목소리가 남궁혁의 귓가를 울렸다.

"고의로 생명을 죽게 했으니, 살생의 죄를 지은 것이지."

낯선 음성을 듣고 멈칫했던 혁은 이내 미소를 머금고 뒤를 돌아보았다.

해가 완전히 저물어 어둠이 찾아든 숲. 사람들의 발길이 닿지 않아 나무와 풀이 멋대로 무성한 그 자리에 검은색 옷을 입은 콴이 천천히 걸어오고 있었다.

"드디어 등장하셨군요."

혁은 콴에게 시선을 고정한 채 느긋한 미소를 지었다. 그러나 몸의 모든 감각이 대결을 앞둔 무사처럼 예민하게 곤두섰다. 흡사 군신처럼 모든 것을 압도하는 상대의 존재감에 심장이 차갑게 졸아드는 기분이었다. 하여 혁은 허리춤에 자리한 보위나이프에 슬며시 손을 내렸다.

"한데 예상했던 것과 다른 모습입니다."

그때 멀리에 있던 콴이 혁의 코앞까지 단숨에 다가왔다.

눈 깜짝할 사이에 벌어진 일이라 혁은 흠칫 눈이 커졌다. 반사적으로 보위나이프의 손잡이를 쥐려 했지만 이미 손목이 붙잡혀 한쪽으로 강하게 비틀렸다.

우득! 소리와 함께 손목의 뼈가 부러지더니 혁의 입에서 고통에 찬 비명이 터져 나왔다.

콴은 비명에 아랑곳하지 않고 그 즉시 혁의 대퇴골을 내려쳤다. 그에 혁은 양 무릎을 꿇었고 쥐고 있던 보위나이프를 놓쳤다. 눈물이 터져 나올 만큼 끔찍한 고통을 겪고 있음에도 바닥에 떨어진 검을 쥐려 했다. 그러나 검은 스스로 솟구쳐 콴의 손아귀로 날아들었다.

"헉!"

이렇다 할 공격은커녕 방어조차 하지 못한 혁은 보위나이프의 칼날이 목에 겨눠진 걸 알고 숨을 멈추었다. 강하고 예리한 칼날처럼 차갑고 선득한 눈동자가 저를 굽어보자 자신이 그의 적수가 될 수 없는 존재임을 여실히 깨달았다.

"사, 살려주십시오! 살려만 주시면 뭐든 다 하겠습니다!"

"……."

"상황을 모면하려고 꾸민 말이 아닙니다! 진짜 제 진심입니다!"

혁은 투항하는 패잔병처럼 양손을 들어 올렸다. 언제 칼날이 파고들지 알 수 없었지만 어떻게든 살기 위해 적극적인 태도를 취했다.

"그게 자네의 진심이다?"

"예, 그렇습니다."

공손하다 못해 굽신거리는 태도로 일관하는 혁을 사하는 기가 막힌 듯 바라보았다. 고통에 겨워하던 약자를 비웃으며 시종일관 비아냥대던 인물이 자신보다 강한 강자 앞에선 손바닥을 뒤집듯 돌변하는 모습을 보고 있자니, 그 변신이 한편으론 무섭다는 생각이 들었다.

"살려만 달라는 그 말, 그건 받아주지."

"정말입니까?"

확인하듯 되묻는 혁을 향해 콴은 대답 대신 옅은 미소를 지었다.

남자까지도 홀릴 만한 아름다운 미소를 보았음에도 혁은 쉽게 긴장을 풀지 못했다. 차가운 금속처럼 단단하고 냉정한 미소가 무언가 석연치 않아서였다.

이상해. 분명히 뭔가 있어.

아름다움과 공포가 공존하는 기이한 미소 뒤에 어떤 속마음이 숨겨져 있는지 알아내기 위해 온 신경을 집중했다. 제 목숨이 걸린 중차대한 일이니만큼 그리 할 수밖에 없었다.

그러나 혁이 알아낼 수 있는 건 아무것도 없었다. 콴의 약점이나 감정은 고사하고, 그가 인간인지 아닌지조차 파악이 되지 않았다.

"잔머리 굴리는 소리가 여기까지 들리는 것 같군."

속을 간파한 말에 혁은 흠칫 얼굴이 굳었다. 그러나 콴은 혁을 겨냥했던 검을 거둬 어둠 저 너머로 날려 버렸다. 혁은 일순 안도했지만 다시금 긴장하는 표정이 역력해졌다. 콴의 커다란 손이 그의 머리 위에 올려졌기 때문이다.

"걱정 마시게, 죽이진 않을 테니."

콴은 그 말을 한 후 혁의 정수리를 지그시 눌렀다. 그러자 강력한 전류를 닮은 빛과 기운이 혁을 바로 강타했다.

파지직!

고압전류에 감전된 것 같은 충격이 몸을 관통하자 폐부를 찢을 듯한 고통에 눈알이 튀어나올 것 같았다.

"끄윽!"

제대로 소리조차 내지 못하고 몸부림치던 혁은 그대로 의식을 잃고 힘없이 고꾸라졌다.

바닥으로 쓰러진 혁에게서 눈길을 돌린 콴은 곧장 사하에게 다가갔다.

"사하."

주인의 부름에 고개를 든 사하는 콴과 눈이 마주치자 기운 없는 미소를 지었다.

콴이 몸을 숙여 앉으려 하자 얼른 고개를 저으며 콴을 만류했다.

"안 됩니다, 주인님. 저보단 현서 양을."

"현서는 나중에. 지금은 자넬 살리는 게 먼저야."

콴이 타이르자 사하는 마지못해 고개를 끄덕였다. 콴은 상흔이 깊은 자리에 손을 올리고 치유의 기운을 불어넣었다. 은은하고 따스한 기운이 몸속으로 스며들자 깊게 패이고 찢긴 옆구리의 상처가 빠르게 아물어갔다.

"잘 견뎌주어 고맙다."

그 말을 들은 사하는 울컥 눈물이 고였다. 깊은 바다처럼 검고 아름다운 주인의 눈동자.

그 눈동자 속엔 사하를 위로하고 격려하고 안타까워하는 마음이 선명한 빛으로 담겨 있었다.

"……주인님!"

사하는 눈물을 참지 못하고 결국 울고 말았다. 잠시나마 주인을 질시하며 조바심을 가졌던 마음이 미안해서, 현서를 안전하게 지키지 못했다는 것이 죄스러워서 눈물을 흘릴 수밖에 없었다.

"지금 울면 회복이 더뎌질 거다. 그러니 눈물을 참아."

"……예."

사하는 겨우 대답을 하고 울음을 삼켰다.

"자네 상처는 완전히 회복되었어. 이제 곧 정상적으로 움직일 수 있을 거야."

"감사합니다, 주인님."

"그래도 바로 움직이진 말아. 부족해진 피가 채워지기까진 시간이 좀 더 걸릴 테니까."

"예, 알겠습니다."

콴은 사하의 어깨를 두어 번 두드려 주고 나서 몸을 일으켰다. 콴이 어딘가를 향해 걸어가는 것을 지켜보던 사하는 제 몸의 기운이 서서히 차오르고 있다는 걸 느끼기 시작했다. 손가락 하나도 까딱할 수 없을 만큼 노곤했던 몸이 차츰 단단해지고 부옇게 흔들리던 시야가 차츰 깨끗하게 개었기 때문이다.

현서가 타고 있던 남궁혁의 차는 사하와 혁이 결투를 벌였던 자리에서 멀리 떨어진 위치에 있었다. 혁은 정신을 잃은 현서에게 몇 가지 조처를 해놓은 후 차에서 내렸다.

현서의 입에 천으로 된 재갈을 물리고, 양손을 등 뒤로 보내 수갑을 채워 손을 아주 쓸 수 없게 만든 것이다. 다리까지 묶어놓은 건 아니었지만 잠금장치를 단단히 걸어놓아 누군가의 도움 없이는 현서 혼자 절대 달아날 수 없도록 만든 것이었다.

콴이 사하를 치유하는 동안 현서는 거의 의식이 돌아와 있었다. 그러나 마취약의 후유증 때문에 몸이 자꾸만 까라지고 있었다. 어떻게든 정신을 차려야 했기에 제 입술을 피가 나도록 세게 깨물었다. 아픔에 정신이 깨이는 듯하자 안간힘을 다해 몸을 일으키려 했다. 그러나 양손이 등 뒤로 묶여 있어 옴짝달싹하는 것조차 쉽지가 않았다.

"그거야 학생 어머니 소식을 알려줘야 하니까 찾은 거였지. 청림재단으로 가려던 이유가 그것 때문이었거든."

"정말요? 우리 엄마 소식을 진짜로 알고 계세요?"

"그렇다니까. 어머니 존함이 박, 희 자, 연 자를 쓰시는 거 맞지?"

의식이 더욱 뚜렷해지자 이런 상황에 처하게 된 이유가 떠올랐다. 어머니의 행방을 알고 있다는 남자의 말에 홀려 제 발로 차에 올랐던 상황들.

"어떻게든 널 찾아 네 몫을 빼앗으려는 사람들로부터 지켜줄 수 있겠지. 네가 내 방식을 제대로 따라준다는 전제하에서."

아저씨한테 그런 얘기까지 들었으면서, 어떻게 그렇게 바보처럼 군 거니? 어떻게?

자신의 어리석은 행동에 너무 화가 나고 뼈저린 후회가 파도처럼 밀려들었다.

그렇다고 계속 후회만 하면서 손을 놓고 있을 순 없었다. 이미 벌어진 일을 돌이킬 수 없다면 앞으로 일어날 일을 예상해 어떤 식으로든 대비책을 세우는 게 옳았다. 비록 그것이 미미하고, 공연히 힘만 빼는 부질없는 행동이라고 해도 말이다.

하지만 마음먹은 것과 다르게 좋지 않은 상황이 꼬리에 꼬리를 물고 이어졌다.

혹시나 해서 찾아보았던 휴대전화는 아예 보이지 않았고, 차문은 꽉 닫혀 열리지 않았다.

컴컴하게 어두워 아무것도 보이지 않는 차창 밖의 풍경이 자신이 처한 상황만 같아서 어느 순간 핑그르르 눈물이 고였다.

그러자 저를 걱정하고 있을 윤경의 얼굴이 떠올랐다. 사하와 백 집사, 민 변호사의 얼굴이 차례로 이어지고, 당장 돌아가라고 야단을 쳤던 류 이사장의 목소리가 떠올랐다.

그렁해진 눈물이 뺨을 타고 주르륵 흘러내렸다. 감히 소리도 내지 못하고 흐느끼듯 울고 있는데, 누군가 차를 향해 다가오는 기척이 느껴졌다.

현서는 깨어나기 전의 자세를 취하며 얼른 눈을 감았다. 어둠 속에서 나타난 상대가 누구인지 알 수 없으니 일단 그렇게 한 것이다.

덜컥!

소리 뒤에 차 문이 열리자 몸이 저절로 움츠러들었다. 깨어 있다는 걸 들키지 않고 싶었지만 긴장한 탓에 심장이 평소보다 빠르게 뛰었다. 문을 연 사람에 의해 입에 물려 있던 재갈이 풀어졌는데도 눈을 뜨지 않았다. 상대가 누구인지 궁금한 마음이 없지 않았지만 조금 더 신중을 기해야 한다고 생각해서였다.

"이현서."

낯익은 목소리가 이름을 부르자 현서는 곧장 눈을 떴다. 현서의 손목을 얽어매고 있던 수갑을 열쇠 없이 풀어낸 콴은 그녀를 조심스레 일으켜 제대로 앉을 수 있게 도왔다.

"안심해라. 이제 겁먹지 않아도 돼."

어디에도 얽매이는 것 없이 자유로운 몸이 되었지만 현서는 제 앞에 콴을 눈물 어린 눈으로 바라보기만 했다. 무어라 말을 하고 싶은데 접착제가 붙은 것처럼 입이 떼어지지 않았다.

"많이 놀란 모양이구나."

그 말이 떨어지기 무섭게 두 팔로 와락 콴을 끌어안았다. 현서의 행동에 잠시 멈칫했던 콴은 현서의 등을 가만히 토닥였다.

"괜찮아. 이제 괜찮아."

"죄송해요, 아저씨! 정말 죄송해요!"

"현서야."

"아저씨 말씀을 들었으면 이런 일이 없었을 텐데, 제가 쓸데없는 고집을 부려서, 그래서, 흑!"

현서는 말을 다 맺지 못하고 기어이 울음을 터뜨렸다.

"이건 네 잘못이 아니야. 그러니까 그런 생각 마."

"겁이 나고 무서웠어요. 다신 아저씨를 못 보게 된다고 생각하니까, 너무 무서웠어요."

"미안하다. 아저씨가 네 마음을 헤아려 주지 못했어."

콴이 야단을 치지 않고 외려 사과를 하자 현서는 죄책감과 미안함에 더더욱 눈물을 흘렸다. 콴은 그런 현서를 안아주며 괜찮다고 말을 하듯 등을 토닥였다.

"현서야."

"······네."

훌쩍이느라 짧게 대답한 현서는 저를 부른 콴을 쳐다보았다.

눈물이 번진 현서의 얼굴을 보자 피투성이가 된 사하를 보았을 때처럼 마음이 아렸다.

현서를 안아주던 팔을 느슨하게 푼 콴은 눈물과 먼지로 얼룩진 현서의 얼굴을 손으로 쓱쓱 닦아주었다. 그러다 멈칫 두 눈이 가늘어졌다.

"그런데 너, 입술이 왜 그런 거지?"

"아, 이거요? 일어나고 싶은데 정신이 안 드는 것 같아서 깨물 거예요. 다친 게 아니니까 걱정 않으셔도 돼요."

"확실한 거냐?"

"네."

현서가 괜찮다며 고개를 끄덕였기에 콴도 별다른 말을 하지 않았다.

대신 붉게 부푼 현서의 입술을 심각하게 어루만졌다. 세게 깨물어 상처가 난 아랫입술을 가만히 문지르자 붓기와 생채기가 깨끗이 사라졌다.

생각지 못한 콴의 행동에 현서는 커다란 눈을 빠르게 깜빡였다. 조금 전 눈물을 닦아주던 행동이며 지금의 손길이 평소와 다른 모습이라 솔직히 당황스러웠다. 너무나 가까운 거리에서 아저씨의 얼굴을 보게 되니 숨을 제대로 쉬는 것조차 쉽지 않았다.

하지만 그가 하는 대로 가만히 있었다. 까맣고 예쁜 아저씨의 눈동자가 저를 걱정하며 보고 있는 것이, 길고 아름다운 손가락이 저를 자상하게 어루만지는 것이 조금도 싫지 않았다.

"그런데 아저씨, 절 어떻게 찾으신 거예요?"

콴의 손가락이 입술에서 떨어지자 현서는 얼른 질문을 던졌다. 그렇게 하지 않으면 제 심장 소리를 들켜 창피할 것 같았다.

"네가 기다리겠다고 했던 카페에 천 실장을 보냈다. 그래서 네가 납치되었다는 걸 알 수 있었어."

"그럼 절 데려갔던 아저씬 어떻게 됐어요?"

"천 실장이 지켜보고 있는 중이야."

"사하 오빠가요? 그 아저씨 굉장히 힘이 세 보였는데, 사하 오빠 혼자 괜찮을까요? 혹시 다치거나 그러는 건 아니겠죠?"

콴에게 묻는 현서의 눈동자엔 불안함과 염려가 가득 떠올랐다.

"천 실장은 네가 생각하는 것보다 훨씬 강한 사람이란다. 그러니까 염려하지 않아도 돼."

"정말이요?"

"그래."

"하아. 알겠어요. 아저씨가 그렇게 말씀하시니까 믿을게요."

그 말을 듣고서야 겨우 마음을 놓는 현서를 보며 콴은 조금 섭섭해졌다. 사하를 걱정하는 현서의 마음이 고마우면서도 사하에게만 유독 신경을 쓰는 모습에 질투심에 가까운 감정을 느꼈던 것이다.

"네가 무사한 걸 확인했으니 난 다시 천 실장에게 다녀오마."

"지금요?"

"그래, 지금."

"설마 아저씨 혼자 가시려는 건 아니죠?"

"지금은 일단 나 혼자 가봐야 한다."

"왜요? 저도 당연히 데려가셔야죠?"

"당장은 그리 할 수 없으니 네가 이해를 해주렴. 널 여기 두는 건, 천 실장과 내가 처리해야 할 일이 있어서야. 그 일이 해결되면 당연히 널 데리러 올 거다. 내 말 알겠니?"

"네, 알겠어요."

대답을 하며 끄덕이는데 현서의 눈가에 또다시 눈물이 고였다.

"현서야."

"이건 긴장이 풀려서 그런 거지 슬퍼서 우는 게 아니에요. 그러니까 진짜 걱정 않으셔도 돼요."

"정말이냐?"

"네, 정말이에요."

현서는 얼른 눈가를 훔치고는 씩씩하게 웃었다.

"흠. 네가 그렇다고 하니 믿어야겠지?"

콴이 낮게 한숨을 짓자 현서의 웃음이 더욱 환하게 밝아졌다.

"이번엔 왜 웃는 거지?"

"아저씨가 편하게 얘기하시는 걸 보니까 좋아서요. 그동안은 아저씨랑 얘기하는 게 조금 어려웠거든요. 그런데 지금은 그렇지 않은 게, 신기하고 좋아요."

"녀석."

왠지 머쓱해진 콴은 현서의 정수리를 가만히 헝클어뜨렸다.

그 행동에 현서가 두 눈이 동그래져 콴을 쳐다보았다. 여느 때와 다른 모습에 거듭 놀라면서도 그것이 자꾸만 설레어서 어느새 두 뺨이 발그레하게 물들었다.

"나와 천 실장이 돌아올 때까지 잘 기다릴 수 있겠지? 상황에 따라 시간이 더 걸릴 수도 있겠지만, 되도록 움직이지 말고 이 자리를 지켜줬으면 좋겠구나."

콴은 현서에게 일방적인 통보를 하지 않았다. 현서가 이해할 수 있는 설명을 덧붙인 후 양해를 구하는 방식으로 이야기를 풀어갔다.

"네, 그럴게요. 아저씨랑 사하 오빠가 돌아올 때까지 꼼짝도 않고 기다릴게요."

"그래, 그렇게 해주면 돼."

현서의 다짐을 받은 콴은 밖으로 몸을 움직였다.

콴이 나가자 현서는 기도를 하기 위해 두 손을 하나로 모으고 두 눈을 꼭 감았다.

차 문을 닫으려던 콴은 자신과 사하를 위해 기도를 시작한 현서를 바라보았다. 아래로 숙여진 자그마한 머리와 곱고 섬세한 선을 그리는 작고 하얀 얼굴, 눈물이 맺혀 있던 기다란 속눈썹과 깨끗하게 회복된 붉은 입술을 보고 있노라니 심장이 다시금 지끈거렸다.

이젠 이 아이가 울지 않게 할 것이다. 그리고 이전처럼 거리를 두지 않을 것이다.

나로 인해 불안해하고 힘들어하지 않도록 가까이에 두고 지켜볼 것이다.

그동안의 고민과 갈등이 불필요한 것은 아니었으나 이렇게 길을 정하고 나자 조금은 허탈한 기분이 들기도 했다. 어쨌든 콴은 현서에게 다가갔다. 웅크린 어깨 위에 손을 올리자 현서가 눈을 떠 그를 보았다.

"현서야, 기다려야 한다. 내가 올 때까지."

재차 당부하는 말을 듣고 현서는 선선히 고개를 끄덕였다.

"그래."

현서의 어깨를 꾹 쥐었다 놓을 때까지 콴은 현서의 눈을 계속 바라보았다.

무언가 할 말이 남은 눈빛이었기에 현서도 그의 눈을 계속 쳐다보았다.

콴은 한 손으로 현서의 얼굴을 감쌌다. 그의 손 하나로도 충분히 감싸지는 작고 하얀 얼굴, 부드럽고 따스한 뺨을 어루만지다 현서에게로 고개를 숙였다.

부드럽고 서늘한 감촉이 이마에 닿자 현서는 저도 모르게 숨을 멈추었다.

"다녀오마."

콴이 하는 말에 현서는 얼떨떨한 얼굴로 고개만 주억였다. 콴은 싱긋 미소를 짓고 나서 차 문을 닫았다. 그의 모습이 완전히 멀어지고 한동안 정적이 감돌았다.

"후아……!"

참았던 숨을 그제야 내쉬었던 현서는 콴이 사라진 창밖을 혼란한 눈으로 바라보았다.

기다리고 있으란 말은 조금 전에도 들었던 말이었다. 그런데 왜 입을 맞추신 걸까?

"……대체 왜?"

현서는 당연히 이유를 떠올려 보았다. 하지만 심장이 너무 쿵쾅거리고 머리가 핑 하니 어지러워서 계속 생각을 할 수 없었다. 그리하여 재빨리 나름의 결론을 내렸다. 조금 전의 입맞춤이 별다른 뜻이 없다는 결론이었다.

내가 혹시 또 울까 봐, 미리 달래준 걸 거야.

그렇게 생각하자 조금 전의 입맞춤이 이해되었다. 하지만 심장의 두근거림이 좀처럼 멈춰지지 않았다. 문을 닫기 전 아저씨가 보여주었던 다정한 눈길을 떠올리면 몽글몽글하고 포근포근한 무언가가 심장 언저리를 자꾸만 간질이는 것 같았다.

낯설지만 싫지 않은 느낌을 어떻게 해야 할지 몰라서 현서는 괜스레 입술을 깨물었다. 피가 나도록 아프게 깨문 자리라는 걸 잊은 탓에 반사적으로 미간을 찌푸렸다. 그런데 입술이 하나도 아프지 않았다.

"어? 왜 아프지가 않지?"

의아해하며 입술을 만져 보았다. 그러곤 자연스레 이마 위에 손을 가져갔다. 이마에 느껴지던 감촉은 분명히 서늘하고 부드러운 것이었다. 그런데 지금은 뜨거운 것에 덴 것처럼 온 얼굴에 열이 올랐다.

안 돼. 이제 그만해.

더는 생각을 말자고 마음먹은 현서는 두 손을 하나로 모으고 다시 눈을 감았다.

아저씨와 사하 오빠가 하려는 일을 잘 마치고 무사히 돌아오길 바라는 기도를 시작했다.

기도를 하고 얼마지 않아 폭죽이 터지는 것처럼 요란하게 큰 소리가 들렸다.

갑작스런 소리들에 흠칫 놀랐지만 그것이 천둥이 치는 소리라는 걸 알 수 있었다.

현서는 그래도 눈을 뜨지 않고 모아 쥔 손에 힘을 주었다. 지금 눈을 뜨면 바깥의 상황이 궁금해질 것이고, 그럼 자리를 지키지 못하고 뛰어나갈 수 있었다.

잠시 후, 콩알이 튀는 것처럼 요란한 빗소리가 차창을 두드리고 하늘이 우는 것 같은 우레 소리가 연달아 들렸다. 그런데도 현서는 두 눈을 꼭 감고서 자신의 자리를 지켰다.

후둑. 후두둑. 후두두둑.

의식을 잃고 기절해 있던 혁의 얼굴에도 굵은 빗방울들이 하나둘 쏟아지기 시작했다.

옷가지를 적신 습기가 몸 전체로 서늘하게 번지자 혁도 차츰 정신이 들어 눈꺼풀이 파르르 움직였다. 혁은 얼굴을 잔뜩 찡그린 채 겨우 눈을 떴다. 느릿하게 드러난 시야에 투명한 빗방울이 떨어지는 것과 그것들이 땅에 부딪쳐 흙먼지를 일으키는 모습들이 가장 먼저 들어왔다.

아직 살아 있긴 한 거로군.

심줄이 툭 불거진 손등을 꿈지럭 움직이다 속으로 그렇게 중얼거렸다.

정신은 멀쩡히 깨어났지만 몸이 아직은 그가 바라는 대로 운신이 되지 않았다.

천천히 숨을 들이마신 혁은 자신이 처한 상황을 파악하려 했다. 그러나 굵은 비가 내리는 통에 알아낼 수 있는 것이 많지 않았다.

젠장할! 사방이 온통 물 비린내로구만!

혁에겐 나름의 원칙이 있었다. 큰 건이 생겼을 땐 동업을 하지 않고, 냄새를 파악해야 할 경우 흐린 날을 되도록 피하는 것이었다. 물큰한 습기와 물비린내가 가득한 날 일을 하게 되면 냄새들이 흐릿하게 지워지거나 완벽하게 사라질 수 있어서였다.

후각이 발달한 혁에게 하루의 날씨를 예측하는 것은 그다지 어려운 일이 아니었다. 상대방의 감정이나 심리 상태를 구분하는 것보다 외려 쉬운 쪽에 속했다. 그러니 지금 내리고 있는 소낙비에 대해 의문과 짜증이 생길 수밖에 없었다.

그런데 왜 비가 내리는 거지? 오늘은 비가 올 가능성이 전혀 없었는데 말이야.

주변의 냄새와 흔적들을 지워가는 빗줄기가 오늘따라 더 못마땅해 잔뜩 미간을 찌푸렸다. 참으로 절묘한 타이밍에 내려주는 비로 인해 혁은 후각이 아닌 시각을 이용하기로 했다.

눈을 게슴츠레 떠 사하가 기대앉아 있던 나무 기둥을 찾았다. 다행스럽게도 사하는 나무 기둥을 떠나지 못했다. 그리고 그 맞은편엔 검은 옷을 입은 사내가 사하의 안색을 살피고 있었다.

무겁게 깔린 어둠과 굵은 빗줄기로 인해 혁의 시야는 깨끗하지 않았다. 하지만 사하의 낯빛이 생기를 띠고 있다는 건 어렴풋하게나마 알아볼 수 있었다.

뭐야? 저 자식은 왜 아직 살아 있는 거야?

혁은 불만스레 투덜거리며 무거운 몸을 일으키려 해보았다. 늘어진 엿가락처럼 바닥에 들러붙어 있던 팔다리가 작게나마 움직이자 이를 아득 물고 다리를 끌어 올리려 했다.

그렇게 기를 쓰며 힘을 주던 혁은 주춤 동작을 멈추었다. 은은하고 부드러운 빛이 사하의 몸을 휘감기 시작한 걸 보았기 때문이다.

저건 또 뭐야?

빗속에서도 흔들리거나 꺼지지 않는 빛을 놀라움으로 바라보던 혁은 그 빛이 콴에게서 흘러나오는 것임을 알게 되었다.

당신은 대체 누구지? 사람을 이렇게 묵사발로 만들어놓고, 한낱 고양이 따위나 돌보고 있는 당신은 대체 누구란 말이야?

"잘난 체하지 마, 남궁혁. 주인님이 오시면, 넌 죽은 목숨이야."

그래, 나도 알고 있어. 내가 저 남자의 상대가 되지 않는다는 사실을……!

그럴수록 사내의 정체가 궁금해서 미칠 것 같았다. 그와 더불어 사내에 대한 원망과 질시가 눈덩이가 불어나듯 커지기 시작했다. 현서를 찾아낸 대가로 받을 수 있었던 수억 원의 현금이 날아가 버린 셈이니 억울한 마음이 생기지 않을 수 없었다.

"살려만 달라는 그 말, 그건 받아주지."

변변한 공격 한 번을 못 하고 우스운 꼴로 망가지게 만들었던 장본인의 말을 떠올리자 그에게 어떻게든 설욕을 하고야 말겠다는 불온한 의지가 활활하게 불타올랐다.

혁은 자신이 할 수 있는 최대한의 방법을 고민했다. 강하고 아름다운 저 사내에게 골탕을 먹일 수 있다면 악마에게 영혼을 판다고 해도 후회하지 않을 듯했다.

그때 검게 젖은 하늘이 번쩍 밝아지며 천둥 치는 소리가 사방을 울렸다. 날카롭게 하늘을 가르는 번개와 우레 소리에 놀라 반사적으로 몸을 움츠렸다. 건장한 성인 남자도 주눅 들게 만드는 자연현상 앞에서 잠시 잊고 있던 장치가 문득 떠올랐다. 부글부글 들끓는 속을 한 번에 잠재워 줄 묘책을 찾아낸 혁은 몹시 음침한 미소를 지으며 아직도 뻣뻣한 몸을 서서히 일으켜 세웠다.

16. 진실된 밤 (1)

혁이 거센 비를 맞으며 일어나자 그를 발견한 사하가 날래게 몸을 일으켰다. 그러자 콴이 한 손을 들어 사하의 움직임을 제지했다.

"남궁혁은 신경 쓰지 말고 현서에게 가보도록 해."

"예."

대답한 사하가 발길을 돌리려는데 혁의 목소리가 참견하듯 불쑥 끼어들었다.

"그건 별로 좋은 생각이 아닌 것 같습니다만."

두 남자의 눈길이 자신에게로 향하자 혁이 느물거리는 얼굴로 말을 이었다.

"현서 양을 제게 돌려줄 생각이 아니라면 말입니다."

"무릎까지 꿇고 목숨을 구걸하더니, 그새 태도가 바뀌었군."

콴의 지적에 혁은 어깨를 가볍게 으쓱였다.

"어찌 됐든 그건 제 진심이었습니다. 한데 생각하면 할수록 불공정한 처사란 생각이 드는 걸 어쩌겠습니까. 지난 수개월간 동분서주했다는 말은 굳이 알려 드리지 않아도 아실 테고."

혁이 그 말을 하고 있을 때 빗줄기가 차츰 가늘어졌다. 콴이 사하를 제지했던 그 순간부터 비구름을 물러나게 만들었기 때문이다.

"아무튼 제가 가장 중요하게 여기는 건, 현서 양을 가족의 품으로 돌려보내는 일입니다. 솔직히 거기 두 분은 현서 양과는 피 한 방울 섞이지 않은 남남 아닙니까?"

"그건 자네도 마찬가지일 텐데?"

"그야 물론이죠. 하지만 전, 이현서 양의 진짜 가족이 고용한 사람이니 아주 무관한 사람은 아니지요."

혁은 '진짜 가족'이란 단어를 유독 힘주어 말했다.

"제 한 몸 편하자고 가족들의 애타는 마음을 나 몰라라 할 순 없습니다. 그런 일은 제 직업윤리와 양심에도 어긋난 일이거든요."

점퍼 주머니에 손을 넣은 채 뻬딱하게 대꾸하는 혁이 탐탁찮아서 사하는 매섭게 그를 쏘아보았다. 저열한 미소를 짓는 얼굴에 당장에라도 주먹을 날리고 싶었지만 주인이 가만히 있는 상황에서 섣불리 나설 순 없는 노릇. 하여 욱하는 감정을 애써 누르고 있었다.

"자네가 그런 부분까지 헤아리고 있는 건 미처 몰랐군."

"그렇다면 이제 확실히 이해가 되셨겠군요? 그럼 현서 양을 진짜 가족에게 돌려보내는 것으로 알고."

"자넨 단단한 착각을 하고 있어."

"제가 뭘 착각한다는 겁니까?"

"자넬 바로 죽이지 않은 건, 소중한 수하를 살릴 시간이 필요했기 때문이었지. 그런데 그 수하는 완전히 회복되었고, 난 주체할 수 없을 정도로 시간이 많아졌네."

그 말에 혁의 눈썹이 꿈틀 움직였다. 무심하리만큼 담담하게 들리는 말투인데도 등줄기 부근에 서늘한 한기가 느껴졌기에 긴장했다는 걸 들키지 않도록 턱자가미를 아득 당겼다.

"이제 내가 어떻게 할 것 같은가?"

콴이 물었지만 혁은 아무런 대답도 하지 못했다.

"자비를 베푼 상대의 마음을 노엽게 만들지 마시게. 노여움은 살기를 자극하는 감정이거든."

말을 마친 콴은 부드럽게 눈초리를 휘었다. 널 죽이겠다는 것과 다름없는 선언을 한 것인데도 미소가 깃든 그 얼굴은 비현실적으로 아름다웠다.

빌어먹게 아름답구만.

속으로 투덜거린 혁은 자신답지 않은 감상을 서둘러 떨쳐 냈다. 같은 남자가 보아도 가슴이 덜컥해지는 미소에 한눈을 팔았다간 절호의 기회를 놓칠 수 있었다.

"그 말씀은 현서 양을 끝까지 돌려줄 수 없다, 그거로군요?"

"아주 잘 알고 있군그래."

"역시 그러셨군요. 한데 어쩝니까? 저 역시 무슨 수를 써서라도 현서 양을 데리고 가야 하는데 말입니다."

"남궁혁! 대체 무슨 꿍꿍이야?"

그의 이름을 부르며 따지듯 나선 건 콴의 등 뒤로 물러나 있던 사하였다. 혁이 하는 양을 지켜만 보려 했건만 도저히 울화가 치밀어 그대로 있을 수가 없었다.

"무슨 꿍꿍이냐니? 그게 무슨 말이신가?"

"주인님께 엎드려 빌어도 모자랄 판에 되도 않은 시비를 거는 꼴이 하도 같잖아서 그런다! 방금 전까지 목숨을 구걸하던 인사가 현서 양을 돌려달라고 우기는 것도 수상하고!"

사하가 거침없이 말을 쏟아내자 혁도 기다린 것처럼 사하를 힐난했다.

"능력 많은 주인이 옆에 계셔서 그런가? 전에 없던 박력이 마구 넘쳐 나시는구만. 등 비빌 언덕이 생기면 기고만장해지는 건 사람이나 짐승이나 차이가 없단 말이야."

"아니, 근데 저 인간이!"

"버릇없는 고양이 군은 이쯤에서 빠지시지. 자네 주인님하고 난 아직 얘기가 안 끝났거든."

"하! 물에 빠진 사람 건져 내면 보따리부터 내놓으란 말이 있다더니, 남궁혁 당신이 딱 그 짝이야!"

"날 염치없는 인간으로 몰고 싶어서 안달이 난 모양인데, 이건 분명히 짚고 넘어가자고. 나한테 가장 중요한 걸, 양해도 없이 빼앗아간 건 자네 주인이지 내가 아니라 이거야."

사하를 나무라는 투로 말을 시작했던 혁은 콴에게 원망의 눈길을 주는 것으로 말을 마쳤다.

"자네가 어떤 말을 해도 현서의 일에 손을 떼야 한다는 건 변함이 없어."

콴이 단언하자 혁은 후, 한숨을 짓고는 절레절레 고개를 저었다.

"절대로 합의를 볼 수 없는 사안이다, 이거로군요."

검은 옷의 사내가 현서를 돌려주지 않으리라는 건 혁이 예상했던 바였다. 그렇다고 사내에게서 현서를 빼앗아올 수 없다는 것 또한 혁은 알고 있었다. 물론 사내는 혁의 목숨을 살려주겠다고 말했다. 하지만 그 말을 곧이곧대로 믿을 수 없었다.

기억을 모두 잃고 멍한 눈으로 살아가던 강영복의 모습이 자신의 것이 될 수 있었기 때문이다. 남해의 섬에서 목격했던 현상들이 사내가 가진 힘과 무관하지 않다는 걸 깨달았기에 그런 의심을 가질 수밖에 없었다.

기억이 모두 사라진 자신을 어찌 자신이라고 말할 수 있겠는가? 설령 지금의 모습이 마음에 들지 않는다고 해도, 그런 식으로 새로워지는 건 그가 바라는 바가 아니었다.

"하지만 제 생각 역시 변함이 없습니다. 당신이 아무리 강한 사람이라고 해도, 내가 공들여 찾은 걸 일방적으로 빼앗길 순 없는 겁니다."

검은 옷의 사내를 이길 수 없다면 그가 지키고자 하는 것을 망가뜨려 없애준다. 결정을 내린 혁은 점퍼 주머니 안에 있던 기폭 장치의 버튼을 눌렀다. 그것이 최악의 결과를 불러온다 하더라도 지금 내린 결정에 후회는 없었다.

달칵.

비가 그쳐 눅눅해진 밤공기. 그 속에 끼어든 이질적인 소리에 콴과 사하의 눈이 멈칫 커졌다. 수상한 낌새를 챈 사하는 혁을 향해 몸을 날렸고, 콴은 혁의 차가 서 있는 방향으로 황급히 몸을 돌렸다.

투욱.

하나로 연결된 무언가가 끊어지는 소리가 들리자 콴의 입에서 절규가 터져 나왔다.

"안 돼—!"

소리를 지름과 동시에 시간이 일시에 정지되었다.

콴은 한달음에 현서가 머물러 있는 차 앞까지 달려갔다. 시간을 정지시킨 상태에서 순간이동을 하게 되면 의외의 상황에서 심각한 문제가 발생할 수 있었다. 하지만 지금은 그런 것을 계산할 여력이 없었다.

콴은 차 문을 잡아 뜯을 듯 열어젖히고 현서를 번쩍 안아 들었다. 폭관이 터지기 일보 직전의 상황이라 차량의 보닛이 우그러진 모양으로 들려지려 하고 있었다.

다행스럽게도 시간은 아직 멈춰져 있었다. 그럼에도 콴은 경계를 풀지 않았다. 미세하게 흔들리는 공기의 움직임이 긴장의 끈을 놓을 수 없게 만들었다.

"네, 그럴게요. 아저씨랑 사하 오빠가 돌아올 때까지 꼼짝도 않고 기다릴게요."

현서를 품에 안고 돌아서는 순간에도 심장이 그대로 타들어가는 것만 같았다. 기다리라고 했던 말을 지키려다 현서가 죽을 수도 있었다는 사실이 그동안 인식하지 못했던 두려움과 상실의 고통을 한꺼번에 안겨주었다.

피융.

콴이 완전히 돌아서자마자 총알이 날아가는 것 같은 소리가 고막을 울렸다. 그것은 통제되었던 시간이 원래의 속도를 되찾았다는 일종의 신호였다.

콰콰쾅!

미처 두어 걸음을 떼기도 전에 차량이 폭발하는 소리가 천지를 울렸다.

폭탄이 설치된 보닛 부분이 터지면서 붉은 불길과 검은 연기가 위로 맹렬히 치솟았다.

뜨거운 열기와 폭발의 충격에 차량의 유리창은 산산이 깨어졌고, 붉은 불꽃이 차체를 집어삼키는 소리들이 생생히 이어졌다.

멀리 떨어져 있던 사하와 혁까지도 고개를 돌려야 할 만큼 강력한 열기가 발산되자 공기 속에 섞여 있던 축축한 물기들이 뜨거운 수증기로 돌변했다.

불꽃과 연기, 날카로이 튀는 파편들과 열기 속에서도 현서는 머리칼 하나 상하지 않은 무사한 모습으로 두 발을 딛고 서 있었다. 콴의 등 뒤에서 솟아난 검은 날개가 콴의 두 팔이 그에게 안겨 서 있는 현서를 더욱 완벽하게 보호하며 감싸주었기 때문이다.

두터운 보호막처럼 완전히 둘러싼 날개로 인해 현서는 외부에서 무슨 일이 벌어지고 있는지 정확하게 알지 못했다. 그렇다고 아무것도 느끼지 못한 건 아니었다.

조금 전까지 차 안에 있던 자신이 저도 모르는 사이에 밖으로 나와 서 있는 것이며, 저를 강하게 끌어안고 있는 콴의 심장 소리가 평소보다 빠르게 느껴지는 것이 무슨 일이 생겼구나, 하는 짐작을 가능케 했다.

무슨 일이에요, 아저씨?

왠지 모를 불길한 예감에 당연히 질문이 떠올랐다. 하지만 현서는 목에 걸린 말들을 조용히 집어삼켰다. 후각을 자극하는 메케한 냄새가 걱정을 더했지만, 귓가로 전해지는 콴의 심장 소리를 들으며 마음을 가라앉히려 했다.

콴과 현서를 집어삼킬 것처럼 타오르던 커다란 불꽃은 차츰 기세를 잃어갔다. 그러나 뼈대가 드러난 차체에서 뿜어져 나오는 검고 탁한 연기가 비에 씻긴 깨끗한 공기를 꾸역꾸역 더럽게 오염시켰다.

콴은 다시 바람을 불러 비구름이 몰려오게 만들었다. 인적이 드문 숲, 예기치 않은 폭발로 인해 쓸데없는 불길이 번지는 것을 막기 위함이었다. 달이 떠 있는 하늘에 먹빛 비구름이 드리워지기 시작하자 콴은 현서를 감싸고 있던 날개를 서서히 거두었다.

"야, 이 미친 인간아! 대체 무슨 짓을 한 거야!"

혁에게 달려든 사하는 쓰러진 혁 위에 올라타 인정사정을 두지 않고 주먹을 날렸다.

코뼈가 부딪쳐 시큰거리게 아프고 터진 입에서 비릿한 피 냄새가 느껴졌지만 혁은 앓는 소리 대신 비실비실 이상한 웃음을 흘렸다.

"이봐, 고양이. 자넨 알고 있었나? 자네 주인이 검은 날개를 가진 악마라는 걸?"

열이 잔뜩 받은 사하는 코피가 터져 흐르는 혁의 멱살을 두 손으로 힘껏 움켜쥐었다.

"검은 날개를 가진 악마? 잘 들어, 이 무식한 인간아. 우리 주인님은 악마가 아니야."

혁의 코를 물어뜯어 버리고 싶을 정도로 흥분해 있었지만 사하의 목소리는 그리 크지 않았다. 혹 현서가 듣게 되면 콴이 곤란해질 수 있었기에 애써 소리를 줄인 것이었다.

"악마 군단과 맞서 싸웠던 능품천사, 카마엘의 피를 이어받은 고귀한 분이라고. 알아?"

"능품천사 카마엘?"

혁이 쓱 눈썹을 올리자 사하가 멱살 잡은 손을 위로 더욱 끌어 올렸다.

"그래, 이 교활한 자식아!"

"역시나 평범한 인간이 아닌 거였어. 역시나."

"내가 그 얘길 왜 해줬는지 알아? 네놈이 곧 죽을 운명이란 걸 알려주기 위해서야."

"날 죽이겠다고? 내가 죽으면 자네나 자네 주인이 곤란한 상황에 처할 게 뻔한데. 그래도 죽이겠다?"

사하의 얼굴이 일순 굳어지자 혁은 입매를 늘리며 씩 웃었다. 입술이 찢기고 입안이 터져 욱신한 고통이 따랐지만 상대방의 아킬레스건을 찾아낸 것이 적이 만족스러웠다.

"내 윗선은 내가 무영시에 왔다는 것도, 청림재단에 대해 알아보고 있다는 것도 모두 알고 있어. 김윤경이란 여자와 이현서 학생이 어떤 식으로든 연관이 되어 있다는 것도 물론 알고 있고."

"그래? 그렇다면 더더욱 당신을 없애야겠네. 더는 다른 말이 새지 않게 말이야."

"뭐?"

"만에 하나 주인님이 널 살려준다고 해도 내가 절대로 가만있지 않을 거거든."

그 말이 끝나기도 전에 혁이 사하의 턱에 힘껏 박치기를 날렸다. 사하가 비틀거리면서 잠시 엎치락뒤치락 난리를 피우더니 이제 전세가 혁에게로 역전되었다. 사하를 바닥에 깔아뭉갠 혁은 사하가 했던 것처럼 주먹을 날리고는 곧바로 사하의 멱살을 끌어 올렸다.

"건방진 고양이새끼, 사람 취급을 좀 해줬더니 분수도 모르고 기어오르지."

"퉤!"

"이 미친 고양이새끼가!"

그러나 혁은 뜻대로 손을 움직일 수 없었다. 염력에 의해 뒤로 휙 나자빠져 진창으로 변한 바닥에 강하게 나동그라졌다. 겨우 정신을 수습해 몸을 일으키려 했지만 혁의 시도는 수포로 돌아갔다. 속이 아프게 느글거린다 싶더니 검붉게 덩어리진 피가 입 밖으로 울컥 쏟아지기 시작했다.

"우욱!"

벌려진 입에서 붉은 피가 계속 쏟아지는 걸 보면서도 혁은 아무런 행동도 할 수 없었다.

콴의 손끝에서 뻗어 나간 살기가 혁의 심장과 내장을 모두 터뜨렸기 때문이다.

사하에게 구원 요청을 하려고 손을 들어보려 했지만 그마저도 여의치 않아 그 손이 힘없이 툭 떨어지고 말았다. 피를 토하며 의식을 잃어가는 혁을 차마 끝까지 볼 수 없어서 사하는 결국 고개를 돌렸다.

그때 번쩍하는 빛과 함께 강한 낙뢰가 혁에게로 내리꽂혔다. 엄청난 에너지의 직격탄을 맞은 혁은 완전히 의식을 잃었고, 온몸이 시커멓게 그슬린 차처럼 흉측하게 일그러졌다.

살이 타는 냄새가 훅 하니 후각을 자극했지만 사하는 절대 돌아보지 않았다. 두 눈이 붉게 변한 콴의 모습이 그저 모골이 송연해 마른침만 삼킬 뿐이었다.

"괜찮으십니까?"

콴에게 다가간 사하는 조심스레 말문을 열었다. 콴의 안색이 지나치게 창백한 것이 왠지 심상치 않았다.

"아직은."

짧게 대꾸한 콴은 현서의 겨드랑이와 발 오금에 손을 넣어 위로 안아 들었다.

현서는 깊은 잠에 빠진 채 콴에게 몸을 맡기고 있었다. 폭발

이후까지 의식이 있던 현서가 잠이 든 걸 보니 콴이 그렇게 만들었다는 걸 알 수 있었다.

내가 주인님이었어도 그렇게 했을 거야.

콴의 조처를 이해한 사하는 조용히 고개를 주억거렸다.

까맣게 불타 버린 차와 흉측한 주검이 된 남궁혁. 와이셔츠 앞섶에 혈흔이 잔뜩 묻어 엉망인 자신의 모습은 성년인 남자의 눈에도 쉽게 감당할 수 있는 풍경이 아니었다.

남궁혁에게 납치가 되었다는 것만으로도 받은 충격이 적지 않았을 텐데, 아직 어린 현서에게 이런 처참한 광경을 보여주고 싶지 않은 것이 당연했다.

"곧 많은 비가 내리게 될 거야."

그 말에 사하가 곧바로 콴을 보았다.

"이곳에 있던 흔적들이 많이 지워지겠군요."

"그렇겠지."

"하지만 그것으론 안심할 수 없습니다."

사하는 혁에게서 들었던 이야기를 즉시 전달했다.

"남궁혁이 한 얘기가 사실인지 아닌지는 차차 알게 되겠지. 그들이 움직이는 걸 보면서 대책을 강구해도 충분하다고 보는데. 자네 생각은?"

"예, 저도 동의합니다."

"자네도 동의했으니 그 얘긴 차후에. 지금은 이곳을 벗어나는 게 우선이니까."

"그럼 백 집사에게 연락을 하겠습니다."

"아니, 여기서 곧장 이동한다."

"그 말씀은, 공간이동을 하시려는 겁니까?"

콴이 고개를 끄덕이자 사하의 표정이 일순 심각해졌다. 그가 자신과 현서를 구하는 데 너무 많은 능력을 사용했다는 걸 알고 있어서였다. 그러나 지금 상황에서 콴이 말한 방법이 가장 안전한 방법이란 것 또한 알고 있었다. 동운이 차를 가져와 이동하게 된다면 어떤 식으로든 흔적이 남을 것이기 때문이었다. 그럼에도 흔쾌히 동의를 할 수 없었다.

현서를 안고 선 콴의 가슴께에서 스멀스멀 번지고 있는 얼룩.

검정색 셔츠 위에 나타난 진득하고 어두운 얼룩의 정체가 아무래도 신경이 쓰였다.

그것은 빗물이 만들어낸 가벼운 얼룩이 아니었다. 칠흑처럼 검은색을 띠는 주인의 피가 분명했다.

✦ ✦ ✦

우르릉, 콰앙!

하늘을 가를 것처럼 천둥이 크게 치더니 드센 채찍비가 유리창을 거칠게 두드렸다.

"하악!"

천둥 소리에 놀라 눈을 뜬 현서는 몸을 일으켜 앉으며 사방을 둘러보았다. 스탠드 불빛 하나만 켜진 어두운 공간이 제 방임을 알고 저도 모르게 안도의 숨을 내쉬었다. 하지만 곧 혼란한 얼굴이 되어 벽에 걸린 시계와 달력을 바라보았다.

어떻게 된 거지? 내가 꿈을 꾼 건가?

그 생각을 하다 빠르게 고개를 저었다. 만약 꿈을 꾼 것이라면 깨어난 곳이 저택이 아닌 다른 장소여야 했다. 김윤경 선생님의 해남 집이거나 여행 장소에 머물렀던 숙소이거나.

"정신 차리자, 정신."

두 손으로 얼굴을 두드린 현서는 침대 밖으로 나와 방 안의 불을 모두 켰다. 공간이 완전하게 밝아지자 간헐적으로 들려오는 천둥 소리도 퍼붓듯이 쏟아지는 채찍비도 견딜 만한 두려움이 되었다. 현서는 방 안을 오가며 기억들을 찬찬히 더듬었다. 그러다 침대 맡 스탠드 아래에 놓인 쪽지를 발견했다. 얼른 다가가 펴보니 백 집사가 남겨놓은 한 장의 편지였다.

——아가씨.

언제 깨어나실지 몰라 글을 남깁니다. 오늘 저녁 김윤경 선생이 저택에 들렀습니다. 아가씨와 통화가 되지 않는다면서 많이 걱정을 하기에 이사장님과 잠시 자리를 비우게 되었다고 일단 얘길 해두었습니다. 중요한 일이라곤 했지만 자세한 것까진 알리지 않았습니다. 아가씨에게 어떤 일이 생긴 것인지 확실치 않은 상황이라 어쩔 수가 없었습니다. 다행히 무탈하게 돌아오셨으니 내일 날이 밝는 대로 김 선생에게 따로 연락을 주십시오. 아가씨 얼굴을 보지도 못하고 통화도 되지 않아 그런지 못내 불안한 눈치였거든요.

편지를 읽고 나자 무영에 올라와서 겪었던 일들이 명쾌하게 정리되었다. 그러자 해결되지 않은 의문들이 하나둘 떠올랐다. 자신을 납치했던 남자의 일이 어떻게 해결되었는가? 그가 들려주었던 얘기들이 과연 믿을 만한 것인가?

그런데 그 아저씨는 나에 대해서 어떻게 그렇게 잘 알고 있었을까? 돌아가신 아버지의 이름이며 어머니의 이름까지.

현서는 생각에 골똘하여 입술을 잘근잘근 깨물었다. 그러다 서성임을 멈추었다. 김윤경 선생과 휴가를 떠났던 길, 아버지의 유골함이 있는 봉안당에 잠시 들렀던 것이 떠올랐다.

"설마……!"

저가 한 일의 심각성을 깨달은 현서는 커다란 눈이 더욱 커다래졌다.

"아저씨께 말씀드려야 해."

자정에 가까운 시각인 것이 마음에 걸렸지만 현서는 일단 방을 나섰다. 지금 얘기하는 것이 여의치 않다면 백 집사가 한 것처럼 메모를 남겨야겠다는 생각을 하며 1층으로 이어진 계단으로 향했다. 하지만 몇 단을 내려가지 못해 누군가 이야기 나누는 소리를 들었다.

"그러니까 민 변호사님한테 전화라도 해보자고."

"전화를 하면 무슨 뾰족한 수가 있다던?"

목소리를 낮추어 말을 꺼낸 사람은 사하였고 반문하는 이는 동운이었다.

익숙한 목소리에 반가움을 느꼈던 현서는 대화의 내용이 심상치 않다는 걸 깨닫고 더는 움직이지 않았다. 괜스레 방해가 되면 안 될 것 같아 슬그머니 뒷걸음질을 해 계단을 올라갔다.

"민 변호사님은 우리가 모르는 방법을 알고 있을지도 모르잖아."

"말도 안 되는 소리 마라. 우리가 모르는 걸 그분이라고 어떻게 아시겠니?"

"그럼 어떻게 해. 주인님이 저러고 계신데, 그냥 손을 놓고 있으란 거야?"

사하의 말에 현서는 동작을 멈추었다. 아저씨에게 문제가 생겼다는 걸 직감하자 심장이 불안하게 수축되었다.

"네 말마따나 우리가 할 수 있는 게 무엇이 있겠니. 주인님께서 기다리라고 하셨으니 기다리는 수밖에."

동운이 침통한 얼굴로 한숨을 짓자 사하가 머리를 헝클이며 욕설을 내뱉었다.

"젠장! 빌어먹을 남궁혁!"

"이 녀석아, 목소리 낮춰."

"아저씬 지금 어디에 계신 거예요?"

현서가 묻는 소리에 두 남자가 흠칫 놀라 일시에 고개를 돌렸다.

"아, 아가씨."

"현서 양!"

당황한 기색이 역력한 둘을 향해 현서는 똑부러지게 말했다.

"집사님하고 오빠가 나누는 얘기 다 들었어요. 그러니까 아무일 없다는 얘긴 하지 마세요."

"그건 아가씨 말씀이 맞습니다. 하지만 절대 심각한 상황은 아닙니다."

"맞아, 현서 양. 그건 영감님 말씀이 전적으로 맞아."

동운과 사하는 서로 약속이라도 한 것처럼 계단을 내려온 현서를 막아섰다.

"거짓말하지 마세요."

단호하게 대꾸한 현서는 두 남자를 지나쳐 콴의 방으로 향했다.

닫혀 있던 방문 앞에서 심호흡을 하고 조심스레 방문을 열었다. 차분한 조도를 유지하고 있는 콴의 침실은 굉장히 넓었지만 배치된 가구와 집기들이 중세의 수도원을 보는 것처럼 검소하고 정갈했다. 그러나 현서의 눈엔 그것들이 제대로 들어오지 않았다. 방 안을 떠돌고 있는 약초 냄새와 희미한 피비린내에 신경이 예민해지고 심장이 불규칙하게 뛸 뿐이었다.

안으로 두어 걸음 들어간 현서는 침대 위에 누워 있는 콴을 보았다. 그는 상체를 드러낸 채 눈을 감고 있었다. 부상을 당한 왼쪽 가슴을 중심으로 하얀 붕대가 넓게 매어져 있었고, 심장 부근엔 아마도 약물로 짐작되는 검푸른색이 수채화처럼 옅게 번져 있었다.

"이게, 어떻게 된 거예요?"

사하에게 묻는 현서의 목소리는 침착했지만 어쩔 수 없는 떨림이 묻어났다. 그녀가 기억하는 콴의 마지막은 저를 두 팔로 안아 단단히 지켜주던 모습이었다. 그런데 지금의 그는 하얀 붕대를 맨 채 침대에 누워 있었다.

"남궁혁이란 남자와 얘기를 나누는 중에 다툼이 있었어. 그때 잠깐 다치신 건데."

사하가 설명을 덧붙였지만 현서는 이어지는 말들을 제대로 듣지 못했다.

이 순간 오직 콴만이 가득해 다른 아무것도 들리지도, 보이지도 않았다. 밀랍인형처럼 희고 창백한 그의 얼굴이 기이하리만큼 아름다운 것에도 그저 코끝이 시큰했고, 미간을 찌푸린 채 느릿하게 호흡하는 모습에는 저가 고통을 겪는 것처럼 심장이 아렸다.

"왜 안 된다고 하시는 거예요? 옷이 다 젖도록 피를 흘렸다고 하셨잖아요. 그럼 당연히 병원에 가셨어야죠!"

"그건 이사장님께서 원치 않으신 일입니다."

"아저씨가 원치 않은 일이라서 병원엘 가지 않으셨다고요? 그게 말이 된다고 생각하세요? 아무리 싫다고 하셨어도 억지로라도 데리고 가셨어야죠."

콴의 상태를 확인하고 방을 나설 때까지 침착함을 유지하던 현서는 급기야 목소리를 높였다. 엄연한 환자를 앞에 두고 상대가 원치 않으니 손을 쓸 수 없다고 말하는 동운이 너무도 답답해 소리가 저절로 높아진 것이다.

"아가씨, 저도 괴롭습니다. 이사장님 말씀을 따를 수밖에 없는 이 상황이 저도 너무 힘듭니다."

"현서 양, 나나 영감님이나 좋아서 이러는 게 아니야. 우리도 진짜 답답해서 죽을 것 같다고."

"답답해 죽을 것 같다면서 왜 아무 조치도 안 하는 건데요? 병원에 가는 게 어려운 거면 의사 선생님을 이쪽으로 오시게 하면 되잖아요."

현서는 이제 사하를 붙잡고 호소했다. 그러나 사하의 반응 또한 별반 다르지 않았다.

"현서 양이 뭘 답답해하는지 알아. 하지만 이사장님 부상은 병원에 가는 걸로 해결이 되지 않아."

"병원에 가는 걸로 해결이 안 된다고요? 그럼 어디로 가야 하는데요? 어떻게 해야 하는데요?"

현서의 물음에 사하는 입술만 달싹일 뿐 쉽게 답을 하지 못했다.

"오빠 방법을 알고 있는 거죠? 그런 거죠?"

현서가 재촉을 하자 사하는 현서의 눈길을 피해 동운을 바라보았다.

동운은 사하의 눈빛에 담긴 의도를 파악한 즉시 당혹감을 감추지 못했다.

'사하 너, 제정신이냐?'

'영감님도 봤잖아, 주인님 상태가 심각하다는 거. 피를 너무 많이 흘려서 회복이 더딜 수도 있다는 거.'

두 남자 사이에 오가는 눈빛에서 무언가를 감지한 현서는 주저하는 사하의 손을 생명줄처럼 붙잡았다.

"아저씨가 다친 건 저 때문이잖아요. 그러니까 그게 무슨 방법이든 알려줘요. 내가 할 수 있는 게 있으면 뭐든 할 테니까 제발 알려주세요, 오빠!"

"현서 양, 그 말 진심이야? 정말 뭐든지 할 수 있겠어?"

전에 없는 심각한 표정을 짓는 사하를 보며 현서는 신중하게 고개를 끄덕였다.

"좋아. 그럼 내가 하는 말, 똑똑히 잘 들어."

"안 된다, 사하."

동운이 말허리를 자르자 사하의 미간이 꿈틀 좁혀졌다. 동운을 설득해야 한다는 걸 깨달은 현서는 이제 동운을 향해 자신의 간절함을 말했다.

"할아버지, 저는요. 아저씨가 나으실 수 있다면 무슨 일이든 할 수 있어요. 이건 과장이 아니라 진짜 제 진심이에요. 할아버지도 아저씨가 힘드신 게 괴롭다고 하셨잖아요. 그러니까 무조건 안 된다고 하지 마시고 방법을 알려주세요. 제발요……!"

어느새 눈물이 그렁해진 현서를 보자 안 된다는 말만 하던 동운도 착잡한 심정이 되었다.

동운의 얼굴에 떠오른 그림자로 인해 현서는 사하가 알려주려던 방법이 쉽지 않은 것임을 깨달았다. 하지만 그 일을 해야 한다는 생각엔 조금의 주저함도 없었다. 만에 하나 아저씨가 잘못된다면! 그 짐작만으로도 온몸의 피가 마르고 심장이 터질 것처럼 고통스러웠다.

"그 일이 무슨 일이든 전 할 거예요. 아저씨를 낫게 할 수 있는 일이라면, 제 몸에 있는 피를 모두 쏟아버리라고 해도 그렇게 할 거예요. 그러니까 제발 좀 알려주세요. 제발이요, 할아버지!"

동운을 할아버지라 부르며 그의 팔을 부여잡은 현서의 눈에선 투명한 눈물방울이 연이어 떨어졌다. 절로 애틋함이 묻어나는 현서의 모습과 그녀의 진심에 동운의 갈등은 점점 더 커져 갔다. 주인이 겪는 고통이 가벼워질 수 있다면, 깊은 상처가 깨끗이 나아질 수만 있다면. 그가 당부한 것을 거스를 수도 있다는 생각이 들 때였다.

"이사장님께 필요한 건 인간의 피야."

동운이 머뭇거리는 사이 사하는 자신이 알고 있는 답을 솔직하게 털어놓았다.

그 순간 동운은 질끈 눈을 감았다. 하지만 잘못된 대답이라고 애써 정정하지 않았다.

"인간의 피요?"

"그래, 인간의 피. 현서 양처럼 살아 숨 쉬는 인간의 피가 가장 좋은 치료약이야."

처음엔 잘못 들었다고 생각했던 현서는 곧 수긍하며 궁금한 것을 물었다.

"알았어요. 그럼 헌혈을 할게요. 아저씨 혈액형이 어떻게 되시죠?"

"혈액형은 별로 중요하지 않아."

"중요하지 않다고요? 수혈을 받으려면 혈액형이 같아야 하지 않아요?"

"혈액형은 어떤 것이든 상관없어. 건강하게 살아 있는 인간의 피, 그거 하나면 충분해."

사하가 설명을 덧붙였지만 현서는 외려 혼란스러운 얼굴이 되었다. 저가 알고 있던 것과 다른 정보를 들은 것이라 한 번 더 확인을 해보았다.

"그러니까 오빠 얘기는, 아저씨 혈액형이 흔치 않은 혈액형이다. 그런 뜻인가요?"

사하는 잠시 대답을 망설였다. 현서가 콴과 자신들의 실체에 대해 알게 되었을 때 어떤 반응을 보이게 될 것인가에 대한 걱정과 두려움이 정확한 답을 주저하게 만들었다.

모든 진실을 알게 되었을 때 현서와 자신과의 사이에 건널 수 없는 간격이 생길 것이란 짐작은 어렵지 않았다. 하지만 더는 지체할 수 없었다. 아니, 지체해선 안 됐다.

지금은 콴을 회복시키는 것이 무엇보다 중요했다. 콴의 회복이 더뎌지거나 그로 인해 건강이 악화된다면 자신과 동운뿐 아니라 현서까지 위험해질 수 있었다.

"제대로 수혈을 받으려면 병원에 가야 할 것 같은데, 여기서도 가능한 거예요?"

"여기서도 얼마든지 가능해. 하지만 수혈의 방식이 조금 차이가 있어."

그 말을 하고 나서 사하는 잠시 말을 멈추었다.

"현서 양, 단도직입으로 말할게. 이사장님, 아니, 주인님은 인간의 피를 마셔야만 회복될 수 있는 몸을 가지셨어. 그래서 우린 주인님을 돕고 싶어도 도울 수가 없어. 우리 몸에 흐르는 피는 순수한 인간의 피가 아니기 때문이야."

다짜고짜 이어진 설명에 현서의 눈이 의아함으로 동그래졌다.

"인간의 피가 아니라니, 그게 무슨?"

"우린 주인님 덕분에 인간의 형상을 갖게 된 존재들이야. 그래서 우리 몸에 흐르는 피는 현서 양과 같은 인간의 피가 아니야."

현서는 어리둥절한 눈으로 사하를 쳐다보았다. 머리로는 사하가 한 말을 충분히 알아들을 수 있었다. 그런데 마음은 말속의 진의를 여전히 이해하지 못하고 있었다.

　"그래서 현서 양의 피가 꼭 필요해."

　"……아, 네."

　현서는 천천히 고개를 끄덕였다. 현서 양의 피가 필요하다는 말, 그 말이 가장 중요했기에 우선 반응을 한 것이었다.

　"정말 괜찮겠어?"

　"네."

　현서가 의외로 담담하게 받아들이자 사하와 동운은 거의 동시에 서로를 마주 보았다.

　고민하고 긴장한 것이 무색해지는 반응이었으니 한편으론 허탈하단 생각이 들 정도였다.

　"인간의 피를 마셔야 몸이 낫는다니, 아저씨가 꼭 뱀파이어인 것 같아요."

　현서는 혼잣말처럼 얘기하며 옅게 웃었다. 그러다 멈칫 놀라는 사하와 동운의 표정을 보게 되었다.

　"어, 그러니까 방금 제가 한 말은."

　"현서 양 말이 맞아."

　"네?"

　"주인님은 뱀파이어의 속성을 지니고 계셔. 그래서 인간의 피가 필요하단 거야."

뱀파이어의 속성?

사하가 한 말을 무심코 되뇌다 주춤 두 눈이 커졌다. 그게 정말이냐고 묻고 싶은데, 둔기에 맞은 것처럼 무릎이 힘없이 꺾였다.

〈2권으로 이어집니다〉